因为，有一天，我看见你脸上的一滴眼泪，它来自无比遥远的国度，你在那里沉睡，你在那里受苦，你在那里躲藏，于是我懂了爱。

——"玫瑰"致"小王子" 1941年

读客三个圈经典文库

经典就读三个圈　导读解读样样全

Correspondance
1930—1944

小王子的
情书集

[法]安 东 尼·德·圣-埃克苏佩里
[法]康苏爱萝·德·圣-埃克苏佩里 著
[法]阿尔班·塞里西耶 编
张博 译

读客三个圈经典文库
经典就读三个圈　导读解读样样全
北京日报出版社

图书在版编目（CIP）数据

小王子的情书集 /（法）安东尼·德·圣 - 埃克苏佩里,（法）康苏爱萝·德·圣 - 埃克苏佩里著；（法）阿尔班·塞里西耶编；张博译 . -- 北京：北京日报出版社，2022.6

ISBN 978-7-5477-4249-5

Ⅰ.①小… Ⅱ.①安… ②康… ③阿… ④张… Ⅲ.①书信集 – 法国 – 现代 Ⅳ.① I565.65

中国版本图书馆 CIP 数据核字 (2022) 第 035417 号

小王子的情书集

作　　者：［法］安东尼·德·圣-埃克苏佩里
　　　　　［法］康苏爱萝·德·圣-埃克苏佩里
编　　者：［法］阿尔班·塞里西耶
译　　者：张　博
责任编辑：王　莹
特邀编辑：从卓如　　李颖荷
封面设计：汪　芳
装帧设计：汪　芳
出版发行：北京日报出版社
地　　址：北京市东城区东单三条8-16号东方广场东配楼四层
邮　　编：100005
电　　话：发行部：（010）65255876
　　　　　总编室：（010）65252135
印　　刷：天津联城印刷有限公司
经　　销：各地新华书店
版　　次：2022年6月第1版
　　　　　2022年6月第1次印刷
开　　本：880毫米×1230毫米　1/32
印　　张：11
字　　数：240千字
定　　价：69.90元

Correspondance
1930—1944

Antoine de Saint-Exupéry

Consuelo de Saint-Exupéry

安托万·德·圣-埃克苏佩里[1]1942年至1943年于纽约绘制的
康苏爱萝·德·圣-埃克苏佩里[2]素描像。

1　安托万·德·圣-埃克苏佩里（Antoine de Saint-Exupéry）：即，安东尼·德·圣-埃克苏佩里。法国传奇作家、飞行员，《小王子》作者，"小王子"原型。"Antoine"法语音译为"安托万"，英语音译为"安东尼"，西班牙语音译为"安东尼奥"。——编者注
2　康苏爱萝·德·圣-埃克苏佩里（Consuelo de Saint-Exupéry）：塞尔维亚-法国作家、艺术家，安托万的妻子，《小王子》中"玫瑰"的原型。——编者注

序　言

安托万与康苏爱萝……康苏爱萝与安托万！

在安托万·德·圣-埃克苏佩里失踪七十七年后[2]，他们的通信集从故纸堆里被发现令人震惊。当然，这里面存在不够庄重的问题，所有的情书出版都会涉及，这里则是夫妻之间的通信。啊！亲爱的祖父，你最厌恶的就是侵犯你的隐私、你的"家园"，你可能会认为这种暴露在所有人眼皮底下的展示是一种野蛮行径，违反了你心仪的文明包含的一切原则。但这种野蛮的方式，我自觉接受了。

不，我想谈的是，当我们搞明白这对夫妇日常生活的真相之时，当我们弄清楚事实之际，我们感受到的震惊。事实是顽固的！它们告诉我们一对夫妻的故事，他们处于持久的痛苦之中，被一系

1　奥利维耶·达盖（Olivier d'Agay）：安托万·德·圣-埃克苏佩里的甥孙，圣-埃克苏佩里遗产管理委员会总监。——译者注（如无特殊说明，本书注释均为译者注）
2　法语版《小王子的情书集》出版于2021年。

列问题压弯了腰：金钱、健康、不稳定的生活、分离、无法沟通、欺骗、不忠、背叛、情感讹诈、傲慢、嫉妒，等等。而非一个感伤的童话故事！

确实，安托万并不总是很讨人喜欢。大男子主义，喜欢诉苦，索求无度，对女人没有抵抗能力！至于康苏爱萝，疑心病重，反复无常，嫉妒，记仇，小王子的玫瑰！真是一对明星夫妻！

你们以为我在抹黑吗？但当我们读到他说："我想，没有我您会更快乐，我想，我终归会在死亡中找到安宁。我渴望的、期待的只有安宁。我不怪您。与那些正在等待我的事物相比，什么都不重要。您让我失去了我对自己那一点点可怜的信心，小姑娘。"她说："亲爱的，我们用双手捧着我们的爱之心。不要把它打碎。我们会泪水沉沉！"我们就会发现他们真的互相伤害过，该死。分离受虐狂。自大病患者。捉迷藏虐待狂。他们几乎离了三次婚。他们唯一的孩子是小王子。

所以我问自己：这一切都是认真的吗？这些人是不是在扮演某种角色？这些人在搞文学吗？这些人真诚吗？安托万在给康苏爱萝投寄这些崇高信件的同时，也在向他的情妇们发出爱的誓言。而康苏爱萝则在和某个布勒东[1]（安德烈）调情，与敌人来往。安托万根本不是超现实主义者们的好朋友！

但我们不要审判他们。康苏爱萝是一位自由的女性和艺术家。安托万则是一个天才。

1　安德烈·布勒东（André Breton）：法国著名作家，超现实主义运动领袖。二十世纪三十年代初与康苏爱萝相识。1941年7月与家人一同抵达纽约，与当地的流亡艺术家及知识分子来往密切。

必须撇开历史、社会与文学方面的背景。不应该插手他们的日常生活。必须忘掉安托万·德·圣-埃克苏佩里究竟是谁。这也同样不涉及"平反"康苏爱萝的问题。尽管阅读这些通信明确无误地恢复了她在小王子的传奇故事（玫瑰）以及我们的英雄心目中的位置（排名第一）。

所以，如果我们忘掉历史，忠于词句，那么这就是自特里斯坦与伊索尔德[1]以来为我们讲述的最动人、最真诚、最悲剧性的爱情故事。

1943年4月。安托万重返战场。康苏爱萝待在纽约。我们离开了他们共同生活的泥沼，抵达他们婚姻中美满时光的飘逸巅峰。在那里，我们进入他们爱情的真相，一窥他们关系的奥秘。他们的通信成为一首长长的哀歌，一次漫长的救赎，一种痛苦的宽恕。这很美，非常美！

他说："康苏爱萝，我发自内心地感谢她成为我的妻子。如果我受伤了，有人为我疗伤。如果我遇难了，有人在永恒中守候。如果我归来了，有人是我归来的寻觅对象。康苏爱萝，我们所有的争吵、所有的矛盾都结束了。我现在只是一首关于感激的庄严赞歌。"

她说："我的宝贝，我想要成为您沙滩上的一条小溪，让您沐浴其中。对我而言您是唯一重要的人。知道您毫发无损、充满自信、容光焕发，我很欢喜。""我的小丈夫，我的沙之钟，您是我的生命。我呼吸，我向您走去，提着一个小篮子，里面装满了你喜欢的

---

1 古老的凯尔特人的爱情悲剧故事，在中世纪出现文字记载，流传于欧洲各国，十九世纪末被德国音乐家理查德·瓦格纳改编成了著名同题歌剧。

东西，还有一个神奇的月亮，让它给你当一面镜子，让你[1]知道你是一个好人。""我的东尼奥[2]，回到我身边来吧，在我心里有一个小公主在等着您。"

他歌颂他的"金羽"，他的"小鸡"，他的"地榆花"[3]，他的"天使"……她哭泣她的"鹃鸟"，她的"帕普"，她的"东尼奥"，她的"宝贝"……

他意识到她是其短暂人生中抵达他身边的最美好之物，"现在我老了，我知道自己经历过的最美丽的冒险，就是与你一同穿越那些黑夜，跨向白昼之神的礼物""噢，我的小家伙，你属于我的泪水，属于我的期待，属于我们的觉醒，也同样属于我紧靠在你身边的夜晚，就像身处波谷之中，永远不变，我在那里发现了一个如此深刻的真理，以至于我现在独自入睡时就会大声呼救。"

她最终明白了她的丈夫在大地上拥有一个独一无二的使命，那是圣灵对于人类的一个使命。"我的丈夫，您将会回来写下关于信任与爱情的书籍，以此去照亮，去给那些口渴的人饮水。我相信，在你的馈赠之力中，除了你的诗歌在用闪光、天空与爱情锤炼之外，你给人安慰，令人期待，创造耐心，正是这种耐心构筑起生灵的存在。"

1　安托万·德·圣-埃克苏佩里的信件中对康苏爱萝的称谓经常在"您"与"你"之间切换，这封信通篇用"您"，传达严肃、郑重的语气，而在这两句中使用了"你"，在回忆往事时传达一种更亲昵、私密的语气。后续出现类似情况不再另行注释。当然在某些信件中也不排除"你"和"您"的切换仅仅是由于下笔随意。在书中译者严格对应了原文中的称谓，读者可自行体会其中的用意。
2　安托万·德·圣-埃克苏佩里的母亲给他取的小名。
3　一种草本植物，花小，紫红色。

他们的爱情得到了升华，这份爱只会在彼岸找到终点，"我一生的丈夫，我希望，有朝一日重逢时我们会感到幸福，我希望等到我们共同赴死时会感到幸福，因为生活如此艰辛。亲爱的，我爱您。""你再一次创造了我。这句话给了我生命，它确信在生灵身上存在某些神圣的东西。在人类身上存在神性。""如果您确实是我永恒的无尽岁月中的丈夫。"

从安托万动身离开到失踪一共过去了十六个月……对于康苏爱萝而言，这很漫长，她相信还有第二次机会，但她再也等不下去了。对于安托万来说，任务是第一位的，是在为他的"非戴高乐主义"赎罪……他对自己活着从战场脱身的机会几乎不抱幻想。这两位被生活重创的巨人给予彼此书信的温柔，摸索着相互原谅，相互承诺，相互和解。信件送达，未送达，在动乱中，在他们私密的动乱中。他们沉醉于失而复得的爱情。

他们感到无比孤独，他身陷阿尔及尔的岩浆之中，她则待在纽约的丛林里。世界上只剩下他们两人。

他说："你的信是唯一能够庇护我的东西。我感到自己浑身赤裸、赤裸、赤裸，每天都在变得更加赤裸。然后一个邮递员把你的信递过来，我就整天穿着彩色的丝绸，像一个贵族，像一名骑士，像一位王子。"

她说："你无法想象我在这个大都市里究竟有多么孤独。幸运的是，我从来都不是一个被家人或者忠实的朋友们包围的孩子。所以我知道如何与电影院、与一场精彩的戏剧还有你的信件一起生活……"

然而，无论是安托万还是康苏爱萝，都没有当真试图在世间重逢。这值得悲泣，但事实就是如此。对于他们的爱情来说，再也不会有第二次机会……

1944年7月26日，在最后一封信中，安托万写道："亲爱的康苏爱萝，小康苏爱萝，为您的帕普祷告吧，尽管他蓄着长长的白胡子，身体也毁了，但他依旧在作战。祈祷的目的与其说是拯救他，不如说是让他感到安心，不用日日夜夜为他的地榆花忧虑，在他看来，他的地榆花似乎比他受到的威胁更多。我的小朋友，我多么爱您！"我们哽咽了……

7月31日，指挥官安托万·德·圣-埃克苏佩里从科西嘉岛上的巴斯蒂亚·波雷塔起飞，第无数次去法国上空执行侦察任务。我们再也没有见过他。小王子将重返他的星球。故事结束。传奇开始。

我们猛然从一个漫长的梦幻中走了出来，有点眩晕，有点迷茫，也有点羞愧、愤慨、惊叹。这个故事并没有讲述几天之后康苏爱萝从报纸上得知她的丈夫失踪时到底有何反应。生活重新开始。童话故事结束了。

原版编者说明

当信件中的拼写与标点出现了明显错误时，编者对其进行了修正。出生于萨尔瓦多的康苏爱萝·德·圣-埃克苏佩里并未充分掌握法语的各种语态，因此，对于她的句法或拼写，编者在必要之处进行了改动，以此方便读者阅读信件，但绝对没有对其中的内容肆意发挥[1]。

本书中有十七封信件以及安托万·德·圣-埃克苏佩里的九张手写短笺曾于1984年7月6日被拍卖（德鲁拍卖行，巴黎，阿岱尔·皮卡尔·塔让[2]），之后于2015年12月2日在巴黎佳士得再

---

1 事实上，康苏爱萝的法语表达常常显得幼稚简单，但依然可以从中感受到她的强烈情感——语法、词汇虽然简单，其中的情绪却颇为浓烈。因此，在汉译过程中译者酌情进行了文字处理。

2 阿岱尔·皮卡尔·塔让是1972年成立于巴黎的一家国际性艺术品拍卖公司，由埃蒂安·阿岱尔（Étienne Ader）、让-路易·皮卡尔（Jean-Louis Picard）和雅克·塔让（Jacques Tajan）共同创办。

次出售（书籍与手稿，第43批次）。余下的书信则出自康苏爱萝·德·圣-埃克苏佩里遗物中的藏品，以及一些私人及研究机构的收藏。一些翻印文献也属于康苏爱萝·德·圣-埃克苏佩里遗物中的藏品，除了第017页、第054至058页和第294页（伽利马出版社档案馆）上的文献资料。

本书中对于安托万·德·圣-埃克苏佩里作品的引用，均出自"七星文库"版作品全集（第一册，1994年；第二册，1999年，米歇尔·奥特朗与米歇尔凯斯奈尔主编，费德里克·达盖、保罗·布南与弗朗西斯·盖尔伯参与编纂），缩写为"全集一"与"全集二"。

对于康苏爱萝·德·圣-埃克苏佩里的版权所有者马尔蒂娜·马丁内斯·富图奥索女士在整部文集编纂过程中付出的信任、时间以及宝贵帮助，编者要向她致以诚挚的谢意。编者同样要特别感谢奥利维耶·达盖以及安托万·德·圣-埃克苏佩里遗产管理委员会积极响应这一出版计划，并且授权刊载作家的书信与素描原图。

本书被题赠纪念何塞·马丁内斯·富图奥索先生，他曾经希望这本通信集能够在圣-埃克苏佩里的作品发行人兼好友加斯东·伽利马[1]成立的出版社面世。

---

1 加斯东·伽利马（Gaston Gallimard）：法国著名出版家，1919年创办伽利马出版社。1929年，圣-埃克苏佩里在伽利马出版社出版了他的《南方邮航》，此后，《夜间飞行》《风沙星辰》《小王子》等代表作均在伽利马出版社出版。

圣-埃克苏佩里夫妇的名片，
上面写着："圣埃克苏佩里伯爵和伯爵夫人¹"。

1　安托万·德·圣-埃克苏佩里出生于法国贵族家庭，"伯爵"是安托万的父亲让·德·圣埃克苏佩里的爵位，理论上可以由安托万继承。不过，此处的"伯爵和伯爵夫人"称号带有玩笑意味。圣-埃克苏佩里姓中的短横线是他后来加的，故此名片中还没有短横线。

安托万·德·圣-埃克苏佩里与康苏爱萝·戈麦斯·卡里约[1]的合影。
1930年摄于布宜诺斯艾利斯。

1　康苏爱萝本名康苏爱萝·苏珊·桑多瓦尔（Consuelo Suncín Sandoval），1901年出生
于萨尔瓦多。1922年为了逃避家中安排的婚事，她嫁给了一个年轻的墨西哥公务员里卡
多·卡德纳斯（Ricardo Cárdenas），更名为康苏爱萝·卡德纳斯，一年后婚姻破裂，二人
离婚。之后，康苏爱萝在巴黎留学期间认识了危地马拉作家、时任阿根廷驻法国领事恩里
克·戈麦斯·卡里约（Enrique Gómez Carrillo），二人于1926年结婚，康苏爱萝更名为康
苏爱萝·戈麦斯·卡里约。1927年，恩里克去世，给康苏爱萝留下了一笔可观的遗产，让
她能够周游世界。1930年，她受阿根廷总统伊波利托·伊里戈延（Hipólito Yrigoyen）之邀
前往阿根廷参加恩里克的追悼会，在此期间与安托万·德·圣-埃克苏佩里相识并迅速相
恋。1931年4月22日，二人在法国尼斯结婚，更名为康苏爱萝·德·圣-埃克苏佩里。这张
照片1930年拍摄于布宜诺斯艾利斯，二人正处于热恋阶段，但尚未成婚。因此，康苏爱萝
依然叫康苏爱萝·戈麦斯·卡里约。

小王子的情书集

安托万·德·圣-埃克苏佩里

康苏爱萝·德·圣-埃克苏佩里

目 录

南美、法国、北非

1930年—1940年

从前有一个男孩，他发现了一件珍宝。但是对孩子来说，这件珍宝实在太过于美丽，以至于他的双眸不知道如何去欣赏，双手不知该如何去把握。

——1 安托万致康苏爱萝

阳光明媚，我也一样，我洋溢着希望与欢愉。

爱你，并且感觉到被你所爱，这太美好了。

——13 康苏爱萝致安托万

我要带您走遍异国他乡，一起驯服满天星辰。

——17 安托万致康苏爱萝

1930年8月，马西利亚号邮轮[1]驶向布宜诺斯艾利斯途中。

与康苏爱萝·戈麦斯·卡里约同行的有：

钢琴家里卡多·维涅斯[2]（左一）、耶稣会士皮埃尔·朗德[3]（右二）

以及作家邦雅曼·克莱米厄[4]（右一）。

1　马西利亚号邮轮于1920年在法国完工，隶属南大西洋航运公司，常年来往于从法国波尔
多到阿根廷布宜诺斯艾利斯的航线。1930年，康苏爱萝受邀前往阿根廷访问时便搭乘了这
艘邮轮。

2　里卡多·维涅斯（Ricardo Viñes）：西班牙钢琴家，1895年在巴黎开始其演奏生涯，
1930年随船前往阿根廷，在那里生活了六年，之后回到巴黎直至晚年。

3　皮埃尔·朗德（Pierre Lhande）：法国作家、耶稣会士，在二十世纪二三十年代他率先
利用电台广播作为媒介主持一系列传道宣讲，使其一举成名。

4　邦雅曼·克莱米厄（Benjamin Crémieux）：法国文学批评家、意大利文学翻译家，早年
在新法兰西杂志出版社工作时与圣-埃克苏佩里结识，并在1930年抵达布宜诺斯艾利斯之后
介绍他与康苏爱萝认识。

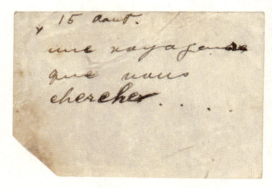

　　在上一张照片背后，康苏爱萝写下了一句话，应该是写给安托万的[1]，拼写字母时下笔显得较为犹豫："8月15日。一位一直在寻找[2]您的女性旅人。"

1　很有可能是康苏爱萝在与安托万·德·圣-埃克苏佩里在布宜诺斯艾利斯相识之后，特意写在这张照片后面送给安托万的。需要注意的是，"8月15日"是照片拍摄的日期，而非康苏爱萝题字的日期。

2　根据康苏爱萝的字迹辨认，原文为"chercher"，即"寻找"的动词原型，用在这里是一个语法错误。法语编者将其改为未完成过去时"cherchait"，意为"曾经长期寻找"；但中文译者倾向于理解成现在时的"cherche"，意为"一直在寻找"。读者可以自行判断。

1　安托万致康苏爱萝

布宜诺斯艾利斯，1930年[1]

我喜爱你的不安，喜爱你的怒气。我喜爱你身上一切尚未被完全驯化之处。但愿你知道你到底给了我什么，而我对于那些没有民族特征的面孔何其厌倦。

我炽热的朋友。

我炽热的朋友，我站在您[2]面前，时常像是个野人得到了一位

1　1926年10月，安托万·德·圣-埃克苏佩里开始出任拉泰科埃尔航空公司西班牙—非洲邮政航线飞行员，1929年10月12日成为公司在阿根廷的运营经理。他在任期中开通了巴塔哥尼亚航线，并且在南美洲与他的几位飞行员老友亨利·吉约梅以及让·梅尔莫兹重聚。在布宜诺斯艾利斯旅居一年之后，他结识了危地马拉作家兼记者恩里克·戈麦斯·卡里约年轻的遗孀——康苏爱萝·苏珊·桑多瓦尔。康苏爱萝1901年4月16日出生于萨尔瓦多的阿尔梅尼亚，在墨西哥与加利福尼亚州求学五年之后，1926年移居法国，与当时的阿根廷驻法国领事恩里克·戈麦斯·卡里约成婚，之后共同生活了十八个月，1927年11月29日，恩里克突然病故。在阿根廷总统伊里戈延的邀请下，康苏爱萝动身前往布宜诺斯艾利斯参加亡夫的追悼仪式。马西利亚号邮轮1930年7月23日从波尔多出发，8月中旬抵达布宜诺斯艾利斯，与康苏爱萝同行的有邦雅曼·克莱米厄，他是《新法兰西杂志》编委会成员，受艺术之友协会之邀，前去开展一系列关于法国当代文学的讲座活动。1930年9月3日，在凡·里埃尔画廊一楼，安托万·德·圣-埃克苏佩里与康苏爱萝·戈麦斯·卡里约都参加了由邦雅曼·克莱米厄组织的一场茶话会，在活动结束时，组织者介绍他们互相认识。接着便是拉普拉塔河上空难忘的飞行经历……在光彩照人的康苏爱萝与飞行员作家之间，一段南美洲的美妙罗曼史开始了，后者的第一部小说《南方邮航》，于一年前刚刚出版。——原版编者注

2　圣-埃克苏佩里在这里把称谓从"你"转换为"您"，表达一种郑重的态度。

长相过于漂亮的女俘，她说着一门过于优美的语言，以至于这野人由于无法时刻正确领会而张皇失措。

我想读懂您表情里的每一个微小起伏，读懂您的思绪在脸上与阴影激荡出的一切。我想要更好地去爱您。您能教教我吗？

我想起一个不算太古老的故事，我把它略做改编：

从前有一个男孩，他发现了一件珍宝。但是对孩子来说，这件珍宝实在太过于美丽，以至于他的双眸不知道如何去欣赏，双手不知该如何去把握。

于是孩子变得忧郁了。

安托万

2　康苏爱萝致安托万

布宜诺斯艾利斯，1930年

东尼奥，

我的孩子您在哪里？

我现在和朋友们一起待在广场酒吧，我们等您来喝一杯鸡尾酒。请过来和我们相聚吧。

康苏爱萝

您的电话5274完全打不通[1]。

1　在与康苏爱萝同居之前，安托万·德·圣-埃克苏佩里住在离阿根廷邮政航空总部不远的一套公寓里。——原版编者注

AEROPOSTA ARGENTINA
(S. A.)

RECONQUISTA 240
U. T. 33 (Avenida) 3264 - 5768
Dirección Telegráfica: POSTAEREA

Buenos Aires, _____ de 193_

J'aime Lion tes inquiétudes et tes colères. J'aime
Lion tout ce qui en toi n'est pas trop apprivoisé. Si tu
savais ce que tu me donnes et combien j'efface les ne
visages qui n'avaient pas de race.

Mon adorable amie.

Mon amie je suis emprunté un peu
devant vous comme un barbare qui posséde une captive trop
belle et un langage trop beau qu'il se trouble de ne pas
toujours bien entendre.

Je voudrais savoir lire toutes les petites mouves
de votre visage. Tout ce que votre pensée y nomme d'ombres ?
Je voudrais vous aimer mieux. Vous me l'apprendrez ?
Je ne me souviens d'une histoire pas très vieille,
je la change un peu :

Il était une fois un enfant qui avait
découvert un trésor. Mais ce trésor était trop beau
pour un enfant dont les yeux ne savaient pas bien

安托万致康苏爱萝的信件："我喜爱你的不安，喜爱你的怒气……"

3　康苏爱萝致安托万

布宜诺斯艾利斯，1931年1月1日或2日

我的东尼奥，

在漫长的日子里，你都将在远离我的地方生活[1]。谁会在每天早晨叫你起床？谁会给你拥抱亲吻？清风、明月、夜色给予你的抚摩，都不会像你妻子的爱抚那样温柔热烈。

我会把这些日子里的温柔全部保留，然后在一个晚上全都交付于你。快回到我身边来吧。

我非常爱你。

你的
康苏爱萝

康苏爱萝致安托万的信件："在漫长的日子里……"

1　1931年1月3日，康苏爱萝在布宜诺斯艾利斯登上马西利亚号邮轮起程返法，1931年1月18日抵达波尔多。之后，她回到了巴黎卡斯特兰街10号的公寓，位于玛德莱纳教堂附近。从1930年9月27日起，康苏爱萝与安托万在布宜诺斯艾利斯塔格莱街2846号共同生活了三个月，之后，这对恋人决定回欧洲成婚。根据康苏爱萝的回忆，安托万不打算以世俗的方式结婚，何况他要娶一个外国女人——离过一次婚，还是第二任丈夫的遗孀，却只有三十岁。总之，不太符合传统习俗。——原版编者注

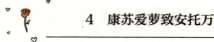

4　康苏爱萝致安托万

马西利亚号邮轮上，1931年1月4日

亲爱的东尼奥，

我睡得很好。清晨抵达蒙得维的亚[1]时，炎热的天气把我弄醒了。我们将在这里停上两个钟头，之后，就要去往更远处了……我的爱，你认为我们会走散吗？

亲爱的，要乖哦，要好好写你的小说[2]，把它写得漂漂亮亮。我们的分别、绝望，我们爱情的泪水，这些难道不会帮助你深入人类的心灵，洞穿事物的奥秘吗？

东尼奥，东尼奥，再见亲爱的。

康苏爱萝

请你转告你的小妈妈[3]，我原本多么希望在布宜诺斯艾利斯好好款待她[4]。

1　蒙得维的亚是乌拉圭首都，也是马西利亚号邮轮离开布宜诺斯艾利斯后停泊的第一个港口。

2　从抵达阿根廷的第一个星期开始，安托万·德·圣-埃克苏佩里就开始着手撰写他的第二部小说《夜间飞行》。等到他1931年6月返法之后，小说正式发表。——原版编者注

3　原文petit maman，petit直译为"小"，表示亲昵的感觉。

4　安托万的母亲玛丽·德·圣-埃克苏佩里（Marie de Saint-Exupéry）1930年12月20日从马赛登船，乘坐佛罗里达号邮轮前往阿根廷，1931年初抵达布宜诺斯艾利斯与她的儿子团聚，当时康苏爱萝正乘坐马西利亚号邮轮返法，二人擦肩而过。——原版编者注

5 康苏爱萝致安托万

桑托斯[1]，1931年1月5日

这两天，我呆呆傻傻。

你，离我那么近。

我在桑托斯醒来。

我想给你写信，却无从下笔。昨晚，我起床了六次，去眺望大海。我没有勇气在那月色的清辉里潜入水中！入睡时，我手里拿着你发来的电报[2]。谢谢。

我希望你和你的妈妈都过得无比平安。告诉我你是幸福的，亲爱的东尼奥，而我将耐心忍受思念之苦。每过一天，我都在死去一点点！我的爱！快来将我复活！写信啊，去写吧！待你知晓你的归期，告诉我你生活中的点点滴滴。

你的

康苏爱萝

---

1 桑托斯是巴西圣保罗州的一座港口城市，位于大西洋沿岸，是马西利亚号邮轮途经巴西时停靠的一个站点。

2 安托万之前给康苏爱萝发了一份电报，但并未保存下来。

6　康苏爱萝致安托万

马西利亚号邮轮上，1931年1月5日

东尼奥我的爱，

我病了，我在发烧！

你还好吗，我的爱？告诉我你在做什么。你见姑娘了吗？你在创作你的新小说吗？

我想从里约[1]给你打电话。

我好难受！

啊！我想让你寄几页你的新小说给我，以便和克莱米厄一起挑挑，然后发表出来[2]。你想要让我高兴一下吗？

我拥吻你。

康苏爱萝

东尼托[3]也一并拥抱你，并且焦急地等待着你的回音。

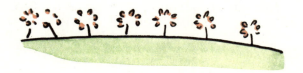

1　里约热内卢是马西利亚号邮轮的停靠点之一。在《玫瑰的回忆》中，康苏爱萝提到，当她乘坐的马西利亚号邮轮抵达里约热内卢时，她未来的婆婆乘坐佛罗里达号邮轮也抵达了此地（实际上抵达日期是前一天），二人擦肩而过。——原版编者注

2　《夜间飞行》于1931年6月在伽利马出版社出版，并由安托万·德·圣-埃克苏佩里的朋友安德烈·纪德（André Gide）作序。在《夜间飞行》的写作过程中，邦雅曼·克莱米厄发挥过重要的作用。

3　指代的具体人物不明。

7　安托万致康苏爱萝

我的小姑娘，

我弄丢了你家的地址，尽快寄给我。

房子[1]完全空了。我忧郁地从餐厅走到书房，在书房里度过忧郁的时光，整理我那些堆在箱子里的书籍。我的小妈妈已经到了，明天我们一起去亚松森[2]。接着从亚松森前往巴西，然后直接回欧洲，因为我回程不经过纽约[3]。

你想象不到自从你离开之后上演了多少闹剧。对此我心生厌恶。一天早晨，有人过来跟我说，我欺骗了所有人，说我把你藏在房子里而且已经闹得尽人皆知，还说这简直不可想象，等等。这些欺压真是再可笑不过了。首先，就算我把你藏在我的房子里，这也与他人无关。而且——不幸的是——房子真的空空如也。他们根本不接受我提供的任何证据：你已经在蒙得维的亚登岸了，马上就会和我重聚了。我甚至没法为自己辩护：消息有可靠的来源。我不得不通过我的朋友伯耶尔[4]给马西利亚号邮轮发电报，他对此也很反

1　指布宜诺斯艾利斯塔格莱街2846号，康苏爱萝和安托万在此地共同生活了三个月。

2　亚松森是巴拉圭首都，位于巴拉圭河河畔，与阿根廷隔河相望。

3　安托万·德·圣-埃克苏佩里与他的母亲1931年2月1日一同登上了从布宜诺斯艾利斯驶往法国的阿尔西纳号邮轮。——原版编者注

4　安德烈·伯耶尔（André Boyer）：负责经营马西利亚号邮轮的法国航运公司总经理，安托万·德·圣-埃克苏佩里的友人。

感。这一切都来源于贝萨科[1]。你想象得到，如果我能转身离去会感到多么幸福。

我可怜的小姑娘，人生并非一帆风顺，特别是对于幸福的人，总有不速之客在打他们的主意！麻烦事缠身，我还没有去看彩票[2]呢。我会给你写信的。我累坏了。

我给你寄去一所小房子的照片，还有一封之前别人写给你的信件。我的心态不够平和，没法和你轻声细语。等我到了亚松森就能这么做了：把你的地址发电报给阿根廷邮政航空。

收到我的信件一个月之后，我就到巴黎了。

我的小姑娘，我从来没有过得像这几个月这么幸福。

柔情的
安托万

1　贝萨科是安托万·德·圣-埃克苏佩里的同事，1930年5月接替因事故而失踪的飞行员于连·潘维尔，负责里约热内卢航线。对于这些人传播谣言诽谤中伤的原因，我们并不清楚，很可能是出于对某种桃色新闻的兴趣（毕竟康苏爱萝访问阿根廷是为了参加其亡夫恩里克·戈麦斯·卡里约的悼念活动，却迅速与别的男人同居了）。康苏爱萝在私下里曾经指出："我们在布宜诺斯艾利斯成了一桩丑闻……我无法以这样的方式走向戈麦斯·卡里约的遗像。"——原版编者注
2　从二十世纪二十年代开始，由于收入微薄，生活困窘，安托万·德·圣-埃克苏佩里养成了购买彩票的习惯，尽管从未得到好运的青睐，这种习惯却保留了下来。

8　安托万致康苏爱萝

发给马西利亚号邮轮的电报

布宜诺斯艾利斯，1931年1月14日

卡里约返回前八天旅行寄上

柔情动身法国始终月底

发电报船上。安托万[1]

9　安托万致康苏爱萝

布宜诺斯艾利斯，1931年1月22日

亲爱的，我的心里总是空空落落。

给你写信很甜蜜。

我和我的小妈妈相处得不太融洽：我的性格过于恶劣，还有太多烦恼，于是我总是在身不由己地伤害别人。

我去亚松森待了八天。亚松森附近的圣伯纳迪诺[2]，有一个夏季会聚年轻少女的小湖。

但我根本没有去过什么放荡不羁的生活。我之前在工作。我几乎要把我的书写完了。

1　这是一封电报，由于电报发送容量有限，因此内容往往不是完整的句子，只留下一些关键词。大意为："卡里约（指康苏爱萝），在返程之旅的八天以前，把我的柔情寄给你，我就要动身前往法国了，出发时间始终定在月底，在船上我会给你发电报的，安托万"。如无特殊需求，后文将不再对电报进行注释说明。

2　圣伯纳迪诺是巴拉圭城镇，位于首都亚松森以东约四十千米，毗邻伊帕卡莱湖。

望着窗外，我真想买下一片装满夏天的湖泊。

我会把它送给我认识的一个小姑娘，只给她一个人，让她能够沐浴其中。于是我的小小湖泊就会变得充实而美妙，就像那些只养一条金鱼的巨大透明鱼缸。

你比葛丽泰·嘉宝[1]更美，同样也要更乖哦！

东尼奥

安托万·德·圣-埃克苏佩里的照片。
1931年1月27日摄于布宜诺斯艾利斯。

10　康苏爱萝致安托万

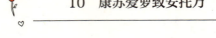

海滨圣玛丽[1]，电报

1931年2月13日23时55分

圣–埃克苏佩里，阿尔西纳[2]，海滨圣玛丽，电报

你的船开得慢我很高兴和你重逢。

阿尔西纳号邮轮船票。

1　海滨圣玛丽是法国南部市镇，濒临地中海。

2　1931年2月1日，安托万·德·圣–埃克苏佩里与他的母亲乘坐阿尔西纳号邮轮返回欧洲。邮轮将于1931年2月23日到达马赛，但安托万中途在西班牙的阿尔梅里亚提前下船，并在当地与康苏爱萝会合，而他的母亲则独自乘船返法。——原版编者注

1931年春，康苏爱萝与安托万在尼斯的合影。
照片后来被赠予加斯东·伽利马。

11　康苏爱萝致安托万

阿盖[1]，1931年3月或4月

我的爱，

我给你写一封短信，告诉你今天我买了一支五法郎的钢笔，它挺好用的。我很开心！

今天早上，我给你写了一封蠢信。我在这里大脑一片空白。阳光夺走了我的思想。

我晒黑了很多，你还会爱我吗？

星期六早上早点回来。我们为你准备了野餐。

我困了。整整一上午我都躺在阳光下，在一片遍布红色山岩的峭壁旁边，这些山岩形成了一个海滨岩洞，里面遍布蓝黑色的波涛。迪迪[2]不让我去岩洞里玩！

我期待我们俩一起去那里泡泡。

今天我们和皮埃尔一起去了尼斯，为了把结婚日期[3]搞清楚。迪

1　阿盖是位于法国南部的一座村镇，毗邻地中海，风景秀丽。安托万·德·圣-埃克苏佩里的妹妹加布里埃尔在嫁给皮埃尔·达盖之后便在当地居住。1931年3月到4月，康苏爱萝在当地盘桓了数日，并得到了未来夫家亲友的招待。当时安托万正待在巴黎，处理一些工作和出版方面的事务。2月中旬，这对恋人在西班牙阿尔梅里亚重聚之后，先后前往巴黎和尼斯，最终入住康苏爱萝亡夫留给她的"观景台"庄园。就我们所知，3月31日安托万在阿盖，当天他把康苏爱萝介绍给了安德烈·纪德以及他的表妹伊冯娜认识，同时和他们谈到了自己尚未完成的新作《夜间飞行》。正是在这段时间，康苏爱萝认识了她未来丈夫的亲属，安托万也结识了他未来夫人的友朋。——原版编者注

2　迪迪是安托万的妹妹加布里埃尔的小名。

3　安托万和康苏爱萝于1931年4月22日在尼斯登记结婚，证婚人为于贝尔和阿德勒·德·封斯科仑布。宗教仪式于次日在阿盖礼拜堂举行，由安托万少年时候的老师苏多尔神父主持。——原版编者注

迪由于没有为她的朋友们提供确切日期而心烦意乱。

妈妈[1]拥抱你。她对我非常和气。我很喜欢她，但她太想让我相信她对迪迪的爱胜过对我和我的小性子！嫉妒！

我拥吻你，我的宝贝。夜里孤枕难眠……！

非常非常！

东尼奥！

康苏爱萝

1931年3月到4月，
康苏爱萝与安托万在阿盖附近野餐。

1　康苏爱萝称安托万的母亲为"妈妈"。

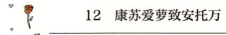

12　康苏爱萝致安托万

阿盖，1931年4月14日

写信我等你亲吻康苏爱萝

13　康苏爱萝致安托万

阿盖，1931年4月中旬前后

我亲爱的，

请告诉我你坐的火车星期六几点抵达圣拉斐尔[1]。

我忘了在电话里叫你在巴黎给自己买些袜子，至少要十几双。

一家人都很好，除了优提[2]。它有些伤心而且不想吃东西。明天，如果你给我打电话，那么我就告诉你婚礼定下的日子，然后你就能去转告道拉[3]。他会过来吗？还有塞贡涅[4]呢？

1　圣拉斐尔是法国东南部城市，紧邻地中海，是地中海沿岸的重要旅游城市，也是离阿盖最近的城市。
2　康苏爱萝养的小狗。
3　迪迪耶·道拉（Didier Daurat）：拉泰科埃尔航空公司运营总监，《夜间飞行》中的人物里维埃尔的灵感来源。他为了保护非洲航线飞行员的人身安全，实施了许多独创性的举措，并积极与当地摩尔人沟通，地位举足轻重。正是他鼓动安托万·德·圣-埃克苏佩里加入这家航空公司。安托万·德·圣-埃克苏佩里把他在南美洲写的小说题赠给了这位他最欣赏的上司。
4　亨利·德·塞贡涅（Henry de Ségogne）：安托万·德·圣-埃克苏佩里在圣路易中学的同学和好友。之后成为著名的登山运动员和政府高官，但一直保持着二人的友谊。在结婚前，安托万·德·圣-埃克苏佩里曾给塞贡涅写信介绍了他未来的妻子并预告他即将回到欧洲。——原版编者注

阳光明媚，我也一样，我洋溢着希望与欢愉。

爱你，并且感觉到被你所爱，这太美好了。

你的小妇人
康苏爱萝

给我带一支笔来。

我想给我喜爱的鹃鸟[1]写点美文。

玛丽·德·圣-埃克苏佩里的笔迹：

来自妈妈的柔情。

1931年4月23日，
康苏爱萝与安托万在阿盖礼拜堂的宗教婚姻仪式上。

---

1 一种原产于中美洲的咬鹃科鸟类，长尾，腹部赤红，毛色鲜艳。根据后文判断，此处的
鹃鸟（quetzal）指安托万。

14　康苏爱萝致安托万

圣莫里斯德雷芒[1]，1931年6月底

我的东尼奥，

我住进了屋子[2]里最漂亮的房间。妈妈为我们俩准备好了一切。你应该和她亲近一点。你的书[3]还有你的相片让她不再为收不到你的来信而痛苦。

我在这里过得非常非常好，但离你那么远，我并不开心。你怎么样，我的爱？我争取在这里待上十五天，不能更久了。妈妈在等外婆[4]、玛德姨妈[5]、X舅舅[6]、两个英国人还有迪迪等，但我不喜欢被迫接受某些必须向家里人表达的日常礼节。

1　圣莫里斯德雷芒是法国东部村镇，镇中保留着圣莫里斯德雷芒庄园。这座庄园最开始属于安托万母亲的一位好友特里科伯爵夫人。在安托万的父亲因病去世之后，特里科伯爵夫人在庄园中收容了安托万的母亲和她的几个孩子。少年时期的安托万·德·圣-埃克苏佩里经常与他的兄弟姐妹们一起在那里欢度暑假。1920年特里科伯爵夫人去世时，将庄园赠送给了安托万的母亲。1931年春季，康苏爱萝与丈夫在巴黎短住，其间接受了阑尾紧急切除手术，1931年6月23日开始，她来到圣莫里斯德雷芒庄园静养，而安托万则开始着手准备恢复他在非洲航空邮政航线上的活动。由于无力负担庄园的高额维护费用，1932年12月20日，圣莫里斯德雷芒庄园被安托万的母亲卖给了里昂市政府教育部门，被改造成了一所防疫疗养院。
2　指圣莫里斯德雷芒庄园。
3　此处的"书"指《夜间飞行》，1931年6月由伽利马出版社正式出版。
4　指安托万·德·圣-埃克苏佩里的外婆阿丽丝·布瓦耶·德·封斯科仑布（Alice Boyer de Fonscolombe），是五个孩子的母亲，其中包括出生于1875年的玛丽·德·圣-埃克苏佩里——让·德·圣-埃克苏佩里（安托万·德·圣-埃克苏佩里的父亲，在安托万未满四岁时中风去世）的遗孀。——原版编者注
5　指安托万·德·圣-埃克苏佩里的姨妈玛德莱纳·德·封斯科仑布（Madelaine de Fonscolombe），玛丽·德·圣-埃克苏佩里的妹妹，单身，和她的母亲阿丽丝一起住在圣拉斐尔。——原版编者注
6　很可能是指埃玛纽埃尔·德·封斯科仑布（Emmanuel de Fonscolombe），玛丽·德·圣-埃克苏佩里的长兄。

我恳请你要认真照顾自己。很遗憾没能和你一起去摩洛哥[1]生活，因为在巴黎，朋友们一个个总是失约。

请原谅我用打字机给你写信，让我尽我所愿地拥吻你吧。

康苏爱萝

和斯卡皮尼夫人[2]一起喝茶，并且见到了里内特[3]。在电话里和她们俩道了别。

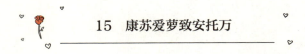

15　康苏爱萝致安托万

圣莫里斯德雷芒，1931年7月

东尼奥，

我好累。气温变化让我病倒了、憔悴了。我还没有足够的力气绕着公园走一整圈。讲上几分钟话就会让我晕倒。我晚上不吃饭。我消化不了。夜里做了许多噩梦。你想象一下，我梦到有人把我麻

1　在南法的波克罗勒岛度完短暂的蜜月之后，安托万·德·圣-埃克苏佩里在尼斯和巴黎待了几天（他在那里完成了《夜间飞行》以及校样的复核），然后恢复了他在邮政航空的工作。首先，他在1931年3月抵达图卢兹，负责飞往摩洛哥的航线，从1931年5月至当年年底，他驾驶拉泰科埃尔26型飞机，在卡萨布兰卡与艾蒂安港之间运送邮件。康苏爱萝在安托万履职之后曾前往图卢兹小住了几周，直到1931年底，她才搬到卡萨布兰卡。1932年底，夫妻二人离开卡萨布兰卡。——原版编者注

2　露西-玛丽·斯卡皮尼（Lucie-Marie Scapini）：安托万·德·圣-埃克苏佩里以及亨利·德·塞贡涅少年时代的友人。她于1929年嫁给了议员乔治·斯卡皮尼。——原版编者注

3　蕾内·德·绍希娜（Renée de Saussine）：小名"里内特"，音乐家。安托万·德·圣-埃克苏佩里青年时代的友人。安托万曾长期暗恋蕾内，二人虽未能走到一起，但从青年时代起就保持着长期通信。

1931年春，由新法兰西杂志出版社[1]摄影师罗杰·帕里拍摄的《夜间飞行》作者肖像。
右下角字迹：“献给我亲爱的妻子/柔情的/安托万”。

1　1911年，加斯东·伽利马与安德烈·纪德以及让·舒伦贝格一同创办了新法兰西杂志出版社；1919年，加斯东·伽利马又成立了伽利马出版社，新法兰西杂志出版社则成为其下辖的分部。

醉了，要对我动手术。我忍受着痛苦，就像那是真的一样。

　　妈妈一直在照顾我，就像是我的亲妈一样。昨天，我度过了一个平静的星期六。我在公园里走了几步，和我的优提一起玩耍。这个小可怜在水里被妈妈养的黑狗"风暴"咬了一口。它从昨天开始就发烧了，眼珠都白了。风暴讨厌猫咪，而当优提跑起来的时候，它在对方眼里长得很像那些猫。总有一天风暴会把它弄死的。优提非常嫉妒风暴。它不允许风暴靠近我。尽管它的眼睛都肿了，它还是总去攻击那些大狗。

　　今天我开始感觉不那么劳累了。我给自己打扮了一番，因为我们邀请了一对夫妻共进午餐。我不想一个人待在床上。妈妈也觉得我好些了。

　　亲爱的，你呢，你好吗？你打的针会对你的身体造成强烈反应吗？你一定要照顾好自己。我的爱，我很想出现在你身边，帮助你遵守饮食作息，帮助你戒烟。我想我们都有一段非常糟糕的麻烦[1]日子需要度过，如果你身体好的话，我们一定会从这些困境中微笑着走出来的。我现在依然有些虚弱。我之前做的手术依然让我觉得肚子疼，尤其是此时此刻……我的卵巢……

　　如果你已经处理完了联航、税收之类的事情，和我讲讲吧。你把你住处的地址交给卡斯特兰街[2]的门房了吗？于连没有失约吧？

1　当时安托万夫妇遇到了一些财务困难。安托万为了返回法国与康苏爱萝相聚并且回国出版自己的作品，放弃了南美洲的高额薪水。而康苏爱萝则卷入了一场官司，她在一起车祸中撞伤了一个骑自行车的人，1931年2月9日法院判决康苏爱萝赔偿受害人七万五千法郎。——原版编者注

2　卡斯特兰街10号是康苏爱萝巴黎公寓的地址。她的亡夫恩里克·戈麦斯·卡里约从1910年9月开始便在那里定居了，并将其作为遗产留给了康苏爱萝。——原版编者注

如果我有勇气留在这里足够长时间，让我能够彻底恢复，那么日后我将会非常健壮，可以负责所有的家务事，可以负责照顾我亲爱的丈夫。我想让他推敲他的想法，写出永恒的著作，我想成为他的伙伴，我想帮助他。我的爱意会帮到他的。

亲爱的，谢谢你发来的电报。但我对你怨气很大。在巴黎时，你完全可以抽出两分钟打电话的时间，给我发封电报。如果这么做不是出于愿望或喜悦，至少也要出于礼貌吧。

整整一个星期，我都没有收到你的只言片语。

我不拥吻你……在你求我这么做之前。

非常爱你，你的妻子。

康苏爱萝

妈妈说你必须好好休息，至少得去迪沃[1]疗养一番。我也这么认为。

妈妈觉得你飞巴黎——比亚里茨[2]要比飞卡萨布兰卡累得多，因为去卡萨布兰卡一路上你可以停下休息和打针，到处都有能够给人打针的医生。（记得给我写信，我的鹍鸟[3]）

妈妈拥抱你。

优提舔舔你。

1　迪沃是法国东部市镇，与瑞士接壤，位于圣莫里斯德雷芒西北约一百千米。迪沃是著名的温泉小镇，以矿泉水纯净轻盈、能够让人舒缓精神闻名，十九世纪便建有水疗中心，是当时的疗养胜地。
2　比亚里茨是毗邻西班牙的法国边境城市，位于巴黎东南约七百五十千米，可直飞抵达。
3　康苏爱萝使用的"Ketzal"与她之前信件中提到的南美鹍鸟同音。根据之后的信件判断，应该是她化用后者，作为对安托万的爱称。

16　安托万致康苏爱萝

图卢兹，1931年7月

我亲爱的宝贝，

我太想你了。要是我可以的话，这个星期天我就想去看你。我希望你现在过得幸福，正在阳光下午睡。但愿我的小妈妈像照顾我一样照顾你。也期望你越长越漂亮。

你知道，我写了好几封信，但它们不是没写完，就是留在了我的口袋里。我搞了一整天地勤，晚上回来时已经累坏了。为了和你交谈，我努力把我的凝神静思找回来，却一无所获。这里的晚间并不凉爽，"夜晚"没有在白天得到休息，夜里人们总是大汗淋漓。我亲爱的小妇人，快快强壮起来，给我打造一个温馨的家，还我一个温柔花园吧，这花园正是你。我非常需要你，我的宝贝。

这里的小城市没有多大激情，也没有多少欲望。这是一个几乎完全由公务员组成的小圈子，人们在咖啡馆里卖弄他们的满足感。他们并没有沉重的回忆，这让他们感到幸福，生活里无非是钓鱼、狩猎和桌球。这座城市已经不再创造什么了。它不会再给它的博物馆（其实是一块涂过清漆的墓地）增加一幅画作，也不会再为它的房屋增加一间宅邸。它不会再去购入新的有轨电车。那些来来往往的电车慢慢老去，晃晃悠悠，发出一阵咣当声，让这些过于明智的人颇为中意，如同一首童年时的歌曲，一段久远的旋律。这里从来没有任何新东西，甚至连一个新想法都没有。在所有这些人中间，咖啡馆露台上的几个少妇就是他们关于爱情的回忆。他们的记忆随着他们一同老去，长出皱纹。于是他们便认为自己永远年轻，因为他们从来都不会比他们的记忆老得更快。

于是，这些明智之人慢慢花掉自己的年金，耗尽他们的生活岁月与他们的心。他们吃饭精打细算。似乎这里的所有人都会一起死于衰老。

我的小妇人，我们不是为这样的城市而生的。我要带你去往那种还保留着一点神秘感的美丽国度。在那里，夜色像床铺一样舒爽，让全身的肌肉得到放松。在那里，我们可以驯服满天繁星。你还记得那颗没有被我们驯化的星星吗，它长着女巫般的眼睛，拥有一种钉住心脏的独门秘方？我们再也不去有那种星星的地方了。

我感到痛苦，因为你不给我写信。你不应该由于我信写得少就这样报复我。不应该任由你的男孩失去保护。对于我的忠心而言，我妻子的一句甜言蜜语要比整个世界的意志更加有效。尽管我过于思念你，我还是有责任把你送去阳光下恢复体力。你拥有这样一个人，他不会因为你的沉默就轻而沉迷于人生中那些丑陋的小小诱惑。

我的小螃蟹[1]，不给我写信几乎不会让你进步，还让我感到无比孤独。不过无论如何我还是要谈论我的妻子，这能让我安心。我说："我的妻子现在待在乡下。"我说："我的妻子很快就要来了。"我说……我说……就这样，我知道自己已经结婚了，而且我必须非常听话。但是你不应该让我孤身一人低三下四地告诫自己要非常听话。我的妻子应该有耐心，应该忘掉我的缺点；我的妻子应该善良，应该忘记我的沉默；我的妻子应该记得我是多么柔情，然后让我也记起这一点。

1　原文为"crabichon"，法语中并没有这个词汇，疑似为安托万·德·圣-埃克苏佩里自造的新词，词根为"crabe"（螃蟹）加上"chon"（法语构词法中作为词尾意为"略微"），因此译作"小螃蟹"。在法语中，"螃蟹"有"固执"之意，因此"crabichon"也可以理解成"有点小固执的人"。安托万以此善意揶揄他的妻子。

在巴黎我没有见里内特，没有见任何人。没有打电话，也没有写信。我在你走后第三天就出发了。我对其他人根本不在乎。

拥抱妈妈，对她说我爱她。告诉她我会先来看你，之后再来接你。这周我去一趟卡萨布兰卡就回来。我会给你带一点东西，只要我有了钱，就给你寄过去。

我爱你们
安托万

17 安托万致康苏爱萝

图卢兹，1931年7月

我的爱，

我来这里已经三天了。机库、机场、办公室，一切都很平静。这是一个平安的夏季，邮航来往顺利。巴黎还有它那些正在发生的大事[1]，这里根本无人问津。办公室的窗户下面栽种的旱金莲开花了。看起来就像是一栋退休水手住的房子。

傍晚我回到了城里。梅尔莫兹[2]来了：我们共进晚餐。我们都谈

---

1 1931年5月13日，保罗·杜美（Paul Doumer）当选为法兰西第三共和国第十三任总统，于6月13日上任。

2 让·梅尔莫兹（Jean Mermoz）：后备役飞行员，1924年加入拉泰科埃尔公司。安托万·德·圣-埃克苏佩里的同事和朋友。1926年，梅尔莫兹开始负责卡萨布兰卡至达喀尔的航线，其间经历了各种危险，1927年被调往南美，负责为邮政航空开拓新线路。1929年，安托万前往南美与其会合。梅尔莫兹在航空领域的探索使其成为民用航空领域的一座丰碑，尤其是1930年5月在非洲与南美洲之间第一条水上飞机线路的建立就要归功于他，此外，他还创造了一系列远距离飞行纪录。——原版编者注

到了各自正在康复期的太太。我说："我的妻子……"他说："我的妻子[1]……"我们都非常骄傲。夜色降临，我独自一人漫步了很远。于是回家时已经筋疲力尽、清心寡欲了。

这座小城市到底是死是活，人们根本搞不太清楚。有许多不值一提的小激情，但都不会持续多久。在咖啡馆露台上，充斥着一个无欲无求的小圈子，脑子里记住的全是钓鱼、打猎或者桌球。还有一些记忆是关于那些不难满足的爱情，相关画面正活生生地坐在他们中间：一群少妇，既客气又乏味。一座永远不会再创造任何东西的城市，它已经停止填充它的博物馆，再也不会添加一幅画作，它不再丰富自己的生活必需品，不慌不忙地慢慢花光它的法国年金、它的生活岁月和它的心。你了解这些幸福的小城市，在那里似乎所有人都在悄悄地一同老去，没有任何新意。似乎所有人都迈着小碎步，共同走向衰老。

我还知道别的事情。你还记得吧，在塔格莱街窗外，那座刚刚爆发革命的城市[2]。《批评报》报社[3]的警笛声，国会的炮声，还有其

1　让·梅尔莫兹于1930年8月23日与吉尔伯特·夏佐特（Gilberte Chazottes）在巴黎结婚。——原版编者注
2　1930年9月6日，阿根廷将军何塞·菲利克斯·乌里武鲁（José Félix Uriburu）发动军事政变，推翻了伊里戈延总统领导了长达十四年的自由主义"激进公民联盟"政权，自己就职总统，建立了军事独裁，使得在1916年革命中被剥夺权力的阿根廷寡头集团重新上位，大开历史倒车，并且开启了阿根廷近代军事政变频繁的序幕。安托万与康苏爱萝当时恰好住在布宜诺斯艾利斯，目睹了政变全过程。安托万将这场反动军事政变视为一场革命，无疑是一种误判。不过鉴于他外国人的身份，加之在阿根廷逗留时间有限，做出这样的误判也情有可原。康苏爱萝在她的回忆录中也谈及过这一插曲。由于她是被总统伊里戈延专门请到阿根廷来参加其亡夫的追悼活动的，因此，她更多感到的是对自身安全状况以及当地个人财产的担忧。
3　《批评报》报社是当时政变者的巢穴之一。

他地方的报警声,有时会制造出一首绝妙的歌曲,给这个巨大的躯体带来生机。当时我们站在阳台上说道:城市病了……1月1日那天夜里,我把你叫醒了,因为市民为了营救伊里戈延发出了同样的声响,让我心绪不宁。我不知道它究竟在对着哪个暴君怒吼,在朝着哪种希望喊叫。我对你说:一次革命!而那时正赶上新年。人们正在欢庆人生中的这场胜利。我当时非常感动,你也一样。我发誓一辈子都要把你紧紧靠在我心头,要和你一起迈进许许多多新年……

我想起了那颗凶恶的星星,它在大地的另一端闪烁,长着女巫般的眼睛。你想要再去看它一眼吗?我不想。它用这种方式钉住我们的心。

我的小妇人,我的伴侣,我的财富,我对您[1]忠心耿耿。我要带您走遍异国他乡,一起驯服满天星辰。以便在炎热的夜晚,我们能够在露台上感到整片天空的恬淡温柔。

好好照顾自己,给我写信。

属于您的

安托万

我周二出发,周三回来。

1　安托万·德·圣-埃克苏佩里在这里把他对康苏爱萝的称谓由"你"改为"您"直至结尾,表达了一种严肃、郑重的语气。

18 安托万致康苏爱萝

丹吉尔[1]，1931年6月底或7月

这封信不会很长。我很疲惫。今天早上我从图卢兹出发。明天抵达卡萨布兰卡。后天就能回到图卢兹。

我遇上了糟糕的天气。我遭受了无穷无尽的重击。有时候，当我重见蓝天时，我正在三千米高空避难。我满身的汗水都在一阵纯净猛烈的寒风中干涸了[2]。一阵纯净猛烈的风本身不会带来什么伤害，但这股寒流强劲无比，以至于我再也无法前进。于是我只能告别自己一动不动、金光闪闪的休憩之所，回归地面的无序与动荡，还有那种难以忍受的酷热。

丹吉尔，一座死气沉沉的小城。

亲爱的，我要睡了。这封信是为了拥吻您。为了告诉您我全部的爱意。

等我到了卡萨布兰卡也许能把信写得好一点。

我对您的爱比您想到的更多。

安托万

---

1 丹吉尔是摩洛哥北部滨海城市，位于直布罗陀海峡西南，与西班牙隔海相望。是当时图卢兹至卡萨布兰卡的邮政航线的落脚点之一。

2 安托万·德·圣-埃克苏佩里当时驾驶的早期民用飞机与"一战"时期的军机类似，其驾驶舱是敞开式的，没有玻璃进行区隔，因此，飞行员被直接暴露在气流之中。

拥抱我的小妈妈。写信告诉我大家对我那本书的评价[1]。

19 安托万致康苏爱萝

图卢兹，1931年6月底或7月

金羽[2]，

没有您我再也活不下去了。我很想去接您。金羽，您是世界上最可爱的女性，是一个仙女。我的眼泪差点流到了您的信上。"由于给您写了一封丑陋的信件，这种悔恨令绝望感增加，直至泪流满面……"[3]

金羽，我必须成为一只鹏鸟，才能更准确地理解您，才能唤醒这个野性的小魂灵。在金羽面前，我们不会任由优提的肉酱放在地上……来我家里吧，金羽，用您美妙的无序[4]把住宅填满吧。在每一张桌子上写作吧。它们都是属于您的。然后把许许多多躁动放进我心里吧。

我再也不会离开您了。我不希望有人不理解我的宝贝。我永远

---

1 1931年6月《夜间飞行》在伽利马出版社出版之后，报界的反应普遍较为谨慎和含糊。莫里斯·布尔代在《小巴黎人报》上发表了一篇表示赞同的评论，但语气颇为冷淡，而且不乏某种论战意图。罗贝尔·布拉西亚赫在《法兰西行动报》上的评论则让《夜间飞行》的作者深感不安。不过，1931年12月3日小说获得当年的费米娜奖之后，立即大获成功。——原版编者注

2 "金羽"（Plume d'or，金色羽毛）是安托万对康苏爱萝的新昵称，因为康苏爱萝称他为"鹏鸟"，因而他把她称作"金羽"，形成一种互动。

3 这封信件未能被编者寻获。——原版编者注

4 和安托万一样，康苏爱萝的生活方式也非常无序，家中常常堆满了各种东西。

不会进行任何指责了，我永远不会感到任何遗憾了。每天我都会多一点感激。非常善意，非常忠诚。

您的痛苦就是我的痛苦。

有一天你对我说我挺"公正"。金羽，我希望自己永远配得上你。你还跟我说过一次，说你"十分幸福"。金羽，等我们一起住到卡萨布兰卡，您会更加幸福。我们会拥有一辆小汽车。每过八天，八天，我们就可以待在一起。而在我缺席的六天时间里，金羽，您可以学画画？或者学阿拉伯语？

金羽，我有义务让您感到幸福。

您的丈夫，您的鹃鸟。

安托万

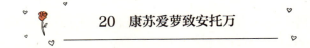

20　康苏爱萝致安托万

里昂，1931年7月

我的爱，

我们白天去了里昂。我刚从电影院出来，一小时之内，我们就要动身回圣莫里斯[1]了。

星期天我等你，如果你回不来，我求求你，我的男人，星期六早上给我发封电报。无论如何，记得给我发电报。

1　圣莫里斯德雷芒位于里昂东北约五十千米。

我有点神经紧张，不过仅此而已。我身体非常好。我会和你一起动身。

我已经好了，而且就在你身边。我还会更好的，我的爱。快快把我带走吧。

爱你。

你的
康苏爱萝

 ## 21　安托万致康苏爱萝

撒哈拉，1931年夏

亲爱的金羽，

这里刮大风了，掀起了沙尘。整片沙漠都在移动，完全不成形。你在离我两千千米之外的地方安睡着，睡在一座无比平安的城市里，而我呢，我透过茅屋的墙板，聆听着每一阵沙暴激起的各种抱怨。我们全都精疲力竭，围拢在桌边。有些人在读书，我在给你写信，但所有人都感觉浑身不自在，连狗也是这样，摩尔人都躲在帐篷里，我们唉声叹气，口出怨言，我们辗转反侧，久久难眠。金羽，这就是沙暴。它发出的迁移之声让我们保持清醒。这种推动着整个世界移动的力量冲击着我们读书的小屋。我走到门口，金羽，透过漫天迅疾的黄色烟尘看到了月亮，它是一个标记，金羽，当我们逃跑时，它是一个浮标，一动不动地高悬在这片移动的地面之上。今夜这片大地在移动。金羽，这一切都让动物和人类感到担忧。

我也感到担忧。我把自己全部的宝贝都从身边移远了。她在惆怅，她在梦想，她在沐浴，而我却不在那里迎接她，帮她重返海滩，阻止她在梦境和海水中走得太远。我离她很远，身处一片无形之地，今夜这里的每一座沙丘都在崩塌。在这里，大地在月光下开始了它的潮汐，没有任何其他声音触及我们，除了风声在门外尖啸，敲打着瓷砖，在沙漠中的某个地方，演奏着一曲悲伤的阿拉伯曲调，就像一首没完没了的童年歌谣。

金羽，我在为我们谋生，我在做着梦。我要给你买一辆小汽车，这样你就可以在坚固的道路上随处兜风；我不喜欢让我的爱人到海里去，就像也许你也不喜欢这些沙子，它们会比大雪更稳妥地把篷车覆盖。我会把你想要的一切都给你。我将会非常温柔、强壮而且专情。尤其是，金羽，我会尽一切力量保持公正，直到永远。

我听人说过一些关于宝藏的美妙故事。这些宝藏散落于各地，它们对摩尔人来说是神圣的，是白人碰不得的，因为这个地方禁止白人这么做。它们在月光下长久沉睡，我想象自己某天夜里前去探宝，就像今晚一样，全身都被裹在沙子里，心中充满强烈的希望。我不认为人们喜欢宝藏是因为其中的黄金，而是因为宝藏中有从未被碰触过的童贞。这就是此地的土壤，守护着神秘之物。某些宝藏在黄沙中闪闪发光，为它带来了更诱人也更苦涩的土壤。如果能够坐着篷车，在星星的指引下驶向这个沉睡中的源点，那就太美了。我们扒开沙子，发现冰块、碎石与黄金……

好吧，我还知道另一个宝藏，那就是你。于是我的整个回程之旅都有了意义。你拥有宝藏中所有的这一切，金羽。明天夜里，当你入睡时，我们将成为一个移动中的辎重队，紧紧抓住无线电，盯

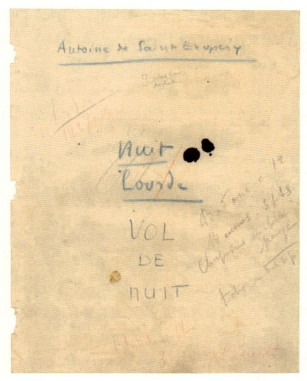

《夜间飞行》的最终手稿标题页。
从手稿中可以看到，小说最初的标题是"沉重的夜晚"（深蓝色字迹），
之后改为"夜间飞行"（浅蓝色字迹）。

住月亮，握住带照明的指南针，为了重返属于我的清凉源泉，为了
她可以用双臂温柔地把我俘获而挣扎、计算、握紧双拳。我将在属
于我的家中入睡。我将吃属于我的米饭并拥吻属于我的妻子。

　　我本可以给你写得更好，但这些沙尘让我们所有人感到透不
过气，这间房子现在发出的声响和一条沉没中的船只一模一样。狗

都躲到了桌子下面，可怜的丈夫们则想到，为了和他们的妻子重逢，必须顶着这股强风逆行而上足足两千千米，竭尽全力地与它对抗……

金羽，有个人非常爱您，以至于他在头脑与心灵中寻找可以把什么献给您。他没有找到什么了不起的东西，除了他强烈的爱意。

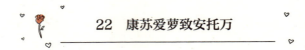

22 康苏爱萝致安托万

卡萨布兰卡，1931年

这是一个非常沉重的夜晚。我以为自己把它整个吞了下去，因为我心里难受，而且呼吸困难。

我亲爱的丈夫，没有别的朋友像您一样理解我，而且知道如何按照我的愿望来爱我。

我拥有一个折磨着我的大秘密。我把它向您吐露：我爱您。我爱您宝贝先生。当我对您笨手笨脚或者无动于衷时，不要怨我。此时此刻，我觉得累了。我惭愧地告诉您：我病了；我惭愧地告诉您：我没有力气。等到我再也吃不消的时候，我就再也不是我自己了。我再也没有什么真实反应了。

我在手术[1]之后有点逼迫自己，现在我付出了代价。但只要我想起我们之间承诺过，一旦我有需要您就会整夜整夜地安慰我，我就得到了抚慰。

---

1 应该是指康苏爱萝1931年接受的阑尾手术。

我的丈夫，我正在努力拼搏，为了给您塑造一个坚强、美丽、聪慧而且完全属于您的小妇人。也许她看起来会很像您梦中的妻子。您会帮助我的，我心爱的鹃鸟。我非常绝望。我向您保证。

我需要无比沉着，无比安静，需要在我的头脑中使用那些我不太理解的图像——更确切地说，要把它们放在属于各自的位置。而我脑子里的图像如此之多……

有时候我以为自己疯了。但我没疯，至少不是那种普遍、通俗意义的疯。我迷失得很快，我无法轻易地从后续思路中重新找出头绪。您还记得，有时候，我说话只是为了展示某种引起我刺痛的画面，它想要跳出来，没有其他理由。我的丈夫，我是不是有点疯癫？

我对我们在摩洛哥的生活很满意[1]。我之所以感到难受，是因为经常被迫直面真实的自我。由于我喜爱一切类型的美，如果我发现自己没有出现在一个完美的"金羽"面前，我就会发怒，就会哭泣，因为我相信自己有朝一日一定能够出现在一个美丽的"金羽"面前。

亲爱的，您也一样，您喜欢与自己独处，您经常这样做，也知道该如何做。我钦佩您。我喜欢和您说话，这比自言自语更加安心。

至于我，我会撒谎，我会变通，我近乎无意识地努力搞文学。

我们需要自我表达，不是吗，我的宝贝？但只有极少数人不会利用他们的参与去扭曲属于我们的真实。至于那些热爱您的兴趣或特质的人就更少了，除非是面对一件艺术品。

1　在卡萨布兰卡，圣-埃克苏佩里夫妇住进了一套巨大的公寓。康苏爱萝常常独居于此，安托万则忙于工作。

要找到一个帮助我们生存的朋友是很难的。对于您这样一个早已醒来的人，我多么想要成为一个这样的朋友。我有能力做到吗？

如果我不能让你沉醉，我就会无比痛苦。我的爱，我是您的孩子。不要把我抛下，带上我和您一起走吧。我并不是那么笨，也许吧！

啊！我要告诉您一场交通事故，是吉约梅、我自己还有格雷罗先生[1]昨天夜里遇上的，在从拉巴特[2]到卡萨布兰卡的公路上。格雷罗没有注意到一辆没有开灯的摩托车，它撞进了我们的车里……（后文缺失）

23　康苏爱萝致安托万

卡萨布兰卡，1931年

我的鹃鸟，

您已然飞入天空，但我却看不见您。入夜了，而您依旧遥远。天亮后我会继续等待。趁您正在接近我们宅邸的时候，我便去睡了。

我会去机场等您。

我亲爱的丈夫，您的引擎已经在我心中轰鸣了。我知道，明天您就会坐在这同一张桌子旁边，成为我双目的俘虏。我将会看到

1　亨利·吉约梅（Henri Guillaumet）是一位飞行员，安托万·德·圣-埃克苏佩里的好友。洛朗·格雷罗（Laurent Guerrero）是安托万在邮政航空总公司里的同事。
2　拉巴特是摩洛哥西北部滨海城市，1912年起成为摩洛哥首都，位于卡萨布兰卡东北约八十千米。

您、触碰您……卡萨布兰卡的生活对我来说就有了意义，而对于那些家务方面的困难，我就有了忍受它们的理由。一切，我的巫师鸟，只要您对我歌唱，一切都将变得美好。

"愿上帝同意用他的伟力保护你。"

金羽

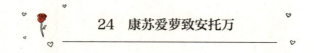

24　康苏爱萝致安托万

马拉喀什[1]，1931年

我的爱，

我为你的缺席而哭泣。

我们在马拉喀什度过了美妙的一天。阳光，蜃景与温情，在孔特[2]、我本人还有关于你的记忆之间流转。

走过梅纳拉花园[3]阳光灿烂的湖畔，在古老的银色橄榄树林间漫步时，我们收获了一种美，今晚我想把它送给你。多么平安，多么恬静啊！我的身体里、眼睛里、嘴里装满了这一切。

1　马拉喀什是摩洛哥西南部古城，在柏柏尔语中意为"上帝的故乡"，位于卡萨布兰卡以南约两百五十千米。

2　亨利·孔特（Henri Comte）是卡萨布兰卡的外科医生，他和太太苏泽特都是圣-埃克苏佩里夫妇的朋友。两家人来往频繁，直到1932年圣-埃克苏佩里夫妇离开摩洛哥。康苏爱萝在苏泽特·孔特的陪伴下在马拉喀什游玩了好几天。——原版编者注

3　梅纳拉花园位于马拉喀什以西约十千米，建造于十二世纪的穆瓦希德王朝，是当地的著名景点，尤其适合漫步。园中种满了橄榄树，还点缀了一个巨大的人工湖，用于收集山间泉水浇灌橄榄园。

宝贝，收下吧！我拥吻你！

爱你的妻子。

康苏爱萝

1931年卡萨布兰卡安法广场丽多酒店的入场券，
此券可以使用酒店中的酒吧、泳池和舞厅。

 ## 25　安托万致康苏爱萝

卡萨布兰卡，1931年

我淘气的小妇人，

　　您为什么要跟我说，我把一切都变得困难，而不是把一切都变得
简单呢？您为什么总是趁着起飞时间责备我不幸迟到了一刻钟或者把
鸡肉煮得太老呢？在八天时间里，我将在远离您的地方生活，带着对
您独一无二的记忆，以此帮助我自己，去度过那些比煮鸡汤艰难得多
的肮脏夜晚。为什么您不陪着我呢？您为什么从来没有过来等我呢？
为什么在我今天如此需要您的温柔时，您却没有做到呢？

金羽，有人心怀崇拜地爱着你，在这样的日子里，必须向我隐瞒你不是太开心，因为我总想着能够为您做点事情，给您提供一套大公寓，要有阳光、浴池，为您保住您的"观景台"[1]，为我们筹划一些更美好的岁月，准备四处旅行，还有漂亮的连衣裙，除了这种巨大的安慰，没有什么能在我的工作中给我帮助。

也不应该告诉我您要去如此疯狂地漫步，因为在沙漠中，如果走远了，很快就会感到焦虑。而在这里，在离您如此遥远的地方，除了通过爱，我完全不知道如何保护您。

金羽，表现得快乐些吧。

您的鹃鸟

每当您显得快乐，我就真的快乐。

26　康苏爱萝致安托万

卡萨布兰卡，1931年

我的丈夫，

我面对着动荡的海浪度过了一个迷人的下午。我想到了我们，想到了我们的爱情，我完全知道了我究竟有多么爱我的爱，我们的爱。

1　指康苏爱萝的前夫恩里克·戈麦斯·卡里约1923年2月17日在尼斯购买的"观景台"庄园，卡里约夫妇婚后在那里度过了幸福的十八个月。恩里克去世后康苏爱萝继承了这处庄园。安托万与康苏爱萝结婚之后，曾多次在庄园中暂住，但几年之后由于财务问题，这处庄园被忍痛出售了。

我不会抱怨您动身前的神经烦躁，但我会抱怨那些动机……

亲爱的，我们用双手捧着我们的爱之心。不要把它打碎。我们会泪水沉沉！

明天，如果我不在机场，请原谅我。为了去博尚夫人家里，我只能放弃去接您。我想为您多交些朋友。

我的心绷得很紧，因为您不在。房子空空荡荡……空空荡荡……在这个寒冷的夜里，各种悲伤的想法正在暗中窥伺着我。

您脆弱的

金羽

27　安托万致康苏爱萝

卡萨布兰卡，1931年

康苏爱萝，这么做不好。

我没有把你带去安托万[1]那里，是因为怜惜你得了感冒，而当我回来的时候——为了不让你等待，我结束得非常快——我发现你出去了。但去那里一趟是职责所在。

现在我一个人待在这里，我要出门了。

1　很可能是安托万·德·圣-埃克苏佩里的同事和朋友莱昂·安托万（Léon Antoine），1925年加入了拉泰科埃尔公司，当时负责非洲的邮政航空线路。——原版编者注

1931年12月，《夜间飞行》获得费米娜奖[1]。

28　安托万致康苏爱萝

卡萨布兰卡，1931年

康苏爱萝，但愿你知道你对我做的那些事情究竟多么恶劣和糟糕。

你没有出现在机场，我就已经很伤心了。在我结束艰难的旅程之后，能够在地面上看到你在等着我，会让我感到欣慰。我从事这项充满风险的工作，很大程度上就是为了你。而你并没有任何别的事情要做，在我抵达时却连一句询问都没有！于是我只能独自走下飞机。

然后，由于我正在生病，而且既疲劳又悲伤，你竟离开喝茶去了。你在我抵达当天安排了那么多邀约：这让我非常难受，而且把我归来的兴致全都败坏了。当然，我并不是想自私地让你看着我入

1　费米娜奖是法国著名的文学奖项，1904年由法国女诗人安娜·德·诺阿伊（Anna de Noailles）设立，最初的名称为"幸福生活奖"，之后由于费米娜杂志社的加入，1922年改名为"费米娜奖"，评委均为女性。安托万·德·圣-埃克苏佩里在获奖之后，曾私下抱怨自己得到的是费米娜奖而非龚古尔奖，结果使他遭遇了不少麻烦，不得不反复解释澄清。

睡，我对你说那就去吧。

接着你就跑去吃晚饭了，到了凌晨一点你还没有回来，而我担心得要死。我不理解。你甚至都没去机场，你甚至不急于晚上回家。我心里无限痛苦。在我到达当天，我的妻子，到了凌晨一点钟还没回来。

我极度失望、担心和孤独。

安托万

29　康苏爱萝致安托万

尼斯，1933年

是的，我的小东尼奥，

我努力在这里给您营造一个小家庭[1]。不要对我绝望，因为我虽然会对我的姐妹[2]或仆人抱怨，对于您我却永远是温柔的。您还需要

1　1931年12月，《夜间飞行》获得费米娜奖之后，安托万·德·圣-埃克苏佩里苦涩而失望地经历了邮政航空公司的金融危机以及运营总监迪耶·道拉的诉讼案，最终于1932年离开了邮政航空公司。安托万与康苏爱萝在新法兰西杂志出版社附近的皇桥酒店住了几个星期，之后辗转于巴黎和尼斯之间。但不久之后他们就面临着严峻的经济问题，安托万不得不定期与一些大媒体合作，挣钱补贴家用。不过，作为知名作家，安托万并没放弃他的飞行员生涯，他在迪迪耶·道拉的安排下成了拉泰科埃尔公司的试飞员，负责对新飞机进行飞行测试，但只干了几个月就遭到了解雇。1934年7月16日，安托万和康苏爱萝不得不卖掉了尼斯的"观景台"庄园。

2　康苏爱萝的姐妹之一，阿曼达，1932年1月抵达巴黎，就在费米娜奖颁发给安托万不久之后。当时安托万和康苏爱萝住在巴黎的皇桥酒店。康苏爱萝和阿曼达在巴黎待了几个月之后，一起去尼斯住了几个月。之后安托万要求他的太太去圣拉斐尔和他团聚，阿曼达便起程返回萨尔瓦多。——原版编者注

什么呢？同样地，我的小狗在您面前，我也没有权力去命令它。甚至我弄脏了一张纸，您也总会对我大叫大嚷。

但我爱着您，如果您总是这么凶，那我就再也不说话了。

您的巴托丽塔[1]

30　安托万致康苏爱萝

巴黎，1935年前后

亲爱的小姑娘，她在不知道的情况下，又或者是在知道的情况下，对我造成了那么多伤害。然而，当我哭泣时，我却原谅了她的一切，因为她在担心，在苦恼，而我从她身上只感受到一种无边的温柔与无限的同情。我的爱人如此伟大，以至于我不知道怎么去怪罪她。有人打电话告诉我，她不愿意别人跟我讲她在哪里。当我把人生建造在这份爱情之上时，对我而言这是多么巨大的灾难啊！

我无数次梦见自己在她的羽翼下写作，被她轻柔地保护着，用她那鸟类的温和、鸟类的言语，还有如此之多的纯洁心地与可爱颤抖保护着。要是她能立刻跟我讲话就好了，这在我含着泪的目光中将是多么盛大的节日啊！如此巨大的财富在我体内增长，它关于宽恕，关于保护。但是为何我为自己的每一次宽恕而感到沉重呢？为什么，每次我付出自己的一切，我都会如此惊恐地想到，我所提供的一切，也许再也不会有人来收取了呢？我的血、我的肉、我的心

1　"巴托丽塔"（Bartolita）在西班牙语中可以理解成"小肚腩""小懒虫"，是一种亲昵的称呼。

不再拥有主人了，因为它们都不再属于我了。而且，它们也同样不再属于我光彩照人的妻子了。

噢，我的爱人，我的脑海里只有一种想法统治我、填满我。不是仇恨，也不是早有准备的指责。甚至也不是泪水，而是一种深沉、广阔的欲望，想要用我的生命去平息你的不安，去驯服正在折磨着你的陌生上帝，去把你平安地带回我的怀中，仿佛一只海鸥被轻风救回柔软的巢穴，去让你感到幸福。

安托万

31　康苏爱萝致安托万

巴黎，1935年，子夜

晚安，东尼奥，

我回来了，因为您[1]要求我这么做。为什么我非得孤身一人的与我这只蠢鸟身上最后的羽毛待在一起呢？我好冷，我无比悲伤地睡了，也许睡梦中会有一位天使来看我吧。

康

请不要叫醒我。

1　这里的"您"有一种冷淡、疏远的意味，二人之间应该发生了争吵，具体背景不明。

32　安托万致康苏爱萝

巴黎，1935年前后

当你想念我的时候，究竟是通过怎样深不可测的奥秘才会让我如此难过呢？我搭乘了一班愚蠢的火车，在进站时足足发生了半小时故障，结果我与你错过了三分钟。

我一直在等你的电话，从晚上八点十五分一直等到十点，甚至不敢去吃晚饭。小姑娘，你原本可以给我留一张小字条的。

由于我等得神经极度紧张，所以我出去了。我会打电话过来，以便了解您有没有回来。

再见了我的小家伙。我又要去俄国了[1]。不过我并不喜欢离开你。这一切都非常怪异。

安托万

1　安托万·德·圣−埃克苏佩里在1935年5月作为《巴黎晚报》记者前往苏联采访。之后，他又去了一趟摩洛哥，紧接着，在1935年11月和12月，他在地中海沿岸进行了一系列关于法国航空的演讲，旅行期间驾驶的是他自己的飞机。其中部分行程得到了康苏爱萝的陪伴。——原版编者注

康苏爱萝送给安托万的照片，上面写着：
"给我的东尼奥/他的小鸡/爱你直到永远/康苏爱萝。1935。"

Le retour à Paris de Saint-Exupéry

« L'Intransigeant » publiera prochainement le récit de la dramatique aventure du célèbre écrivain-pilote

Saint-Exupéry et sa femme à leur arrivée à la gare de Lyon, ce matin

1935年12月30日至31日夜间，

安托万·德·圣－埃克苏佩里在埃及沙漠中遭遇了一起飞行事故。

他消失了整整三天，使他身边的人都担心不已。

全国性报刊对此大肆报道。1936年1月2日，安托万获救，消息再次见报。

上图是1936年1月23日《不屈报》的剪影，标题为：

"圣－埃克苏佩里回到巴黎

《不屈报》即将刊载这位著名飞行员作家的戏剧性冒险故事"

下方小字："今天上午，圣－埃克苏佩里和他的妻子抵达里昂火车站"。

33 康苏爱萝致安托万

巴黎，沃邦广场[1]，1936年6月底7月初

我的东尼奥，

大家在我们未来和此刻的家中进行了一次晚宴，折叠帆布躺椅与几张白木桌试图在这里打造一个家。道拉先生和伽利马一家[2]、维斯一家[3]、米勒兄弟[4]都来了，我的宝贝，我喝了些水——我在等你。

你的妻子

康苏爱萝

信纸反面：

我的小丈夫，这是我在沃邦广场过的第一夜，我既开心又悲伤，因为你在我的睡梦中扮鬼，而我温柔地拥吻你。

---

1 1936年6月22日，圣-埃克苏佩里夫妇搬入了位于沃邦广场15号的豪华公寓中。从4月开始，康苏爱萝就在关心公寓的内部装修。但康苏爱萝在《玫瑰的回忆》中记录了这段混乱的时期，她充满强烈的放弃情绪。尤其是年轻女性内莉·德·沃盖（Nelly de Vogüé）出现在她丈夫身边，对于妻子来说变得越来越难以忍受。因此，尽管夫妻二人经常在沃邦广场的家中举行聚会，并且经常邀请他们的艺术家、作家朋友前来家中做客，但这段时间他们过得并不幸福。1938年2月16日，圣-埃克苏佩里在危地马拉城遭遇了一场严重的飞行事故，身受重伤，使他不得不在美洲大陆休养两个月，一开始在危地马拉，之后转至纽约，内莉·德·沃盖始终陪同在侧。巧合的是，康苏爱萝正好要返回萨尔瓦多探亲，因此在危地马拉与丈夫会合，并看护了几周。康苏爱萝直到1939年6月底方才返法，而安托万则在5月初就已经返回。内莉·德·沃盖1938年4月30日从巴黎给安托万发了一封电报："今早从阿登返回电话太贵停止你是否确定独自回来。内莉德沃"。——原版编者注

2 指加斯东·伽利马和他的夫人让娜·伽利马。

3 指法国作家、艺术批评家莱昂·维斯（Léon Werth）和他的夫人苏珊娜·维斯。从二十世纪三十年代开始，维斯夫妇成了圣-埃克苏佩里夫妇的朋友。

4 指《巴黎晚报》编辑埃尔维·米勒（Hervé Mille）。米勒在其回忆录《巴黎报业五十年》中回顾了他和安托万·德·圣-埃克苏佩里的交往。——原版编者注

所有的鬼魂都在乔迁宴中会合了。

康苏爱萝、苏珊娜（维斯）、让娜（伽利马）、米勒兄弟、维斯、迪迪耶（道拉）、加斯东（伽利马）、米科[1]和马克斯·恩斯特[2]。

想念着您，等待着您。

空白处增补：

我拥抱您。让娜（伽利马）。

1 　米科是加斯东·伽利马的侄子米歇尔·伽利马（Michel Gallimard）的小名。米歇尔有时候会和他的叔叔一起去圣–埃克苏佩里家做客，带着他的女性朋友，安德烈·马尔罗（André Malraux）的情妇，小说家兼记者约赛特·克罗蒂（Josette Clotis）。——原版编者注
2 　马克斯·恩斯特（Max Ernst）：德国著名艺术家，二十世纪二十年代初定居巴黎，后与圣–埃克苏佩里夫妻颇为亲近。

康苏爱萝绘制的"东尼奥"素描[1]。

米歇尔·伽利马绘制的"东尼奥"素描。

1　这一系列素描和手稿都是加斯东·伽利马与让娜·伽利马的收藏，纪念了在他们家中以及圣-埃克苏佩里夫妇家里举办过的晚会，参与者包括"东尼奥"、康苏爱萝、米歇尔·伽利马、约赛特·克罗蒂，有时候还有内莉·德·沃盖。创作时间为1935年至1937年。——原版编者注

加斯东·伽利马给米歇尔·伽利马绘制的素描。

米歇尔·伽利马给加斯东·伽利马绘制的素描。

超现实主义[1]诗歌游戏

安托万·德·圣-埃克苏佩里的手稿：

"当我们受了太多苦

当我们朝最大的蠢蛋头上射击

当我们因为恐惧因为无法忘却而逃跑

我们登上无比幸福的海岸

我们听到别人无法听到的东西

我们过于幸福然后因此死去。"

1　二十世纪二十年代，安德烈·布勒东所领导的超现实主义运动在法国粉墨登场，一时颇有声势。圣-埃克苏佩里夫妇的朋友如马克斯·恩斯特也参与其中，因此，他们对超现实主义的一些实践方式颇为熟悉。其中，最著名的当属布勒东提倡的"自动写作"，也就是在半梦半醒的状态下利用无意识作为主导力量进行诗歌创作，进而发现被理性压抑的本能思维。安托万·德·圣-埃克苏佩里在当时的聚会中也模仿过这类超现实主义的诗歌写作游戏。

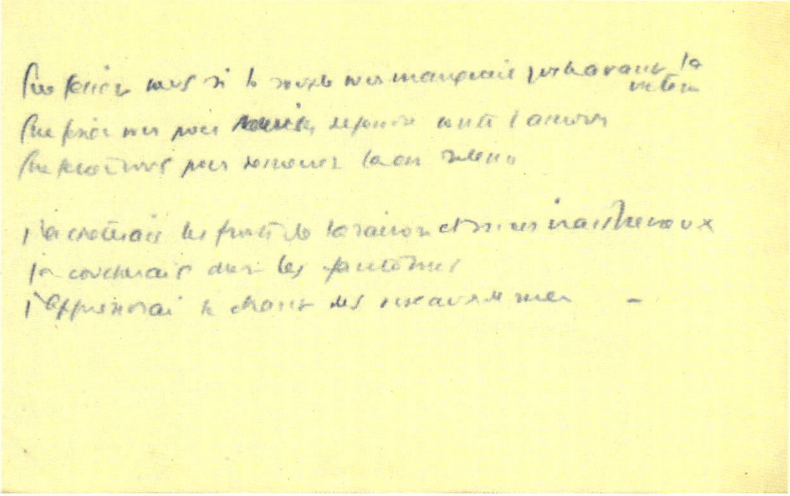

超现实主义诗歌游戏
安托万·德·圣-埃克苏佩里的手稿：

"您会怎么做如果恰恰在胜利之前失去呼吸
您会怎么做去抵御爱情
您会怎么做去安静地待在那里

我会去购买理性的果实然后幸福离去
我会和幽灵们睡在一起
我将学会海鸟的歌"

Quand on a décidé une bonne fois vivre. La porte
être mis
Quand on violente , quelque ...
Quand on lave se plaut les plus anciens

On hésite ne ...tous
On but-... poupir — à travers ...,
On ...... ne sait pas ....

超现实主义诗歌游戏

安托万·德·圣-埃克苏佩里的手稿：

"当我们一劳永逸地决定打开窗户生活
当我们在夜里绝望地尖叫
当我们洗净最苦痛的伤口

我们平息他那些幻想
我们穿过石块奔跑——但究竟为何
我们再也不知道该成为什么"

34　安托万致康苏爱萝

康苏爱萝，

　　我向您，向我自己，向妈妈发誓，这些难以理解的期望，就像最近这几次一样，带着那么多、那么多无益的焦虑，原本一个电话就可以彻底治愈，却给我造成了无法承受的伤害，比一场战争更令我的身心衰老，在我体内积攒着要来对付你的由各种怨恨组成的荒诞储备，我不知道自己该如何摆脱这些怨恨，它们日复一日地摧残着我的事业。

　　并且杀死你的东尼奥。

35　安托万致康苏爱萝

　　康苏爱萝，我喜欢做你的丈夫。我觉得，如果把我们俩像森林里的两棵树一样连结在一起，肯定会非常闲适。被同一场大风吹动。一起接受阳光与月色，收拢傍晚的鸟群。整整一生。

　　康苏爱萝，你这样离开一小时，我想我会死的。

　　康苏爱萝……

安托万

56 ２5

Consuelo, j'aimais être ton mari.
Je pensais cela en repensant d'être noués tous
deux comme deux arbres de tes forêts. D'être
remués par les mêmes grands vents. De
vivre ensemble le soleil et la lune et les
oiseaux et moi. Pour toute la vie.

Consuelo quand tu t'écartes ainsi une
heure je pense que je vais mourir.

Consuelo
Antonio

52

56

安托万致康苏爱萝的信件：“康苏爱萝，我喜欢做你的丈夫……”

060

安托万·德·圣-埃克苏佩里的素描（1936年至1938年）[1]。

<hr />

1　这一组素描来自一本安托万与康苏爱萝共用的活页笔记本，其中收录了二人1936年7月至1938年6月作于沃邦广场家中的各种速写。

康苏爱萝·德·圣-埃克苏佩里的素描（1936年至1938年）。

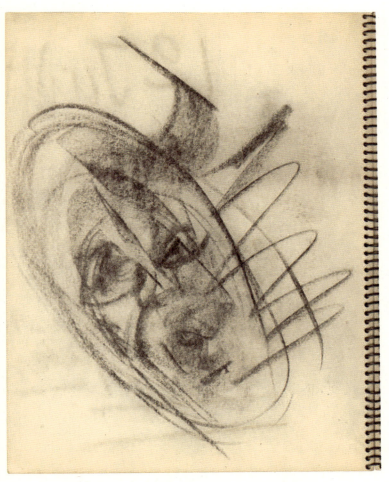

康苏爱萝·德·圣-埃克苏佩里的素描（1936年至1938年）。

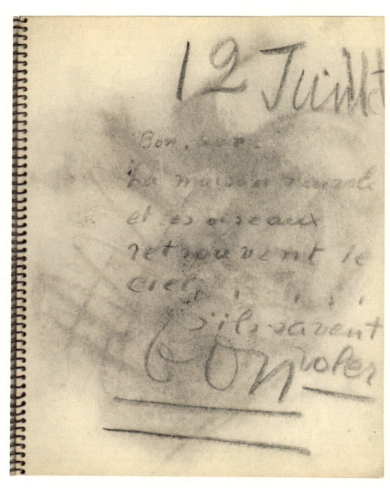

1938年7月12日康苏爱萝·德·圣-埃克苏佩里的笔记：
"7月12日。好，好吧。房子飞走了，群鸟重新见到了天空……
如果它们会飞的话。好吧。"

安托万・德・圣-埃克苏佩里的素描（1936年至1938年）。

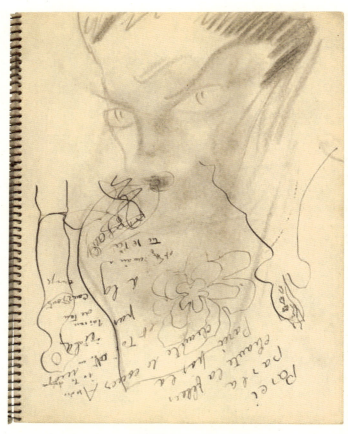

安托万的素描（上方人脸）和康苏爱萝的素描（两个人物剪影和一朵花）
以及康苏爱萝的手写批注：

"这里那里/花朵歌唱/这里那里/心灵歌唱/你和我/这里那里/安德烈[1]，
请你告诉我你愤怒的原因……明天见。"

1　很难确定这个安德烈的真实身份，有可能是安德烈·马塞纳，1932年通过康苏爱萝的哮喘医生介绍与康苏爱萝结识，曾追求过康苏爱萝。也有可能是安德烈·布勒东。——原版编者注

36 康苏爱萝致安托万

巴黎，1939年

我爱的男人，

永远消失了。

您怎么会把您的结婚戒指递给别人，而别人的手根本没有能力再握住它一次。

我和您住在同一座山里，我从山的另一侧[1]对您说晚安。

今夜我要在睡梦中离去……我要像河流一样奔跑，在干旱地区降雨。我甚至对静水中的石块也充满善意，它们在沙滩上堆积，就像我们在……（原文无法辨认）中看到的那么悲伤。我会保持温柔，我会平和地闭上双眼，如果明天，战争[2]之后，您在一阵噪声中发现我的嗓音。

1　自从1938年7月12日位于沃邦广场的公寓出清以来，安托万与康苏爱萝夫妇便开始分居。一开始他们分别住在鲁特迪亚酒店的两个房间中，互相隔了两层。之后，康苏爱萝在她的好友苏珊娜·维斯的帮助下，在十四区蒙帕纳斯公墓附近的弗瓦德沃街37号找到了一个宽敞的单间公寓，而安托万则在十六区米开朗琪罗街52号租了一套小公寓。——原版编者注

2　1939年9月1日德国入侵波兰，"二战"爆发，9月3日法国对德国宣战。

37　康苏爱萝致安托万

巴黎，1939年至1940年

亲爱的，

我假扮成小伙子、单身汉。和菲菲一起吃利普[1]的腌酸菜，他跟我讲述他的歌手生涯！战争把他变笨了，笨了！我依然保持着自己一贯的节奏，这样少一些危险。

我自称有一个英俊的丈夫正在打仗[2]，有一个爱我的丈夫！自称我是极少数被丈夫真诚、可靠地爱着护着的女人之一。

这是真相？是吗？

我三点钟出发前往菲耶亥[3]，去我的大烤箱里做两只萝卜炖鸭——是给维斯一家、尼亚莱医生和他的夫人，我自己还有我的外国律师唐杰[4]先生准备的。

1　利普餐厅是位于巴黎六区花神咖啡馆对面的一家著名啤酒馆。其创始人在普法战争之后从被割让的阿尔萨斯来到巴黎，开办了这家啤酒馆。利普餐厅在二十世纪初逐渐成为许多文化人的聚会场所，也是安托万·德-圣-埃克苏佩里青年时代生活在巴黎时非常喜欢光顾的餐馆之一。腌酸菜是阿尔萨斯的地方特色食品。
2　"二战"爆发后，安托万·德·圣-埃克苏佩里上尉被动员入伍，9月7日进入位于后方图卢兹的空军基地，之后主动调入法国北部的侦察机飞行中队负责前线的侦察任务，他在《战区飞行员》中进行过相关描写。1940年5月，他冒着德军炮火和战机拦截，对法国北部的阿拉斯地区进行了有效侦察，并被授予棕榈叶战争十字勋章。
3　《人类的大地》出版后大获成功，尤其是（更名《风沙星辰》之后）在美国大卖，为安托万带来了丰厚的收入。1939年，安托万获得了法兰西学院小说大奖。他得以在巴黎东南远郊为康苏爱萝租下菲耶亥庄园，并时不时去那里看她，他自己则另有住处。康苏爱萝住在菲耶亥庄园时，可以定期去巴黎主持一些电台节目。从1940年4月1日开始，康苏爱萝可以在巴黎城里过夜，因为安托万给她在巴尔贝·德·茹街24号租了一套漂亮的公寓。——原版编者注
4　罗贝尔·唐杰（Robert Tenger）：法国律师，之后成为纽约布伦塔诺出版社的文学主任。1943年，他率先编辑出版了安托万·德·圣-埃克苏佩里的《致一位人质的信》，1945年又出版了康苏爱萝的《奥佩德》并亲自作序。——原版编者注

奥尔良，1940年6月20日之前

苏珊娜，

我从这里路过，也不知道明天究竟是否动身去非洲[1]。

我发自内心地考虑过你们全部的担忧。总有一天我会回来的，我会尽我所能地帮助你们俩。

由于通信被彻底切断（没有从任何人那里收到任何只言片语），我为康苏爱萝感到无限担心。苏珊娜，当我回来的时候，我去哪里找她呢？

如果你们见到她，告诉她我从心底里爱着她。

请让她耐心、听话。

拥抱维斯和您。

东尼奥

2/33飞行中队

军邮代号897

（没有指望收到任何东西！）

1　1940年6月14日，德军进入巴黎，法国空军决定撤退到北非继续抗战。侦察机飞行中队全体机组人员已经做好了离开首都的准备。6月20日，安托万·德·圣-埃克苏佩里带着四十余人飞往波尔多，准备经佩皮尼昂和奥兰前往阿尔及尔。在法德签署停战协定之后，安托万于7月31日接到了复员令，离开了飞行中队，从阿尔及利亚返回法国本土。

39 安托万·德·圣-埃克苏佩里致苏珊娜·维斯

亲爱的苏珊娜，

搞定了，我们在黎明起飞！

出于同情，请告诉康苏爱萝，她有信件留在波城[2]邮局，需要自取。在抵达波尔多和这里之前，完全不可能把信件送过去。明天也不可能。

但愿她知道我会像船一样永远载着她，她没什么可害怕的。但愿她会发现她也能帮到我！

但愿她知道我和她的羁绊有多深。

但愿她能用我的心猜出这一切，因为当她推理时她便把自己骗了。

但愿她不断地把住址寄往阿盖[3]。如果她能做到的话就去那里生活吧。

拥抱你们所有人。今晚我悲伤痛苦。巨大的孤独开始了。

1　佩皮尼昂位于法国南部，毗邻西班牙边境，是安托万·德·圣-埃克苏佩里从法国飞往阿尔及利亚的中转站。

2　波城位于法国西南部，波尔多与佩皮尼昂之间。波城属于维希法国控制的非纳粹德国占领区。巴黎沦陷之后，苏珊娜·维斯夫妇以及康苏爱萝等人都前往波城避难。

3　"二战"期间，安托万的不少亲戚都住在阿盖，由于不确定自己的行程，他让康苏爱萝把住址告知阿盖的亲人。

40 安托万致康苏爱萝

阿尔及尔，1940年6月23日

圣－埃克苏佩里夫人
波城公羊街27号[1]
急件

没有任何消息写信无用因为
永远到不了不过赶快发电报并知晓
每天更加温柔回程多半
十五日圣－埃克苏佩里。[2]

1　在德军进军巴黎之前，安托万·德·圣－埃克苏佩里把他妻子带到了去波城的路上。康苏爱萝在这座比利牛斯山城中见到了不少熟人，包括她的朋友和曾经的追求者、当时正在等待离婚判决的安德烈·马塞纳。她从当地居民那里租住了一个被征调的房间，位于公羊街27号，与一个军人和一个老太太住在一起。根据康苏爱萝的回忆录记载，夫妻二人在波城见过两次，然后9月一起在卢尔德住过一段时间。——原版编者注
2　电报体，大意为："没有收到任何消息。写信毫无用处，因为永远到不了。不过请赶快给我发电报，请你明白我对你的温情每天都在增长，多半十五天之内能回来。圣－埃克苏佩里"。

41　康苏爱萝致安托万

纳维莱昂戈[1]，1940年7月12日

我太担心你何时归来告诉我

等你归来不要再离开我爱你至死

你的妻子。康苏爱萝德圣-埃克苏佩里。

康苏爱萝致安托万的电报："我太担心你……"

1　纳维莱昂戈位于法国西南部村镇，属于波城治下。康苏爱萝在当地租了一套住所，并且
在很长一段时间内与她的丈夫失去了联系。

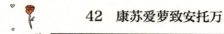

42　康苏爱萝致安托万

波城，1940年7月14日

发电报宝贝急需知道

我们的未来不是一个梦拥吻您

您的康苏爱萝德圣–埃克苏佩里波城公羊街27号。

43　安托万致康苏爱萝

圣阿穆尔[1]，1940年10月14日

不理解沉默我等了两天

在维斯家人来或电报今晚

将在里昂大酒店等急电

告知明天能否在萨勒斯家[2]见到你

温柔地圣–埃克苏佩里

1　圣阿穆尔是法国东部市镇。当时安托万·德·圣–埃克苏佩里的朋友莱昂·维斯住在当地，安托万去那里待了两天。

2　安托万·德·圣–埃克苏佩里在他的朋友莱昂·维斯的建议下，决定离开法国前往纽约，他当时正好得到了美国出版商的邀请，因此，安托万想要得到维希政府发放的出入境签证，让他能够先到阿尔及尔，然后转去里斯本登船前往美国。他在童年时候的伙伴夏尔·萨勒斯位于法国南方小城塔拉斯孔的农场里待了几天，之后前往维希处理出境文件。——原版编者注

44 安托万致康苏爱萝

马赛，1940年10月

亲爱的小康苏爱萝，

　　您让我非常非常感动。我必须把这一点告诉您。我跪下恳求您继续为我的希望添砖加瓦。让我能够完完全全、毫不保留地信任您。一个人跑去奥佩德[1]，这样的想法我再也忍受不了了！（也许甚至都不能被分开）

　　再做一点点努力就好！

　　您终究会获得回报的。

　　（我很慷慨，康苏爱萝。而您一直是我的小姑娘）

　　来看我吧。

1　奥佩德位于法国南方的吕贝隆山区，距离阿维尼翁不远，是一个几乎废弃的村庄。1940年夏，一群由巴黎美术学院毕业生组成的团体对村庄进行了重建并在此隐居。安托万·德·圣-埃克苏佩里也曾在奥佩德短住过两天，和他们讲述了自己尚未出版的《真正飞行员》。几个月之后，康苏爱萝也来到了奥佩德，加入了这个群体，邀请她的是她在马赛结识的建筑师贝尔纳·泽福斯，1939年罗马大奖得主。二人很快坠入爱河，保持了长期通信，包括康苏爱萝起程前往美国之后。1945年康苏爱萝在美国出版《奥佩德》，回顾了这个独特的群体。——原版编者注

康苏爱萝致安托万的信件。

人像胸前的字迹："我被抹去了，仿佛遗失的记忆……"

45 康苏爱萝致安托万

比利埃[1]，埃斯特班庄园

下比利牛斯省

1940年12月10日星期二

东尼奥，

你消失了，你在哪儿[2]？

你消失了……是因为我吗？这是你想要的吗？自从收到你发自卡萨布兰卡的电报以来，我就没有收到你的任何消息了。我无法解释你的沉默。我太不幸了……被人遗弃，战争难民……囊中羞涩……我的心受到了重创……当我想到你的目光曾经为我许诺过的善意横滚[3]……要么是我疯了，要么是你疯了。我愁绪绵绵，以至于嘲笑自己的人生……

你为什么无声无息地把我抛下呢？你为什么总是把我丢在身后呢？

我被抹去了，仿佛遗失的记忆。

我又开始做雕塑了……我在画素描，这就是我画的第一张。我并不骄傲，但当我看着模特时，我忘记了您……

1　比利埃是位于法国西南部的村庄，毗邻西班牙边境，位于比利牛斯山脚下。

2　1940年11月5日，安托万·德·圣-埃克苏佩里从马赛登船前往阿尔及尔，然后沿陆路穿过北非，于月底到达里斯本，准备从那里登船前往纽约。——原版编者注

3　一种带有连续翻转的飞行动作。有可能指安托万曾经许诺要驾机带着康苏爱萝一起走。

吉约梅死了[1]！阿门，什么时候轮到您呢，我的坏丈夫？

把电报给我发到比利埃来，我会在这里过圣诞。

我也有一部电话——下比利牛斯省比利埃3142。

1　安托万·德·圣-埃克苏佩里的好友，飞行员亨利·吉约梅，1940年11月27日驾驶客机带着新任法国驻中东高级特使让·奇亚佩飞往叙利亚途中，在地中海上空被意大利飞机击落。1940年12月4日与5日，安托万·德·圣-埃克苏佩里在里斯本的几场讲座中悼念他的这位好友。——原版编者注

康苏爱萝与安托万·德·圣-埃克苏佩里的合影。
1943年4月1日摄于纽约。
这是这对夫妻为人所知的最后一张合影，
拍摄于安托万动身前往阿尔及尔前夕，
摄影师是《生活杂志》的阿尔伯特·芬。

纽约

1940年12月—1943年4月

你为什么无声无息地把我抛下呢？你为什么总是把我丢在身后呢？
我被抹去了，仿佛遗失的记忆。

——45 康苏爱萝致安托万

花朵总有办法让小王子陷入他的过错中。这就是那个可怜人离开的原因！

——74 安托万致康苏爱萝

也许我要彻底离开了。

——87 安托万致康苏爱萝

46　康苏爱萝致安托万

波城，1940年12月31日[1]

东尼奥，

　　今早我在痛苦与悲伤中醒来，感到你如此遥远，始终遥远。没有家，没有丈夫！直到何时？我再也没有希望了，我的生活就像一份日报那样被炮制了出来。我每天经历的各种事情……这就是我的整个人生吗？算了……我给你写这封信不是为了咆哮，而是为了用（我身上）剩余的善意去拥吻你。我把它交给你，我的丈夫，完完整整，不留遗憾！这是你应得的，是你赢来的。所以，哪怕你不想要，哪怕你不再想要。你真富有！！

　　这很沉重，也许是这样。

　　白天非常灰暗。我会想念你，以此给我的脸上带来一点点光

1　1940年12月31日，安托万·德·圣-埃克苏佩里乘船抵达纽约。安托万从里斯本出发，有幸与法国电影导演让·雷诺阿以及他的妻子迪多同行。"整个纽约都在等他。"二十世纪六十年代这位导演曾经这样回忆，当时他目睹了这位新朋友在大西洋彼岸巨大的声望。《人类的大地》被翻译成英文《风沙星辰》，赢得了1939年美国国家图书奖非虚构类最佳作品，并迅速卖出了二十五万册。其作者在报刊媒体的鼓动下，努力给出他对于法国溃败的见证，并以人类普世价值的名义，呼吁美国人向他们的民主伙伴伸出援手。——原版编者注

明。然后我就会泪流满面。

你的小妇人

康苏爱萝

新年快乐我的东尼奥。

我在床头给你写信。

 47　安托万致康苏爱萝

纽约，1941年1月25日

一旦允许可以购买菲耶亥[1]

用现金这里完全被冻结

多亏我的工作安静整个生活

如果菲耶亥失去给你自己买类似的

一旦有可能领钱请保持平和并

写信五十美元明天发出尼斯

由法国朋友负责给你换成法郎

温柔地圣-埃克苏佩里。

---

[1] 菲耶亥是战前安托万为康苏爱萝在巴黎郊区租赁的一处庄园。法国战败后康苏爱萝匆匆逃往南方，许多家具用品均留在了菲耶亥。战争期间庄园曾多次被军队征用。1941年1月13日庄园被售出，被改造成了一处度假村，其中依然存放着康苏爱萝的许多物品。——原版编者注

48 康苏爱萝致安托万

马赛，1941年2月1日[1]

亲爱的，

我来马赛一个星期了。波城[2]冷得让人无法忍受！我很伤心，因为很多贴心的朋友还留在波城。大白天我过得还挺好。至少一部分时间是如此。我之前和安娜·德·丽德凯克[3]一起在她冰封的城堡里做雕塑，不过当我们靠在壁炉边时，我觉得很暖和，尽管气温是零下十度二十度。我完全变成了哑巴，而且有一天我看到自己掉了很多头发！除了偶尔在大饭店里能见到！没有黄油，没有蔬菜，等等！！！我正要去……

当我们再也见不到帕普[4]的时候该去哪里呢？为了忘却白日里的幽灵，谁将让您入睡呢？

康苏爱萝

---

1 马赛作为维希政府时期法国本土唯一的自由港，在当时聚集了一大批打算移民国外的各界人士。美国政府为了帮助那些受纳粹政权威胁的法国文学家与知识分子，展开了救援计划。美国救助中心在马赛郊区的雅姿别墅中进行了一系列半官方半地下的活动，收容了不少等待登船离开的文艺界人士，包括安德烈·布勒东等。康苏爱萝似乎受到了布勒东的邀请，于2月也来到了雅姿别墅，之后由于猩红热住进了医院。——原版编者注
2 1941年年初，法国南部遭遇了一场强冷空气侵袭，导致燃料与食品严重短缺。——原版编者注
3 安娜·德·丽德凯克伯爵夫人（La comtesse Anne de Liedekerke）：比利时雕塑家，1940年5月与丈夫孩子一起逃离比利时，前往波城附近的家族产业避难。之后那里成了许多人秘密逃往西班牙的重要中转站，安娜则负责提供各种伪造的文书证件。——原版编者注
4 安托万·德·圣-埃克苏佩里的外甥、外甥女经常称呼他为"帕普舅舅"，所以康苏爱萝也用"帕普"代指安托万。

1. Février 1940

康苏爱萝致安托万的信件："我来马赛一个星期了……"

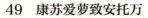

49　康苏爱萝致安托万

马赛，1941年2月4日

生病肺炎在诊所拉塞德蒙街8号

继续转账三千法郎或者打钱到医院

不收美金伽利马拒绝支付月薪

不幸但确信再见你发电报为了

尽快痊愈。康苏爱萝

50　安托万致康苏爱萝

纽约，1941年2月5日

已给舅舅埃玛纽埃尔发电报结清诊金

我的宝贝小姑娘求您照顾好自己并尽快

让我放心因为在担忧中无法工作

想结束并回来地址中央公园南

240号跟波佐[1]要美金

很快就有法郎温柔地您的安托万。

1　夏尔·安德烈·波佐·迪·波尔格（Charles André Pozzo di Borgo）：医生，康苏爱萝及其亡夫恩里克的好友。

51　康苏爱萝致安托万

东尼奥，

我真是一头笨羊，因为今天我发现可以往纽约寄挂号信。

把信写给虚无真是太悲伤了！我写了那么多信，却从来没有收到一封回信。然而，在出发时，您曾经跟我说，要给您写很多信，它仿佛是一种巨大的安慰，更胜于一种请求。我照做了，谁收到了我那些信呢？谁撕碎了它们？我无比心烦意乱，心想：他终归会回复点什么的！我在电报上花了太多钱。您是否起码收到了一半呢？我太迷茫了，以至于从一个诊所搬到了另一个诊所。在一个月内（其实是四十天），我因为猩红热被隔离了。没有从您那里收到任何消息……最后，你的母亲来看了我一次！看到一张让我熟悉的面孔，我实在太高兴了！戛纳没有专门为传染病病人开设的诊所，我当时待在一家诊所的车库里，有一位修女陪着我，她是瘟疫方面的专家——当我在住院表格里签上"康苏爱萝·德·圣-埃克苏佩里"这个名字时，她说："我也叫康苏爱萝，我出生在巴塞罗那，不过在这里我是玛丽-泰莱斯修女。"我紧紧拥抱了她！有她陪着我，我被治愈了许多。尽管猩红热、哮喘还有氧化铝药剂让我十分虚弱，我还是站得笔直。此刻，我正为牙齿的折磨而受苦。封斯科仑布舅舅们[1]的牙医细心地给我治疗。舅舅们并不风趣，但是很善良。

今天我给布勒东发了一封电报，求他和你联系。你亲自去华盛

---

[1]　指安托万·德·圣-埃克苏佩里的几个舅舅，包括埃玛纽埃尔、雅克和于贝尔·封斯科仑布。

顿国务院露个面，这非常有必要，以便签署一系列个人表格。我希望这样能让你拿到我的签证。我不能继续在这地方逗留了。我再也不想待在这里了。

我之前睡着了，你的呼唤把我叫醒了。我想要强烈的光线以便看得真切，我想用真正的皮鞋一路向前，因为我不知道用木质鞋底怎么行走——也许可以赤着脚走小碎步，但那样我看起来就像是一个"中国孤儿"[1]！

亲爱的先生，给您写信让我非常快乐。

没有您，大地就是灰色的，而且非常单调。音乐都成了葬礼上的哀乐，是世界末日。我不想梦见您，因为我害怕死于喜悦或悲伤。如果我们真的能够弄出一个属于东尼奥与康苏爱萝……康苏爱萝与东尼奥的节奏，就让我们在这种疯狂的危机之舞中保持平衡，不要陷入世界的深渊。也许吧！我已经全心全意做好了准备。

我开始一点点练习我的英语了，因为我想让您看看。我希望我能做到。多亏了我的本命星，我朋友般的本命星，在我们塔格莱街那间小房子的露台上，她和我说过，在您不想说话，一句都不想说时，在您飞行中迷失时，在您迷失自我时，她对我说过，星光，还有她对我的友谊，就像您的心一样：为了拥有它，就必须去爱它。

东尼奥，这有可能吗？

一个真正的奇迹。很快我就会成为地榆花了。但是这位美人，

1　天主教耶稣会士马若瑟1731年将元杂剧名作《赵氏孤儿》翻译成法语，使《赵氏孤儿》成为第一部被翻译成欧洲语言的中国戏剧。1755年，文豪伏尔泰将其改编为五幕悲剧《中国孤儿》并在法兰西大剧院上演，"中国孤儿"也由此名动欧洲，成为戏剧舞台上经典的孤儿形象，继而进入了日常用语。在此并无贬义。

她并不顾世界残酷，不顾绵羊犯下的又傻又坏的蠢事。地榆花消失了——她死了。这位美人，人们领着她在青草地上散步，给她穿上鲜花与歌谣，从此以后再也没有人能够伤害她了。她将成为帕普的一首诗，用他的心血写成！

告诉您，我的丈夫，我不希望您受到伤害。哪怕明天我必须牺牲自己。但我请求您真诚。您让我爱上了对真相的渴望。恳求您掌握言辞的分寸。我是您的老妻了，今后将是您的盟友。大地上只有一个东尼奥。我也只有一个东尼奥。必须把他保管好。温柔地拥吻您。

康苏爱萝

明天我还会给您写信。

我希望雷诺阿[1]已经把我发到好莱坞的电报寄出去了。你跟迪迪说过，你之后要去芝加哥。这就是我为什么给安德烈发了电报，当我在马赛得了猩红热的时候，他曾给予我许多保护。我不知道布勒东一家有没有见过您[2]。安德烈永远值得信赖，是永远的诗人，永远的朋友。当我独自待在马赛的时候，雅克琳[3]对我非常大方。她说她有些难过，因为您对她不屑一顾。等我到了美国，您看着吧，您对她的观感会发生改变的。

1　1941年8月至11月，安托万·德·圣-埃克苏佩里住在好莱坞，最开始借宿在法国导演让·雷诺阿家中，之后自己租了一套房子。
2　安托万·德·圣-埃克苏佩里对布勒东持保留意见，这一点并没有随着康苏爱萝抵达纽约而得到缓解。
3　指布勒东的夫人雅克琳·布勒东。

52　安托万致康苏爱萝

圣莫尼卡[1]（加利福尼亚），1941年9月28日

我寄了一百美元不可能更多如果取得

葡萄牙签证就去里斯本或者到了立即接收

船票与钱地址美国运通[2]

如果一无所获立即联系我纽约

温柔地安托万。

53　安托万致康苏爱萝

纽约，1941年11月

万事俱备只等决定

行政确定但无法加速

旅费已解禁并存入银行

恳求勇气与全面信任您的丈夫

圣–埃克苏佩里。[3]

1　圣莫尼卡是美国加利福尼亚州洛杉矶下辖的一座小城市。

2　美国运通（American Express）是全球最大的旅游服务及综合财务公司，成立于1850年。

3　电报体，大意为："万事俱备，只等你下决定了。行政手续都已经确定了，但不可能加快办理。旅费已经解禁并存入了银行。恳求你保持勇气，并全方位地信任您的丈夫。圣–埃克苏佩里。"

54　康苏爱萝致安托万

里斯本，1941年12月6日[1]

抵达时脚扭伤已经恢复。几乎以为
听见了你我的电话48101请你不要弄坏
我的迷人马匹把我放在您想放的地方不过
请永远做我的魔法骑士您瘸腿的
小鸡康苏爱萝。

55　安托万致康苏爱萝

纽约，1941年12月10日

担忧当下局势[2]会推迟你出发
尝试立刻得到签证从巴西中转
如果你无法直接与我会合得到船只信息
并给我发报寄给你一百美元
无法给你打电话因为不会讲英语
请你和记者保持距离避免任何接触

1　在康苏爱萝动身之前，安托万・德・圣-埃克苏佩里终于弄到了旅行所需的证件与钱
款。康苏爱萝在美国救助中心的协调下，得以借道葡萄牙前往美国。她于1941年11月底经
巴塞罗那飞往里斯本，然后在12月12日登上了美国邮轮埃克斯坎比翁号，在这艘轮船被美
国海军征用运兵之前。因此，康苏爱萝搭乘的也是欧洲难民经由里斯本穿越大西洋的最后
一次航班。——原版编者注
2　1941年12月8日，日本偷袭珍珠港的第二天，美国对日宣战，正式加入第二次世界大战。

你欠我的非常温柔地安托万

圣-埃克苏佩里纽约市中央公园南240号。

56 康苏爱萝致安托万

纽约，1941年12月底[1]

凌晨四点

东尼奥，

因为，有一天，我看见你脸上的一滴眼泪，它来自无比遥远的国度，你在那里沉睡，你在那里受苦，你在那里躲藏，于是我懂了爱。我知道自己爱你。我也同样知道，爱情所有的苦涩都融化在这一滴泪、一秒钟里。在布宜诺斯艾利斯时我曾放弃立即嫁给你。就像还是小姑娘的时候，放弃穿过黑暗的房间抵达她的床铺，她的朋友，她的玩具，她的漫步，她的光明。

我和你谈论这件事，我的丈夫，因为我害怕这个暗夜，我害怕无法抵达我的床铺，我的光明，我的平安（我穿不过黑暗的房间吗？如此靠近我的鲜花、我的乐曲还有你的双手，如果我穿不过黑暗的房间，我会摔倒吗？），与你的双手如此靠近。

1　康苏爱萝·德·圣-埃克苏佩里于1941年12月23日抵达美国，与她的丈夫团聚。根据其回忆录记载，她的朋友让-杰拉尔·弗勒里在码头接到她之后，她避开记者，前往了中央公园南240号附近的阿诺德咖啡馆，参加她的丈夫以及一群作家朋友给她准备的欢迎酒会。这封信可能是康苏爱萝在巴比松广场酒店中写的，安托万给她临时租了一个三室套房。她在回忆录中写道："我发现自己在房间里孤身一人，身处陌生的家具之中，在这座陌生的城市里。"——原版编者注

大海依然在摇晃着我，就在你眼前，在这些纽约房间的白墙前。

我为我们向主祈祷。

我想做一个解救自己的动作。

我的丈夫，我拥吻您。

好好工作吧，我喜欢您的书[1]，我热爱生活。

您的

57　安托万致康苏爱萝

纽约，1942年

我的小宝贝，

我去瑞吉酒店[2]和情报机关头目[3]吃午饭——没办法提前找到您跟您说一声，这一两个小时的缺席我实在无法避免。

一结束我就会立即过来。

请原谅。

您的
安托万

1　可能指安托万·德·圣-埃克苏佩里的新书《战区飞行员》，英文版于1942年2月在纽约出版。——原版编者注

2　瑞吉酒店是1904年在纽约开业的著名豪华酒店。

3　可能是指斯图尔特·孟席斯（Stewart Menzies），英国情报员，"二战"期间英国军情六处处长。

58 安托万致康苏爱萝

纽约，1942年

小康苏爱萝，当我这样和您讲话时，我感觉自己就像在和一个梦中的人物交谈。小康苏爱萝，我感觉自己不太舒服。我给您写几句"为了日后"的话。您将来可以再看看。那时您就会知道，在如此多的沉默与如此多的折磨之下，我们曾经疼爱着一个也许并不存在的小姑娘。

在我心里，始终存在某种最为珍贵的东西，就像一颗等待采摘的水果。但我最珍贵的礼品，却总是被人拒绝。我那根最沉重的枝条累了，但是，恐怕很久以来，如果我感觉不到这种强烈的睡意，那么我本可以把我身上最优秀的部分继续奉献出来。您留着这几句话，也许，日后在沙漠里，它会让您感到温柔。

如果我没有把您更紧密地融入我的生活，那是因为您栖身的这个角色——梦中的小康苏爱萝——对我造成了无以言表的折磨。可以肯定的是，由于一系列文件丢失，我很烦躁，但您完全弄错了我遭受的灾难到底意味着什么。

当我发现少了两本《风沙星辰》，或者二十美元时，我心里便想道：可怜的小呆鼠。其实它明明知道我什么都会给它的！它却跑过来独吞！它深陷于自己的习惯之中。我们会帮它的。在察觉您的困惑时，我已经做好了准备，要把您紧抱在我心口（当然，是在几句严厉的批评之后！）。我本该说："您是一只愚蠢的老鼠。您没有让自己充实多少，而且您伤害了我。如果您曾经轻盈，当有人在寻找您时，您却让心灵变得沉重……"

而我已经被一堵墙压垮了，被一块难以穿透的树皮压垮了。我没有遇到那个亲自来安慰我并帮助我的小姑娘，而我在心里早就已经和她预约过了。

　　好吧。是我弄错了吗？如果您愿意这么想的话。

　　但我以荣誉向您起誓，当我看到我那些被弄乱的文件，看到您每次从我秘书那里出入之后我的房门按钮都是"开启"状态（小康苏爱萝，在这方面我怎么会出错呢？），看到我的文件被老鼠吃掉了好几次，我想到的都是同样的东西。我想到：

　　这只小呆鼠已经干了这么久老鼠的工作，她无法控制自己了。这种欲望比她更强大。她想去体验，想去理解。这里面可憎占一半，至于另一半，则是温柔的一种表现形式。我会对她大声斥责，然后对她说：

　　——小呆鼠，您学到了什么？要想弄清楚某个冷漠小傻瓜的位置，要付出巨大的代价：代价就是把我扔得比星星更远。而您曾经多么需要我啊！但是，如果怀疑通过一个小洞钻到我身边，那么它很快就会遍及各处。我会为了我的信件、我的电报、我的文件以及我的隐私而担心各种占据在我心头的事情。每一封迟来的信件都会引起我的怀疑，会让我为了一千件并非由您负责的事情而怨恨您。请把您的头靠在我胸口，让自己接受帮助吧。不要给我进行那些谎言的非凡示范了。我不能在任何事情上欺骗自己。既然您对一切矢口否认，那么我就再也无法相信任何东西了。小呆鼠，帮助我就是帮助您自己！

　　但是我再次遇上了一堵墙。

　　康苏爱萝，康苏爱萝，您想要直面人生真正的症结吗？想要对生活施以援手吗？

这是不可能的，康苏爱萝——如果身处真相之外。

不久再见。

安

安托万致康苏爱萝的信件："小康苏爱萝，当我这样和您讲话时……"

纽约，1942年

您看看吧康苏爱萝，我认为您对我的困境一无所知。

我让您满怀希望又惶恐不安地来到了这里。我心想：如果她完全改变了，那么我会很高兴。战争没波及她。她可能已经明白了生活中到底什么才是重要的。也许她也同样明白了一种始终不渝的关怀。但是，您身上的一切对我来说都如此令人心碎（也许是出于深爱的缘故），以至于我需要某种证据。绝对必须。您责备我没有马上带您走，但我当时必须搞清楚自己不会自杀。不然，如果我非要违心地指责你，我如何能从幻灭中幸存下来，这种幻灭第一次出现时曾差点儿让我死于焦虑、疲劳与悲痛。我不能冒险，对心灵的快乐进行如此不确定的修复……有人给我修理过，但心底深处我依旧无比疲惫。

当然，那些关于抽屉的恶劣事迹并不是我做出的控诉。康苏爱萝，我的小姑娘，试着理解我吧。我不指责，我只是觉得难过并把我的伤痛告诉您。自从您抵达伊始，就开始出现一连串怪异的巧合。太怪异了。上千件小事发生了，我的房门按钮在您每一次经过之后都会被推到"开启"状态，而阿梅莉人还在。还有太多其他的巧合。您看看，我并不是警察。我非常鄙视阴谋诡计。我原本可以确凿无疑地弄清楚：但这对我来说总是显得很卑鄙。所以我只剩下了绝望的本能。而您呢，您是知道的，小康苏爱萝。这不是指责，我向您发誓。我只是在和您讲述我的痛苦……它更多来自您那些庄严的誓言，而不是这些小动作。那些如此真诚的誓言如果是虚假的，就会掘出一道深渊：那我还怎么相信您呢？当然，为了不死于厌恶，我最终宁愿相信您——但我心中充满了疲惫。

在这里，问题不在于搞清楚马德莱娜遭遇过什么。对我来说，问题在于搞清楚她如何能够把娜达[1]的完整语句倒背如流，而这些句子一直被锁在一个您发誓从来没有打开过的抽屉里。您根本不了解我经历了什么危机。你不明白，正是您之前发的誓，那天晚上我的灵魂和心肝被啃噬一空。原因并不在于您做了什么。我的宽恕就像大地一样宽广。但是您撒了弥天大谎。我再也无法相信您了。而我没有这样做的权利，这让我感到彻底绝望。我需要的不是挂在嘴上的空话：我需要一个欢迎，一个家，一个奇迹般的理解。小康苏爱萝，不是每个人都在撒谎。小康苏爱萝，您不是困在陷阱里抵抗猎人的狐狸。小康苏爱萝，我也不是猎人。我从来没有向您祈求过爱，除非为了体验宽恕带来的无尽甜蜜，除非为了在信任中开启一段新的生活。上帝可以做证。与我相信您时发生的事情相反，我从来没有，康苏爱萝，从来没有为了在争吵中对您进行指责，利用过您亲口承认的事。另外，我可怜的小家伙，这种对于信任深深的尊重，我并没有得到太多：除了显而易见的事实，您从来没有承认过甚至现在依然不承认任何东西。

也许您自以为付出了很多。但我到底需要什么？我在寻找哪种乳汁？是那种让我绝望于已然失去的氛围吗？究竟哪种天堂才是属于我的？只有一件事，只有对一件事的期望让我心碎——是信任、是懂得保持沉默的直觉、是当我说"忘掉这个关于伊冯娜的荒诞故

1　娜达·德·布拉让斯（Nada de Bragance）：安托万·德·圣-埃克苏佩里的女性朋友。

事"时，别人对我的信任。是我对于别人全方位的信任。"我没有做这件事。"——"那么我相信您。您的每一句话对我来说都是神圣的。"

对我而言，这便是幸福所呈现的形象。就是它，以及对于家的尊重。我从来无权得到其中任何一种，我充满了一种永远无用的爱。

啊！谁会来救救我呢！

现在是凌晨三点半。

死了会让我很高兴。至少您要搞清楚，不管外表怎样，我其实非常温柔，充满宽恕，尽管从来无人要求我这么做，而且既然某件事造成了伤害，我还是会把抱歉说出来。

您是基督徒吗？我不太理解您，小姑娘，不太理解。这令人心碎。

太晚了，太糟了，太冷了。

您知道，在夜里等待让我完全受不了。您很清楚这一点。即便是从医院里，我也会打电话的。

太冷了，太怕了。

别了。

60　安托万致康苏爱萝

噢，康苏爱萝！我度过了无比糟糕的一夜。我的天啊，您既愚蠢又疯狂。您难道不知道，您从来都是这个世界上我唯一真正爱过的女人吗？

啊，康苏爱萝……但我真的好怕，我对您感到害怕。您让我吃尽了苦。我本该信任您。您不该欺骗我。您不该在我背后寻找对付我的武器。您不该出卖家中的秘密。这不应该。康苏爱萝，我温柔的爱人，我的心上人。您的那些谎言让我心惊胆战。上帝做证，我曾经一直在等待您，好把您安放在我心间。

康苏爱萝，我的心上人，我用尽全部的力气恳求您。我不是一个坏孩子。为了您，我实在受了太多太多苦。也许我也让您受过苦。我曾经很苛刻。但那是因为恐惧。害怕昔日那些无比可憎的夜晚在最轻微的谎言、最轻微的纠纷中重回我身边。尽管进行过严重抗议，还是有那么多事情令人产生怀疑。那么多敞开的抽屉，那么多过度紧绷的面孔，那么多细微的征兆。为什么？我怎么知道的？我不相信什么警察。我吓坏了，动弹不得。我伤害了我自己。我在身边四处寻找，就像一只撞在窗玻璃上的昆虫。我逃离了您，又去寻找您。康苏爱萝，您知道如何温柔待人：请您怜悯一次一颗毕竟是为您保留的心吧。谁体验过痛苦，谁就会在痛苦中寻找属于他的食物。如果一个人再也无法带给任何人任何东西，那是因为他已经把太多东西都献给了您。

康苏爱萝，我用尽全力向您呼喊：回来吧。我愿意试试运气，如果必须为此去死，那就死吧。因为在这个世界上我只爱您，而且我很清楚这一点，对我来说只有您才是爱的化身。康苏爱萝，我很清楚，当我爱着您时，我便有成为一个幻影的玩物的风险。如果我追求您，您却难以琢磨，是因为有一道光曾经把我照亮过一次，有一种歌声曾经轻柔过一两次，有一种声音曾温柔过一两次，我很清楚，我有死于干渴的风险。我很清楚这一点。对于那些我曾以为在您身上发现的东西，如果无物可以为其担保，那么，康苏爱萝，我的心上人，这一次我再也坚持不住了。我想用我的生命去冒险。我拿来冒险的是我的人生。但是您拿什么和我做交换呢？

康苏爱萝，我的小鸭子，向我坦白吧。把那些像山一样压在我身上的东西清除干净吧。至于那些抽屉，那些读过的信件，康苏爱萝，我提前原谅您了。您很清楚，这根本不是什么陷阱。何况我需要找什么借口吗？康苏爱萝，我会把它们当作非常笨拙、非常痴傻的爱情证明。用上我的宽恕吧，康苏爱萝。对您来说，向我证明您永远是对的，把我们两个统统拖垮，这又有什么好处呢？用上我的宽恕吧。我在这方面的储备无穷无尽，而您从来没有从中汲取一丝一毫。每一次宽恕都让我感到难受，就像一杯没有端出来给人喝的牛奶。康苏爱萝，向我坦白一切吧，就像对着神父一样，就像对着牧师一样。我以名誉向您起誓，要让您过上完全真实的人生。不过这需要一个起点。需要开辟一片新的土地。需要摆脱过去。需要证据。康苏爱萝，把您的前额靠在我肩头。哭吧。把这些可怕的难堪之事都清理干净吧。在这些小事上对我说"是"吧，您从来都不明白，我要求您承认这些，从来都是为了用我全部的力量抱紧您，违心地原谅您。对我造成伤害的并非那些行为，而是那些如此庄严、如此决绝的誓言，以至于我无法彻底相信，对我来说，到底是您身上的哪一面创造出了一个不可知的世界。怪物并不是那个偷看我信件的人。而是那个嫉妒、笨拙、疯狂的人，是那个冲着许多神圣之事赌咒发誓的人，以至于我无法，无法彻底相信！在您与我之间立着三重围墙。那么亲密关系究竟容于何处呢？

康苏爱萝，我带您去度假吧。我带您走吧。我会尽我所能地珍爱您。我们去温瑟留斯[1]的村庄吧。康苏爱萝，我四月的小青蛙，如果您乐意的话，我会很高兴的。

◆

造就我爱意的并不是我的担忧。简单地说，与其为了死而死，我看得很清楚，还不如试试运气。附上一封我从医院里给您写的信。这是我从未给您寄出的十万封情书之一，因为我无法，无法完全相信您。

康苏爱萝，如果我把自己的信任献给您，那么世界上永远不会有任何东西让我违背这份信任。

亲爱的，帮帮我。

安托万

---

1 莱昂·温瑟留斯（Léon Wencelius）：纽约法语中学里的哲学教师，自从安托万·德·圣-埃克苏佩里在1941年年初抵达纽约之后就与他开始来往，并建立了友谊，二人志同道合，尤其是在政治介入方面，都在探索戴高乐路线之外的其他可能。——原版编者注

◆

附件："医院"来信

康苏爱萝，今晚我要给您写一封情书，因为尽管遭受了那么多伤痛，尽管有那么多话您没有听见，尽管我有那么多呼唤在您封闭的小小灵魂之窗面前奄奄一息，有时候我再也无法忍受一种从未找到方向的爱情了。

在您身体里存在一个我爱的人，她的喜悦就像四月的苜蓿一样新鲜。曾经您的几秒钟对我来说就像黎明一样。微不足道的小哭闹，不值一提的小欢喜，一缕光照亮的几秒钟，也许，就是它们让我献出了自己的人生。一个一法郎的相机，一种伪装成"豆子"[1]的感谢之举，一个能让人说出"我会变得谦虚"的谦恭姿势。就这样我身上充满了奇迹，让您沐浴在光明之中，令我感觉恍若身处世界的起点。我心里想：雪已经融化了。冰川变成了天鹅湖……我很清楚，我很清楚最终我会是对的……

1　安托万·德·圣-埃克苏佩里在第九十四封信中交代了"豆子"的来历：一天，康苏爱萝突然对安托万说了一句"豆子"，安托万问她什么意思，她回答说："和你在一起我很幸福……"

61　安托万致康苏爱萝

小康苏爱萝，

　　您对我的窘境、对我的抗拒、对我内心极度的紧张一无所知——您难道不知道您要求的东西已经有点超出人力范围了吗？

　　康苏爱萝，我很想对您毫无保留地信任。仅此一点就足以拯救我。但那些从未被承认的事情始终无比沉重。如果您一贯敢作敢当，康苏爱萝，那么我们本可以长久地生活在一起。这种被败坏的生活正是您想要的。这是您想要的，因为您宁可在婚姻的可怕审判里把我"置于我的错误之中"，也不愿相信我，不愿把真话说出来从而让我沉浸于平和的心境。这会导致什么呢？这只会让您抱怨我——要是能让我变得快乐，让我们变得快乐，那有多好啊！您到底是愿意嚷嚷您的怨恨，做一个不幸的人，还是承认您的错误，做一个快乐的人呢？至于我，这让我感到难过，康苏爱萝。

　　您要求我相信——这超出了我的能力，这就要求我变得无比痴愚——那些女性（比如娜迪娅·布朗杰[1]）的短笺从我的抽屉中消失是由于圣灵的操纵，或者娜达那些被人复述的句子是通过转桌[2]传达给您的。当您对此发出最神圣的誓言时，我再也无话可说。我该怎么获得证据呢？您一哭就令我沉默。在审判中您永远"有理"。

1　娜迪娅·布朗杰（Nadia Boulanger）：法国钢琴家、音乐教师，"二战"前曾在美国巡演。1940年11月再次抵达美国，与安托万·德·圣-埃克苏佩里交往密切。安托万曾把《战区飞行员》《小王子》的一些打字稿赠送给娜迪娅。
2　转桌是通灵术中使用的一种特殊道具。

至于我自己，无论我怎么想，无论我怎么努力，对于这些我不得不相信的行为，我深感绝望。我不知道怎样才能让自己愚蠢到完全废除直觉。而且，更严重的是，我仍然被谎言的残酷所烦扰。因为上帝知道，康苏爱萝，曾经我等待过、期待过宽恕的契机！

您想要巩固婚姻生活，您想要靠着那些强求来的权利以及我犯错的证据重新征服它。这简直是疯了。幸福不是在法警的文书上建立起来的。

但是，今晚我反抗这场胡闹，它是由某个典型的康苏爱萝为我表演的，我已经"不公正地"让她等很久了。

您的幸福，您一直把它牢牢握在手中。您从来都不想把它建立在对于我的信任以及真相的纯真之上。您从来都不容许那种我一直期待的、唯一可以让我呼吸的气氛。您从来都不想要那种我渴望奉献给您的幸福。您感兴趣的，只有那个您认为"拿到手"的东西，仿佛一次胜诉的成果。您更喜欢您内心的苦难，您更喜欢彻底分离，而不是赠予简简单单的气氛与尊重，赠予我急需的纯真。

您很笨，笨，笨，笨，太笨了！因为我满怀柔情。

安托万

◆

我表达得很不到位。我很难让自己被您理解！在那些您颇为友善的时刻，存在于我们之间的，并不是您那些过往的行为：我体内充满了对于宽恕的无尽储备。存在于我们之间的，正是这种您从未请求过，却被我一直留在心中的宽恕。

想想这些吧，对此我深信不疑：

　　"当我们做出了改变，那些我们无法赞同的个人行为，我们再也不想重来一遍，我们清除了它的实质，我们供认不讳，毫无困难，因为它们就像是别人做的一样——我们自己来，主动坦白，大声承认错误，恳求宽恕。我们希望别人按照我们本来的样子来爱我们。我们无法忍受自己所爱之人把你弄成一个虚假的形象。我们无法忍受自己通过欺骗去获得他人的尊重。我们当然不在乎承认那些过去的事情、曾经的狡计，因为我们把它们吐出来了！我们和别人一样厌恶它们。于是这就像融雪一样柔和了。"

　　但是，如果我们抗拒坦白，那是因为我们宁愿把爱情建立在虚假的契约之上。我们拒绝承认的行为，正是我们依然有能力做出的行为。当您拒绝承认您曾经搜过我的抽屉并且看过所有可能读到的文件，那么您就给我们保留了一种能力，有朝一日，但凡有需要，也许就会故态复萌，而且继续否认，生硬露骨。

　　如果您真的变了，您会亲自过来，哭泣着对我说："我是新的康苏爱萝，您可以依靠我。我把所有那些旧玩意儿都吐掉了，这就是证据。我无法通过自己的沉默去挽救我的重启之力。我需要别人按照我本来的样子来爱我，我无法忍受向您隐瞒自己丝毫。我无法忍受您喜欢我的一个陌生形象，哪怕是美化过的形象。我需要得到帮助。成为我的支撑与盟友去对抗我的缺陷吧。我知道您很慷慨，原谅我吧，治愈我吧。我想告诉您一切，一切：我无法忍受您的难堪，您的紧张，您的绝望。我希望您能感受到，在您身边有一个属于您的人——而不是一个运用无数诡计掠夺您爱情的人。我没有任何诡计，我属于您。我无法掠夺爱情。我想像现在这样，借助您自由的禀赋，沐浴于爱情之中。为了您，我的每一扇窗户都打开了，请您随心所欲地参观您的家宅吧。"

但凡您没有使用这种语言，康苏爱萝，小康苏爱萝，您都不会有机会说我能够通过您来期望幸福，说比起您的自尊，您宁愿选择您的幸福。

您的那些手段，康苏爱萝，真是既愚蠢又具破坏性。

至于我呢，我正大踏步迈向死亡。这是您的愿望吗？您是否当真以为，您之所以还在这里，没有离婚，正是由于您的手段，而非我内心温情的深邃与广阔，不顾一切厌恶？康苏爱萝，您的手段从来没有阻止过我相信任何事情，但它阻止我相信您。

康苏爱萝，我跪地恳求您，别再耍手段了。做一回新的康苏爱萝吧。在漫长岁月中的某个受祝福的日子里证明给我看吧。您的体贴不够用了。您在布宜诺斯艾利斯时曾经拥有过，而我却受了七年苦。如今您的体贴又开始出现了。您想让我知道这不是另一个不幸七年的陷阱吗？正是因为这种体贴感动过我，它才会让我颤抖。但我需要一个更加重要的证据。我需要知道您真的已经变了！

安托万

62　安托万致康苏爱萝

纽约，1942年

康苏爱萝，

　　不要搞得这么不可理喻。我很清楚我的声音变得不客气，我很清楚自己发怒了。我总是因为不被理解而发怒。最开始，我轻声细语。我对您说：我亲爱的小姑娘，这不是正确的做法，也许也不是正确的方向。我柔和地说着这些话，仿佛面对着一个弟子，心里想着，但凡有需要，就花上无数个不眠之夜让他成长起来。

　　但我的弟子却立刻把我对他说的话当成了人身冒犯。我看起来似乎直接批评了你康苏爱萝，攻击了你康苏爱萝，就好像某篇关于米开朗琪罗的评论是在攻击米开朗琪罗一样。如果把某种措辞用在一部未来的作品里，那么相比用在一部死去的作品（因为已经完成，命运已定）里，意义大不相同。因此，当你抗议一种根本不存在的侮辱时，当你试图以一种从未被冒犯的尊严为名伤害我时，我感到失望、悲伤和不幸。

　　我想说的要点便是：为了获得进步，面对那些暗藏陷阱的语句或画面，要做的不是分散精力，而是涂改、深挖、劳神苦心，如果有必要的话，哪怕心里厌恶也在所不惜。安德烈·布勒东的夫人在画布上泼了六个墨点，她认为这六个墨点不可更易，认为她已经在这六个墨点中进行了自我"表达"。她可以用两百年来做这件事，然后在两百年间什么也不做。当我看到您添加了前前后后的页面，我很清楚这毫无前途。就好像文明随着每一代人重新开始一样。那样我们永远不会有米开朗琪罗——甚至不会有马克斯·恩斯特。

我不在乎您去搞什么抽象绘画，尽管在我看来，这是一个极度危险的起点，而且说真的，是一条错误的道路。如果想把孩子打造成一位伟大的超现实主义诗人，首先要让他对动词进行变位[1]，对其中的法语错误提出批评。世间万事都是如此。如果任由孩子从超现实主义的冲动开始，那么他只会说 "ba" — "bo" — "bu" — "bi" — "ba"，永远不会有其他东西。

不过，我对您提出的指责与其说是上面那种，不如说是下面这种：即便您作一张抽象画，也必须推敲琢磨。只有这样您才会进步。中国画家会用五年时间修改溪流的坡度，修改茶杯上代表小鸟的三个墨点的位置。他得出了一门学问，这让他有朝一日也许能够在五分钟之内画出一个不错的茶杯让自己开心。但这对他来说根本不重要。我们在一件作品中投入多少时间，它就能延续多久。

但是，如果他连续画了十万个杯子，希望这样做天赋就能降临到他身上，那么他永远也不会提高。

令我感到愤怒的正是这种"一小时一幅画"的创作方法。我只喜欢那种一生一幅画的创作方法。真理的存在需要在漫长的时间内挖掘同一个洞，而不是每回花五分钟依次通过十万个小洞。在后一种情况下从来没有发现过水源。

1　动词变位是法语的基础。超现实主义诗歌强调无意识的梦见，认为日常语言遭到了理性的框线，因此常常突破甚至故意破坏日常的语法规则。

63 安托万致康苏爱萝

纽约，1942年4月底

小康苏爱萝，

我身陷于极度慌乱之中。我很想帮助您，也很希望您会帮助我。我想在加拿大[1]待二十四小时以上。您必须过来。我会发二十分钟火：不该为此激怒您。火气不会持续太久……

到时候我们一起去看些漂亮的东西吧。您会高兴的，也许我也会感到高兴。康苏爱萝，但愿您知道我多么需要得到帮助……

您的
安托万

1　1942年4月底至6月，安托万·德·圣-埃克苏佩里的加拿大出版商邀请他前往魁北克地区进行巡回演讲。但是，安托万却在蒙特利尔滞留了整整六个星期，原因是他的美国签证到期了，尽管联邦政府与加拿大政府在他出发时曾保证过给他补发签证。在此期间，康苏爱萝也前往加拿大与丈夫重聚，当时安托万胆囊炎复发，这是他1935年遭遇坠机事故以来频繁发作的病症之一……在加拿大，康苏爱萝发现了丈夫与娜塔莉·帕雷公主的私情，收到了一封娜塔莉从纽约给他发送的电报，开头是"安托万，我的爱……"。同样是在蒙特利尔，安托万在纽约的另一个情人西尔维娅·汉密尔顿也前来与作家重聚，却没有想到他正和自己的妻子待在一起。——原版编者注

64　安托万致康苏爱萝

魁北克，1942年5月至6月

康苏爱萝，

没办法找到您！

您不在理发店，正好布里斯布瓦医生[1]过来找我们。

我让他等了一会儿，但不能再等下去了：这不礼貌……

我无限后悔没带您一起去散步——这非我所欲，也不是我的错。但现在怎么办呢？

我一小时内给您打电话。

安

65　康苏爱萝致安托万

纽约，1942年夏

东尼奥，

您之前用非常友好的声音和我约了十点见面。我不明白……马上就要凌晨一点了……我还在等着。您为什么这样骗我，这样折磨我，让我等您，而您却不喜欢等人……您没有发现我已经很累了，我对这种分居[2]的做法感到很不满意，这样的生活在某种意义上正

1　马克西姆·布里斯布瓦（Maxime Brisebois）：蒙特利尔医生。

2　当时安托万和康苏爱萝住在纽约中央公园南240号楼里两间分开的公寓中。——原版编者注

在杀死我，原因恰恰是无限期待我们的幸福……而这只有您一个人懂。如果在现实中……（这种幸福）在您心里涓滴不漏……那是因为我再也不能奔向那里……东尼奥，不要太恶毒！不要用我希望之尸的碎片自娱自乐！如果您这样做的话，我是不会尊敬您的，您开始让我感到像是一场给专业人士准备的庙会游戏……律师、法官……报刊……我不想再等了……我不能再等了……我正在失去理智。上帝没有倾听我的心声……每一分钟都是黑色的，您不回家，您不打电话……主啊……庇护我吧……您会成为黑色的天使吗？我已经身陷深渊，是您用如此漂亮的理由与如此亲切的话语把我推进去的……东尼奥，我要疯了……为了能睡个好觉，我吃了药片，今夜不要打扰我……至少我睡着了……我已经筋疲力尽了！愿上帝原谅您，就像我原谅您一样，我的丈夫。

康苏爱萝

您不知道，我从十点开始就在等您。我之前回去了五分钟——看看明天是不是要去乡下。如果您当时一个人，那么我把我的陪伴献给您。

66　康苏爱萝致安托万

1942年7月20日

明日抵达求您接待我

比上次更热心我把柔情带给您

无限期盼带您走进乡野[1]以便推动您

写出新稿您的康苏爱萝

67　安托万致康苏爱萝

纽约，1942年12月底

康苏爱萝，我现在非常不幸。

您在圣诞夜表现得非常凶恶，关于这件事，您始终喋喋不休。至于我，当时多么想原谅您啊！您每天都要再尝试一次，向我证明那是我的错，有什么意义呢？那是您的错，小康苏爱萝，而且我已经原谅您了。

我认为您今天的晚餐和晚上的音乐会都是对我犯下的罪过。您含混不清的威胁之语向我传达了很多东西。康苏爱萝，我从来没有威胁过要离开您。我有许多缺点，但您生活在我身边无比安全。我

1　康苏爱萝·德·圣-埃克苏佩里邀请丈夫陪她去曼哈顿东北方的桑德河畔度夏。他们首先去了康涅狄格州的韦斯特波特，然后在9月至10月又去了长岛的诺斯波特，住在一座漂亮的庄园里，俯瞰公园和大海。正是在这种安宁、舒缓而且经常有朋友来往的氛围里，《小王子》诞生了。——原版编者注

对您说过："我就像岩石一样经久耐用。我是一个人生的避难所。于是您方能安然入睡。"

然而，每一次争吵——尤其是当错处在您的时候——您都想毁掉我的人生。

您是我爱的人，为什么我必须因为您而遭受如此之多的痛苦呢？

为什么当我回到家里时，您不是温柔地拥吻我并对我说一句亲切的"再见"，点燃我的事业心……（后文缺失）

68　安托万致康苏爱萝

纽约，1943年冬[1]

各种争论都是有原因的，比我们自以为的层次更深……当我像现在这样绝望时，我就无法工作了。于是我便惊恐于各种支出，它们让我感觉被卷入了深渊，因为我无法承受……于是我变得极度怨恨，因为正是那些类似于圣诞节时上演的场景把我整整几周的工作能力都倒光了……在这些心理层面的冲击，这些夜晚的担忧或充满焦虑的等待之后，我依旧日复一日颗粒无收，感觉永无止境……对我的事业予以帮助并不是某一天对我和和气气，这毫无用处。我不会只用一天时间动手干活——这是为了让我免受那些曾在我身上留下太多伤痕的巨大打击。

---

[1]　根据法国历法，冬季一般包括12月、1月和2月，以3月20日左右的春分作为冬季与春季的分界，因此这里的1943年冬指的是1943年1月至2月。

69　安托万致康苏爱萝

纽约，1943年冬

我唯一的问题……是工作。如果您为我营造一个安静的氛围，那么我就会心平气和，就能专心工作，就会快乐。但是，因为圣诞节时发生的那种重大危机把我摧残了整整一个月，我为了重获平衡而遭遇了无数困难，这难道是我的错吗？在我身边必须保持冷静。必须住到您自己家里去……

70　安托万致康苏爱萝

纽约，1943年冬

我本想着让您高兴一下，于是带着您一起去听音乐会。我本想尝试着与您和平共处。

当您过来拉我袖子的时候，我受了重重一击。我太温柔也太敏感了。我感到无比绝望，与一个也许善意的动作完全不成正比。

当时我需要独处一会儿。在独自清静了十分钟之后，我原谅了你。我遇到了雅克·马力坦[1]，他是一个满头白发的圣徒。我紧紧抓着他的胳膊。我什么都没和他说，但我汲取了他的平和，直到获得了内心的安宁。然后我就回去了。

1　雅克·马力坦（Jacques Maritain）：天主教哲学家，1940年1月之后旅居美国，与安托万·德·圣-埃克苏佩里相识，但二人的政见存在分歧。

当我回来时，我没有找到您，我感到心脏紧绷得要命。因为我不忍心伤害您。我知道，今天晚上错的人是我。您刚一离开，我立刻便明白了。

那些令我窒息的小动作并没有什么大不了，但它们却把所有的往事都带回到我身上。我曾经受了太多苦。我再也受不了了。那个童年时的伙伴，我和他的重逢神秘莫测，当我和他交谈时，那只放在胳膊上的手，就像你正在掀翻马德里的桌子。

康苏爱萝，康苏爱萝，我多么想忘掉这段过去。而在当时，我曾多么靠近死亡。我身上的某些东西也许被彻底摧毁了。您看，我不再坚持任何东西了。我由于让您受到伤害而遭受着太多痛苦，我过于激烈地压制着那些往事最微弱的幻影。

紧接着，如果您不在，我就会过于心焦。

您必须试着抚慰这些焦虑。我不太清楚您到底应该怎么做。别抱太大的希望。这需要您努力好几个月。我曾经为您做出过巨大的牺牲，在无数个争吵、尖叫与辱骂的夜晚保持耐心，您必须搞清楚如何把这些还给我。这是一项艰巨的工作，康苏爱萝，也许高出了您的能力。

也许是我错了。我希望您不要滥用我的担忧，现在我觉得很遗憾，冲您发作的怒气让我变得过于脆弱，而且我对您在外面通宵达旦感到过于惊恐。

我真希望您拥有快点回家的本能。晚归对您来说是家常便饭。如果您偶尔早点回来，我将对此心存感激。

◆

　　我很想试着更清晰地理解我自己。只有当您平安时，我才能平安。我讨厌自己不公正。我想要成为您的温柔之泉。我想要无穷无尽地为您付出。最起码这是我的辩白！我不认为整夜都被钉在那里思考的您可以给我带来哪些帮助。当我感到烦闷时，我会在十分钟内做出一些粗鲁的举动。但在那之后，我便扪心自问，究竟要给予康苏爱萝怎样的帮助。

　　关于我想要带给您的帮助，以及我自己急需的某些东西，我还没能成功地对二者加以协调。我甚至不知道您到底在什么地方伤害了我。也许您能说清楚？

　　我无比苦涩，因为今晚我本想让您高兴一下。最终结果无比糟糕。这是我的错。（这是我的错，当您来找我时，我理解错了您的手势。）

　　最佳选择就是我去打仗。对我来说，再也没有安宁的希望了。我再也不能指望借助您或者反对您从而获得安宁了。您认为我对您疏忽吗？我脑子里想的几乎只有您。这在您看来也许很奇怪吧。我在想那个要送给您的农场。我在想那种我希望能把你包裹的安全感。我在想您，想您，还在想您。而您却在用极其不可理喻的方式伤害着我。

　　我希望您协助我一起帮助您。也许最近这两天给我留下了一种可怕的滋味（您不公正），甚至直到现在我依然极度烦躁。也许，我为了您的安宁而为您做出的牺牲已经把我撕碎了。也许我只是病得非常非常重。（我每天晚上都在发烧，真正地发烧，康苏爱萝。

但我在您身上根本找不到这种帮助。）

康苏爱萝，让我丢掉这种绝望产生的可怕滋味吧。我依然期望您的夜间失踪不会让情况变得更糟。也许当您回到家时，您就会谈论许多关于您的事了。谈论我的不公与您的不幸。还有您的健康状况。那样我就无话可说了。

我恳求您，今晚要有一点点母性。我相信自己给予过您许多善意，请您也回报我一点点吧。

今晚请忘掉您自己，无论您有什么不满，默默把手放在我的额头上。我也同样非常需要得到救助。

曾经，我频繁地救助您，但我不知道自己是否有资格得到报答。我不知道自己需要的东西您是不是能够给予。

小康苏爱萝，我没有开玩笑。回想一下圣拉斐尔的水上飞机，还有利比亚、危地马拉和战争[1]吧。我从来没有感到如此不安。我不知道这种预感从何而来。但事实就是如此。我不知道究竟哪方面让您更感兴趣，是理直气壮地反对我一秒钟的不公正，还是为这种使命做出一点点牺牲。您可能需要更有头脑，更加慷慨。现在轮到您稍微忘掉一点您自己了。

这份令我神伤的期待，它是您的权利，而且您拥有全部的借

1　安托万·德·圣-埃克苏佩里在这里提到了他人生中的四次危险经历：1933年12月21日，他作为拉泰科埃尔公司的试飞员，在法国南部的圣拉斐尔湾试驾水上飞机时遭遇事故，飞机的浮筒扎进了海里，导致飞机侧翻，安托万些被淹死，使得他对死亡产生了深刻的体验。1935年12月30日，他驾机挑战巴黎到西贡（今胡志明市）的飞行纪录，结果在利比亚沙漠中迫降，在沙漠里迷失多天方才找到人烟。1938年2月15日，他在穿越美洲大陆时在危地马拉遭遇坠机事故，身体严重受伤。1939年12月3日至1940年6月22日，他在"二战"爆发后加入法国空军侦察机中队，执行了一系列危险的前线侦察任务。以上这些内容后来成为写作《战区飞行员》与《风沙星辰》的基本素材。

口。但是，为了拯救我，您必须能够忽视您的权利。也许这要求得太多了。把您稍稍——些微——变作一名护士吧。

之后，您甚至会明白，究竟是您的哪种观点、哪些姿势，对我造成了如此巨大的伤害。又是您的哪种声音、哪种态度、哪种笑容，给我带来了安宁。

当然，康苏爱萝，创造奇迹是很困难的。

请您创造一个出来吧。

相信我吧，康苏爱萝，如果您依然珍惜着始终在保护您，永远善良的，而且在生活中时常能够给予您帮助的帕普。

这是一次呼唤，小姑娘。

安托万

71 安托万致康苏爱萝

纽约，1943年冬

康苏爱萝，亲爱的康苏爱萝，

赶紧回来吧。

康苏爱萝，亲爱的康苏爱萝，赶紧回家吧。现在已经两点了。我非常需要和您谈谈，而且我就快要开始难受了。

我不想对您抱怨，但我非常希望自己不要感觉不舒服。

您的

安托万

72　安托万致康苏爱萝

纽约，1943年冬

康苏爱萝，我的小家伙，我想温和地向您解释，与您携手的婚姻生活究竟多么艰难。

在见过马凯夫人[1]之后，我去给雷纳尔夫妇[2]看了一篇文章。我在他们家给您打电话（大约六点），想请您参加一场鸡尾酒会。无人接听。那个愚蠢的秘书多半是去了杂货店。

我在七点的时候又打了一次，得知您已经来过电话了。这个回来的白痴告诉我您刚刚出发：没有留口信给我。我告诉他：我马上回去。如果我的妻子再打电话来，告诉她我十分钟之内就能到（始终想让您免去任何担心）。"在我到达之前不要走。"（我不希望您在电话线另一头找不到任何人。）

七点十分我到家了。我们约好共进晚餐。

七点十分，没人。

七点半，没人。

八点，没人。

八点十五分，没人。

八点半，没人。

这很残忍。尤其是这种冷漠非常残忍。

1　海伦·马凯（Helen Mackay）：美国女作家，人生中的大部分时间生活在法国。安托万·德·圣-埃克苏佩里受魁北克出版商之邀，曾为她的著作《我喜爱的法国》作序。——原版编者注

2　欧仁·雷纳尔（Eugene Reynal）及其妻子伊丽莎白·雷纳尔（Elizabeth Reynal）：安托万·德·圣-埃克苏佩里作品的纽约出版社合伙人。——原版编者注

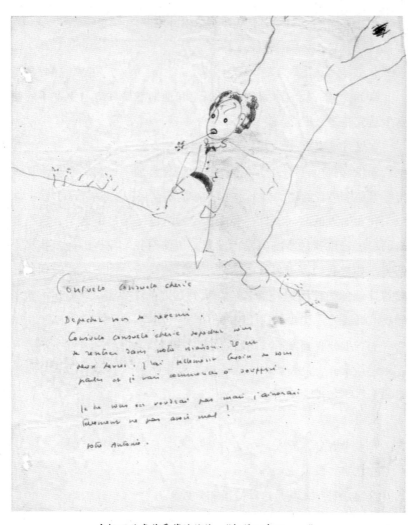

安托万致康苏爱萝的信件："赶紧回来吧……"

它在杀死我，康苏爱萝。

亲爱的康苏爱萝，它在杀死我。

为什么，为什么？

雷纳尔一家本想留我吃晚饭，因为他们一位做物理学家的连襟从华盛顿过来了，今晚就走，我一直很欣赏他。我拒绝了。由于火车原因，晚餐时间是七点半到八点半，而从七点半到八点半，我一直在一个人等您！

康苏爱萝，您为什么又开始虐待我？

我到了，一个人回来了，像个傻瓜一样站在电话边上，担心得心力交瘁。

为什么？

为了不自杀，我是否仍然要从您身边逃离？

我心中充满着那么多、那么多、那么多的善意。

所以请您理解一下吧！

康苏爱萝，我在自己身上付出了巨大的努力，因为我的神经真的吃不消了。

亲爱的康苏爱萝，您根本不明白您在让我受苦。

您对我造成了伤害。

您根本不明白，对您开口的不是我的怒火，而是我的悲伤！

如果我试图找到您，又错过了您，这不是我的错，而是因为您根本不在那里！但是，我的妻子，在晚饭之前，您是可以找到我的，我在那里！我从七点等您等到九点，您至少可以给我打个电话吧。

康苏爱萝，为什么要让我焦虑呢？

我再也忍受不了焦虑了。

就算您现在回来，我也会极其痛苦。

为什么，康苏爱萝，

我不明白，

我太悲痛了，

康苏爱萝！

所以，我亲爱的小康苏爱萝，请您理解一下吧！

我爱你。

我再也无法忍受焦虑了。

今晚，我发现正是这种氛围让我如此渴望一死，并在1939年迫使我落荒而逃。我从来没有爱过内莉[1]。我只是单纯承认她救过我的命罢了。

我情不自禁地想到：我已经把杀死我的权力还给了康苏爱萝。而我逃避这种残酷消耗的唯一机会，就是战争。康苏爱萝，我想死在战争中。既然我无法忍受焦虑，而且您无意为我免除这份焦虑，再加上我依然爱着你，那么我还能怎么做呢？

过去就是这样。我病恹恹地度过好几个小时，被焦虑蹂躏，被

1　内莉·德·沃盖与安托万·德·圣-埃克苏佩里相遇于1929年。她1927年嫁给了让·德·沃盖，并从父亲那里继承了一家瓷器工厂，经常资助安托万的事业。二十世纪三十年代她与安托万之间产生了婚外关系，经常陪在作家身边。尤其是安托万1938年在危地马拉坠机时，内莉在旁边全程照顾。

钉死在十字架上。我早就和您说过这让我很受伤。

我对您的回归还有什么期待呢，您的指责吗？但是，康苏爱萝，由于爱情而受苦，接着又受到侮辱，这太可怕了。在我们约定见面一小时以前，我就到了！在我们约定见面两小时以前，我就在找您了，而且给了您联系我的一切手段。在我们约定见面三小时以前，我给您打过电话，请您过来和我一起参加鸡尾酒会。

我爱您爱得太久了，以至于无法指望自己摆脱爱情了。不过幸好，不久之后，我还能够摆脱生活。

康苏爱萝，我无比不幸。我只能从您那里得到我的安宁，而您却拒绝付出。

我像牛一样工作，为您操碎了心。至于那些必要之物，必要的面包，必要的学业，还有我恳求您为了协助我的努力而付出的那些微不足道的小东西，您从来也不付出。

您为什么要把我搞疯？康苏爱萝，康苏爱萝，康苏爱萝，我曾经相信您，曾经期待您，我曾经在您身上赌下我的一生。我输了。

纽约，1943年冬

我不想冲你发怒。

我不想怀疑你。

我不想相信，你明知道我到底能承受多大的痛苦，却在行动之前不来和我谈谈。

我不想在我的傲气中受苦，我对你的朋友们来说，只是一个用电话打发的先生："我不回来了"，就这么简单。找个仆人给他打电话通知一下就行了。我不想要这种丑陋的痛苦。我只接受在我的爱情中受苦。

我只接受为你受苦。受苦于你的担忧，它阻止你快乐。也许还受苦于不知道怎么足够恰切地告诉你，你是我的光明，并因此而感到自责。

受苦于没有把你的胳膊抓得足够稳，不能带你出去散步，让你像未婚妻一样，走进人生中的美妙事物。

受苦于不够富有，不能每天晚上给你带回珠宝。

受苦于想到在我身边，当我工作、读书、做梦时，你可能体会不到被我的温暖保护着，并且感到孤独。

我甚至不想忍受当下的孤独，这太痛苦了，但这孤独仅仅是来自你。

因为我爱你。

安托万

74　安托万致康苏爱萝

纽约，1943年冬

亲爱的小康苏爱萝，

——花朵总有办法让小王子陷入他的过错中[1]。这就是那个可怜人离开的原因！

这就是我小声埋怨的原因。

如果您打电话给我说："我的小丈夫，我很高兴听到您的声音，工作真是太好了……"那么原本一切都会非常安宁。

当我出门时，我跟您说过我去跑步了。而您对于晚餐的事并没有比我更上心。

当您给我打电话时，我也一直在给您打电话。您在家里的时间并不比我更多。

当娜迪娅·布朗杰的电话铃声响起时（她想要把《小王子》改编成音乐），我无法……（后文缺失）

1　安托万·德·圣–埃克苏佩里在这里提到了《小王子》中小王子与玫瑰的故事。安托万在书中写道："尽管小王子很喜欢这朵花儿，但很快也对她起了疑心。他总把她那些无关紧要的话当真，然后就自己心里不痛快。"《小王子》于1943年4月由纽约的雷纳尔&希区柯克出版社出版，采用了英法双语对照。

Petite Consuelo chérie

— la fleur avait pour truc de toujours mettre le petit prince pour son tort. C'est pour ce que le pauvre est parti !

C'est pour ça, moi, que je grogne !

Si tu m'avais téléphoné "mon petit mari" j'aurais bien content et nous entendre, c'est très gentil de travailler … Et j'aurais été bien paisible.

Quand je suis sorti je vous ai dit que je reviens. Vous n'avez pas plus que moi fini au dîner.

Quand vous m'avez téléphoné je vous ai téléphoné aussi, vous n'étiez pas plus que moi à la maison

Quand Nada Boulanger a venu (elle veut faire mettre le petit prince en musique) je ne pouvais

4 225,

安托万致康苏爱萝的信件:"花朵总有办法让小王子陷入他的过错中……"

126

75　安托万致康苏爱萝

纽约，1942年或1943年

小姑娘，我向您证明过——我以为向您证明过——我知道如何猜测您的心思，哪怕您沉默不语。证明过您的安宁对我很重要。我一直在帮助您，康苏爱萝。但凡涉及帮助方面的问题，我从未想过我自己。

今天早上，在和您讲述了所有这些事情之后，我可以相信你有五分钟时间忘掉了自己，为了——我也不知道——为了致谢，或者多半是为了在致谢时露出我所期待的那种脸色。那种让生活少一些沉重的脸色。

现在我发现，您再次被您自己，被您一个人占据了，而且已经在拿我的牺牲供您抱怨了。

对我来说，您是一片奇怪的沙漠。

安

76　安托万致康苏爱萝

纽约，1943年冬

康苏爱萝您是我的妻子，我的夏天，我的自由。

康苏爱萝您是我的家园。

康苏爱萝您必须是纯洁的，这样我才有理由如此珍爱您，如此笃定地拯救您。

127

Consuelo vous êtes ma femme, mon air et ma liberté.

Consuelo vous êtes ma maison.

Consuelo vous devez être pure pour que j'aie eu raison de tellement tenir à vous, d'être tellement certain de vous sauver.

Consuelo je dois être fier de vous. Vous devez me faire fier de vous.

Consuelo vous devez m'aider et me secourir de votre tendresse parceque la vie est prodigieusement lourde et difficile et que la droiture d'esprit et de cœur c'est plus cher que tout au monde — et qu'il faut un jardin pour s'y guérir l'esprit et le cœur. Vous devez être mon jardin, Consuelo.

Consuelo ma femme il ne changerai jamais jamais, mais donnez moi à boire un peu de paix. Celle que j'ai choisie pour femme doit me sauver lorsque j'ai trop de peine.

Consuelo pourquoi ne m'avez vous pas dit où vous êtes? Je me suis perdu sur la terre qui est tellement, tellement vaste et j'ai tellement, tellement peur.

Consuelo ma tendresse, Consuelo ma petite fille!

Consuelo...

Antonio

安托万致康苏爱萝的信件：“康苏爱萝您是我的妻子……”

康苏爱萝我必须为您感到骄傲。您必须让我为您感到骄傲。

康苏爱萝您必须用您的温情帮助我并挽救我，因为生活出奇地沉重和困难，头脑与心灵的正直比世间万物更加昂贵——需要一座花园来治愈头脑与心灵。您必须是我的花园，康苏爱萝。

康苏爱萝我的妻子，我永远不会变，永远。但是请给我一点点安宁饮用吧。我选定做我妻子的那个人，必须在我过于痛苦时拯救我。

康苏爱萝为什么不告诉我您现在在哪儿？我感觉您迷失在大地上，它是那么、那么广阔，而我是那么、那么惶恐。

康苏爱萝我的柔情，康苏爱萝我的小姑娘，康苏爱萝……

安托万

77　安托万致康苏爱萝

纽约，1943年冬

小康苏爱萝，

我想告诉您，您的努力、您的淳朴、您的体贴让我多么感动。

前几天，我第一次产生了这样的印象，当我非常悲伤、非常疲惫时，我多少可以指望着您一点。

谢谢，康苏爱萝，我的小妇人。继续好好努力吧，不要去见那些太怪异的人。

康苏爱萝，小姑娘，您始终可以依靠我。也许您可以一直这么做。

您的丈夫
安托万

现在六点（我回家时没有找到您），我现在出门去见大夫。我大概七点回来。

78　安托万致康苏爱萝

星期天，1943年冬

（前文缺失）……也不是说您让人打消工作的念头。我的梦想，便是在奥佩德的那间房子里生活。我已经想为您做出的改变奖励您了。我已经想带着您出去散步了。星期一，如果您愿意的话，您跟我一起去费城。我们将在温瑟留斯家里吃晚饭。第二天（星期二），我带您去华盛顿，晚上我在那里有事情要处理。然后我们夜里一起回来。

康苏爱萝，我想把您带回一片真正的乐土。无论是您，还是我，都不是为那种虚假的奢华而生的。继续协助我一起帮助您吧。现在轮到您了，您在我面前还有许多工作要做。我曾经在您面前勇敢地完成了我的工作。亲爱的小姑娘，谢谢！

安托万

79　安托万致康苏爱萝

纽约，1943年冬

我很遗憾没有见到您。如果您有空吃晚饭，那么就来加入伯纳姆[1]和我的聚餐吧。如果您有比听人谈论技术问题更精彩的事情要做，我不会怪您的……

80　安托万致康苏爱萝

纽约，1943年冬

康苏爱萝，

我的宝贝——这变成了真正的晚宴。您当然备受期待。（因为我相信，我珍惜那些让您变得自由的东西。）把您的那些朋友带去是不可能的，因为只邀请了法国人。但是（如果您不是和我一起，而是和朋友们一起过来），我会为您的到来辩护。我会为吉他辩护[2]。也许行得通。那么你们所有人都将加入我的行列。

1　罗贝尔・伯纳姆（Robert Boname）：工程师。1938年在法国航空跨大西洋技术部门工作时与安托万・德・圣-埃克苏佩里结识。他们曾有机会共事，一同处理北大西洋商业航线的筹备工作。1941年年底，二人在纽约重逢。从1942年5月开始，伯纳姆在美国出口航空公司任职，并在长岛定居，因此得以和安托万频繁见面。——原版编者注
2　暗指康苏爱萝带的朋友中肯定有弹吉他的。

我现在待在勒孔特·杜·努伊[1]下榻的德雷克酒店。请您一到家就给我打电话，我立刻回来。

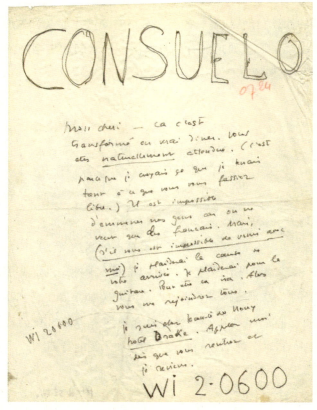

安托万致康苏爱萝的信件："我的宝贝——这变成了真正的晚宴……"

---

1 皮埃尔·勒孔特·杜·努伊（Pierre Lecomte du Noüy）：法国科学家。撰写过许多科学哲学方面的书籍，包括1936年在伽利马出版社出版的《时间与生命》。他曾在1940年5月10日的午餐会上与安托万相识并阅读了1939年出版的新书《人类面对科学》中的片段，引起了安托万的极大兴趣。努伊于1943年1月16日抵达美国。在安托万离开美国之前的三个月中，二人来往极为密切。——原版编者注

81　安托万致康苏爱萝

纽约，1943年冬

康苏爱萝，也许现在还有时间：可怜可怜我吧。

我恨我的爱意，康苏爱萝。因为它阻止我获得安宁。您仅仅是离大家很远而已。为什么，亲爱的康苏爱萝？为什么，在对我横加羞辱之后，还用不回家的方式来对我造成额外的伤害呢？康苏爱萝，我担心得要命。为什么您从来都不是那种不必让人担心的亲爱伴侣呢？我为了爱您付出了高昂的代价。

所以您难道不知道您在伤害我吗？害人的康苏爱萝？害人。我恳求您听听我喊出的这份伤害吧，在我的内心深处只有爱。

安

82　安托万致康苏爱萝

纽约，1943年冬

快给我打电话。

康苏爱萝，我的小家伙，我回来的时候您为什么不在那里？我很想和您好好说说这事。您为什么不像您答应过的那样，在出门时过来拥吻我呢？我都不知道今晚该做什么了！亲爱的小姑娘，为什么不去试着关注所有这些琐事，以此来平息我的忧惧呢？我非常非常难受，我已经下定决心，它也许会拯救我，也许会害死我。请让我相信，请让我相信它会拯救我吧！

安托万

 ## 83　安托万致康苏爱萝

纽约，1943年年初

康苏爱萝，

（昨天和今天）我给莱昂·维斯写了三十多页[1]。

谢谢你的好意！

你可以给唐杰打电话，告诉他，在这项已经启动的工作结束之前，我将不吃不睡（一旦开始了，就一定要做完），他将收到一份足足有一百页纸的重要文稿，几乎抵得上一本书。

这会给他带去极大的安慰。

告诉他，文章内容涉及友谊与文明。

安

1　这里指安托万给莱昂·维斯的新书《三十三天》写的序言。

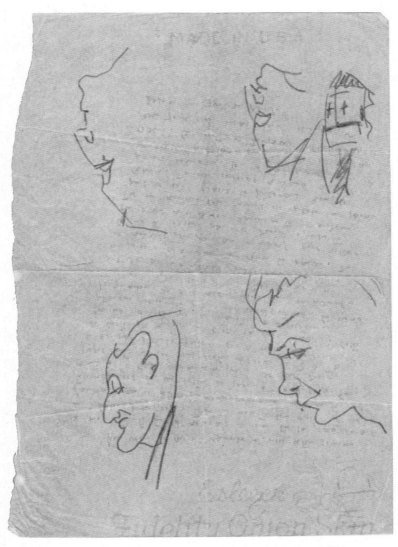

1942年至1943年，安托万·德·圣-埃克苏佩里在纽约画的素描，
左下为罗贝尔·唐杰。

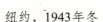

84 康苏爱萝致安托万

纽约，1943年冬

您睡得好吗？

早上好先生，我的丈夫。

这些是您的校样[1]。

我和薇拉一起吃午饭。

康

85 安托万致康苏爱萝

纽约，1943年3月

小康苏爱萝，

我很生气，你居然没有叫我给你推行李箱。

小康苏爱萝，为我做一点祈祷吧。我需要做出极其严肃的决定。

没法在家里找到您。我等了一个小时！亲爱的小姑娘，助我把一切都交给您吧。

我可能得去趟华盛顿。我恳求您不要责怪我：我必须在黑夜中

---

1 可能是指《小王子》或《致一位人质的信》。——原版编者注

寻找我的职责[1]，这对我而言无比艰巨。

您的

安托万

如果我不去华盛顿，那么我打算在十点钟的时候和您一起回去。

我会在八点钟给您打电话，因为我没找到您。请在我的门底下给我留一张字条，告诉我您的日程规划。

另外，当我把一切都给了您，我是不会把它再拿回来的。所以请帮助我克服对您的忧惧吧。

86　安托万致康苏爱萝

纽约，1943年3月27日

亲爱的康苏爱萝，

马力坦可惜了。明天晚饭之后我会带你去华盛顿。康苏爱萝，我全心全意地爱着你。

我晚上是在拉扎莱夫[2]那里过的。我悲伤地回来了。世界正在走向错误。工作太多了。我将变得不幸，将会受苦，因为不存在可

1　自从1942年11月8日英美盟军在北非登陆之后，法军便加入了盟军的战斗序列。安托万·德·圣-埃克苏佩里认为他可以在法国找到一个飞行员的位置，并前往华盛顿处理一系列相关行政手续。最终在一系列美军高层的帮助下，他完成了所有手续。

2　皮埃尔·拉扎莱夫（Pierre Lazareff）：法国报社主编，曾经负责过《巴黎晚报》的编撰工作，因此与报刊投稿人安托万·德·圣-埃克苏佩里相识。拉扎莱夫于1940年8月24日抵达纽约，继续从事媒体方面的工作，与安托万来往密切。

以给予人类的明确真理。而我如此热爱真理，即便对属于我自己的真理缺少足够的把握，我依然会为了真理而受苦。我全心全意地爱着我的祖国。我不知道究竟站在哪一边[1]才能好好为它服务。如果我淹死了，亲爱的康苏爱萝，在这次跨洋飞行[2]中，我将满嘴苦涩地淹死。今天我发现吉罗[3]非常愚蠢。康苏爱萝，我的宝贝，我的爱人，我完全绝望了。

我对自己没有任何要求或期望，康苏爱萝。亲爱的康苏爱萝，我对金钱或者类似的东西没有任何野心或欲望。我只想让自己有点用处。而现在我很可能死得毫无用处。

您的丈夫

安托万

87　安托万致康苏爱萝

纽约，1943年3月底

一点零五分，一点十分，一点二十分，一点三十分，一点四十分，一点五十分，两点，两点零五分，两点十分，两点十五分……

我非常非常非常悲伤。

1　"二战"中法国战败之后事实上分裂成了两个政权：与纳粹合作继续统治法国本土的维希政权以及流亡海外的戴高乐"自由法国"政权。

2　安托万·德·圣-埃克苏佩里当时计划于1943年4月2日乘军机从纽约飞往阿尔及尔。

3　亨利·吉罗（Henri Giraud）：法国陆军上将，1942年开始担任北非法军司令，与戴高乐存在政见分歧。安托万·德·圣-埃克苏佩里既不支持吉罗也不拥护戴高乐，认为把德军铁蹄下的法国人用单一政党、单一团体或单一人物作为代表是不正确的。——原版编者注

康苏爱萝

夜里我从来没有

在您之后回家

也许我要彻底离开了。

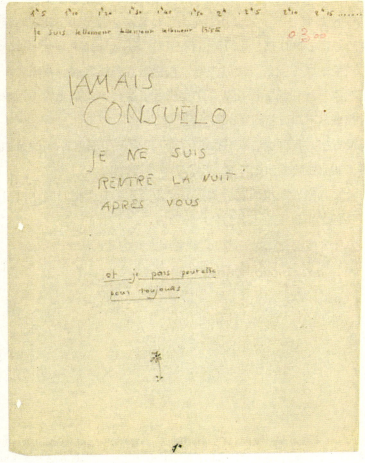

安托万致康苏爱萝的信件："一点零五分，一点十分……"

88　安托万致康苏爱萝

纽约，1943年3月底

小康苏爱萝我的宝贝，也许您已经读了我的信。那么您就知道我当时多么热忱。大约两点钟的时候，我的热诚让位于焦虑。现在——凌晨两点半——我用尽全力保持警醒，就是为了让它不至于让位于怨恨。这让我很受伤，但我不想，我不想责怪您。

亲爱的康苏爱萝，快过来吧，在我感到苦涩之前。我厌恶纽约的这一夜。您让我在拉扎莱夫家里伤透了脑筋，我亲爱的小姑娘。当时我根本不知道您到底在哪里。

没有您，我再也活不下去了，康苏爱萝——安慰者[1]，我是如此悲伤，如此孤独，如此苦涩。我非常非常需要您。

救救我吧。我很快就会乖乖去死，而您将有大把时间在夜里晚归——因为再也没有人会焦急地等待您了。

为什么您没有和我一起共进晚餐呢？我的爱人。

1　在法语中，consolation（安慰、起安慰作用的人）与康苏爱萝的名字Consuelo在拼写方面极为近似，安托万·德·圣-埃克苏佩里在这里使用了一个文字游戏，从康苏爱萝引出安慰者，希望她能像她的名字一样起到安慰作用。

89　安托万致康苏爱萝

将军昨天当着您的面对我说，他无法把我送进军营，让我直接动身去非洲。

后天，星期天，我就要被动员入伍了。整整一天时间我都坐立不安。为了去北非我甚至找不到一件不带破洞的衬衫——没有袜子，没有鞋子，什么都没有。我想：我怎么才能找到点钱呢！在这方面，您倒是带着新裙子回家了。我很想知道它的价格，仅此而已。我很泄气。

我想，没有我您会更快乐，我想，我终归会在死亡中找到安宁。我渴望的、期待的只有安宁。我不怪您。与那些正在等待我的事物相比，什么都不重要。您让我失去了我对自己那一点点可怜的信心，小姑娘。

90　安托万致康苏爱萝

康苏爱萝，您看看，我已经四十二岁了。我遭遇过一大堆事故。现在我甚至无法跳伞、我三天两头肝脏阻塞、每隔一天都会晕船、由于在危地马拉骨折的后遗症，一只耳朵昼夜嗡嗡作响。还有物质方面的巨大问题。花费了无数个不眠之夜对付一项工作，而那些未能免除的焦虑使得成功比搬山还要难。我感觉太累了！

但无论如何，我还是要出发了，虽然我有充分的理由留下来，我有十种退伍动机，我已经严酷地参与过属于我的战争。我要出发了。也许我是唯一到了我这个年龄还要出发的人。但我要出发了，不是为了去当官，而是为了去做参战的飞行员。对此我负有必要的义务。我要出发去打仗了。远离那些正在忍饥挨饿的人，这样做让我无法忍受，我只知道一种与我的良心和平共处的方法，那就是尽可能多地受苦，就是去寻找尽可能多的痛苦。痛苦被慷慨地给予了我，像我这样的人，哪怕背上两公斤的背包，从床上坐起来或者捡起地上的手帕，都要忍受身体的疼痛。

我做过一个梦。梦里有一个伴侣。她把手放在我肩头："您看起来很累，我能做些什么来帮助您吗？"她在家里等我回来："您工作顺利吗？您开心吗？您难过吗？"她分享着我的担心、忧虑与希望。

您知道我为什么在这篇序言[1]上挣扎了十五天吗？您了解其中的哪个段落行不通吗？为什么行不通？变化之处在哪里？可怜的博凯尔[2]比您更了解情况一千倍……

要是我跟您谈论的不是一杯鸡尾酒，那就是一场闹剧！您从不询问我的担忧、我的不适、我的努力、我的梦想、我的恐惧。我可以在整晚整晚良心的斗争中一个人把自己撕成碎片，而您对此却一无所知。但是，如果某次晚餐中遇到了两个多嘴多舌的女人，我当时以为她们是男的，那么您能跟我说上三个月。

我梦见过一个始终在场的女人[3]。她能够在家里等我。一个像夜

1　即安托万·德·圣-埃克苏佩里为莱昂·维斯的《三十三天》写的序言。

2　罗杰·博凯尔（Roger Beaucaire）：工程师，邮政航空公司的公共关系负责人。——原版编者注

3　在法语中"女人"和"妻子"是一个词"femme"，这段话里的"女人"也可以理解成"妻子"。

灯般被人看见的女人，一个给你拖下厚重雨衣的、让你在旺盛的炉火边就座的女人，那是她趁你不在家时提前准备好的。"看啊，我就在那里，期盼着您……"一个减轻你许多烦恼的女人。她消除了周围的噪声。是一间避难所。

您认为这根本不存在吗？我认识的每一位女性都具有这种奉献的需求。她们都具有保持在场的美妙品质。

这是因为爱情吗？噢，康苏爱萝，我开个头，请您记好。在经历了那么多恐惧之后。我心想：如果我来开头，那么第一个场景，第一次夜晚的等待就能把我弄死。这还没完。那是圣诞之夜和楼梯上整整六小时的深夜嘶吼。我没法从头再来。但我多么希望回头啊。当时，正是那些夜间的失踪令我无法忍受，因为您曾经利用它们搞出过不少花招。

那么现在，离动身还有五六天（或者四天），从您那里我得到了什么？各种辩护词，为了向我好好证明错的人是我，各种谣言，社交界的评论。一间比任何时候更加空旷的屋子……还有对爱情的保证，却没有对任何行为做出承诺，比如按时回家，哪怕是那些能够挽救我、我的事业还有您的实际安全的东西。

我出发不是为了去死。我出发是为了受苦，从而与我的那些同类们交流。我在人生中做过不少好事，我拥有我的小行李箱。在家中我呼吸过于困难，如果被杀死了，我会很高兴。我并不渴望自己被杀。但我欣然接受如此长眠。

安托万

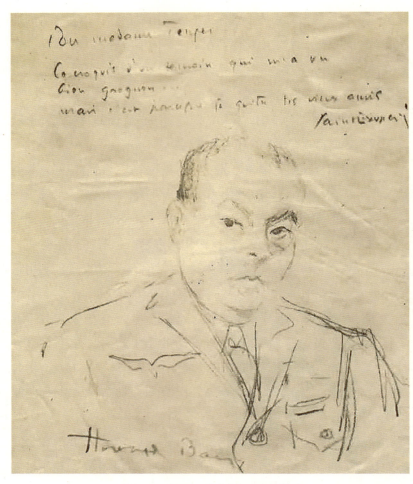

安托万·德·圣-埃克苏佩里自画像，

1943年4月1日绘制于纽约。

自画像上的文字："献给唐杰夫人。这张速写描绘了一位目击者，
他曾看见我抱怨连连……不过那是因为我即将离开许多老朋友。
圣-埃克苏佩里。"

Consuelo de Saint Exupery

康苏爱萝·德·圣-埃克苏佩里绘制的安托万·德·圣-埃克苏佩里肖像。

北非、撒丁岛

1943年4月—1944年7月

你看啊，我的地榆花，我和你分开已经漫漫三载了。这就像是一场流亡。

——99 安托万致康苏爱萝

亲爱的，去求求你的那些星辰友伴来保佑我们，让我们团圆吧。……回来吧，我的爱人。

——111 康苏爱萝致安托万

我爱我们梦中的世界，我爱小王子的世界，我去那里散步……没有任何人能碰到我……哪怕孤身一人带着四根刺……

——112 康苏爱萝致安托万

91　安托万致康苏爱萝

阿尔及尔，1943年4月20日前后

亲爱的小康苏爱萝，

　　我长羽毛的小老鼠，我的地榆花，我有点疯狂的小妇人，我的宝贝，您要变成什么样子？我想念您。我真的想念您，发自内心，仿佛清凉的水源。然而，上帝知道您多么令人难以忍受，多么暴躁和不公。不过，在这一切背后，有一束安静的微光，一种善意的温柔，有一位妻子。亲爱的小康苏爱萝，您是我一辈子的妻子，直到心灵的最后一口气息，余下的一切我都原谅您，因为您一点一点、不知不觉地把一切恶毒、喧闹和炫目之物抛在了一边，只为成为真正的您——一个非常温柔而且随时试图提供帮助的伴侣。

　　我现在需要得到帮助。我发现气氛有些沉重。我感觉自己站得很远，在世界尽头。我愁眉不展。我感到心不在焉。无人能够填补。我需要的再也不是冒险了。我需要安宁。我感觉自己就像一棵老树，想把自己种在属于它的土地上。我的内心生活实在太复杂了（这多数都是您的错，我的爱人），我想要一个家。我想要一个真正的伴侣。我希望您，就像在诺斯波特[1]时那样，简简单单用老树的平和包裹我无声的工作，因为我非常需要安静。

　　我没有被鱼雷击中[2]，我的地榆花。我没有变成海底的藻类。横渡几乎风平浪静。旅途中的伙伴们都很友善。我们一起吃巧克力、一起抽烟，一起玩各种小游戏（我在下棋时击败了所有人，我很自豪），一起偷偷喝威士忌（那是一艘禁酒的船）。夜里似乎能听见水下沉闷的爆炸声。第二天早上，大家绕着舰桥走上一圈，清点船队中的船只数量——一艘不少。出门散步的全体寄宿生里一个小女孩都没有走散。战争看起来似乎很遥远，我们又回来继续玩我们的小游戏了。

　　在这里，在阿尔及尔，虽然只是路过，却已经经历了两次轰炸。不过，都是些毫无威慑力的轰炸，打了折扣，只造成十五人死亡，比汽车造成的伤亡还要小一些，大家在旁边就像看了一场电影。由于这些蹩脚的轰炸总是在同一时间发生（日落时分），因此被用来充当约会的时间点。"您什么时候来吃晚饭？""看一下……好吧，就在今晚轰炸完之后……"当德国佬们（他们似乎穷得要命）丢完他们的三坨狗屎，大家就恢复正常了。

　　我的宝贝，我重新加入了我的作战联队，第2/33飞行中队。我申请去前线作战。所以我被任命为2/33中队的飞行员。这很严肃。这才是真正的战争。对于这类冒险来说，我的年纪有点大了，但是

1　1942年夏秋之际，安托万与康苏爱萝在长岛的诺斯波特度假，其间安托万开始撰写《小王子》。

2　1943年4月2日，安托万·德·圣-埃克苏佩里与五万名士兵一起登上运输船横渡大西洋，12日抵达直布罗陀，13日抵达法属阿尔及利亚的奥兰港。当时德国海军正在大洋上执行狼群式的无限制潜艇战，许多盟军的运输船都被鱼雷摧毁了。

必须和同伴们一同忍受。你知道我对于这方面的看法。当人们在法国生活于水深火热之中时，缺席的唯一借口，就是承担起所有麻烦以及一切可能的风险。必须身体力行。像蠢货安德烈·布勒东那样签署几份宣言[1]实在是太容易了。我的小鸡崽，如果我牺牲了，你依然会满意地了解到，我是这群唱高调者中唯一离开纽约的人。而且我拒绝了所有的职位（包括宣传部门等），只为选择一个非常单纯的角色，那就是让自己去挨枪子儿。这是合理的、平静的，几乎不怎么令人忧郁。这对我心灵的健康十分必要。阿尔及尔比纽约更令人窒息。在这里每个人都对我无比友善，向我发邀请，给我打电话，对我提问题，但我已经说得够多了。我不是为了各种协商、各种文艺团体、高级领导、政治晚宴、演说和采访而生的。我就像失血了一样。那些有点想法的人，通过发动战争来验证这些想法。如此而已。浪费口水比失血对我的破坏更大。对于事物，我只能体验。

我的联队驻地在遥远的沙漠中。战争与黄沙。（也许我会在那里找到小王子吧？）我拥有一种奇怪的命运，它总是把我带回漫漫黄沙之中。我注定不会在海里淹死（这就是那些潜水艇甚至不敢接近的原因……）。我野性难驯的小兔子，如果我遭遇了灾祸，不要对我抱怨太多。我有点累了，也不清楚到底是什么原因。纽约、分裂、纠纷、诽谤，各种麻烦事，安德烈·布勒东让我彻底倒了胃口。也许就是这个原因。这些事都令人疲惫。做人不是为了这些。这是不切实际的麻烦。我给他提供了一只美味的烤鸭——他却从中看到了一个陷阱[2]。一个关于知识分子、三段论者与党派信徒的陷阱。真蠢。而所

---

1 安德烈·布勒东与安托万·德·圣-埃克苏佩里在政见等许多方面存在意见分歧。

2 安托万·德·圣-埃克苏佩里曾邀请布勒东共进午餐，但被后者拒绝了。

有人多多少少都是这样。这不是我的祖国。这让我感到烦躁。我让自己去吃枪子儿，是为了守护阿盖的和平，守护与拉扎莱夫的晚餐，或是守护你的那些鸭子（你的烹调手法有问题，因为皮不够脆），是为了守护各种"优秀品质"，那些我喜爱之物的优秀品质。正直，淳朴。与鲁日蒙[1]的棋局（这是个勇敢的家伙），忠贞、温情地工作，而不是那种真理的游戏，把人骗去流放于一切人类事物之外。是为了一个真正的花园让大家安居乐业，而不是为了那些拆除花园的举动。而我非常需要一片让自己安居的花园。

当然，这里没有花园。大家在这里也同样说话太多。人们呼吸着思想的沙漠。必须把数学公式当作生活的核心。表示支持。表示反对。我支持花园以及他们的伊甸园。而他们却用他们公证人的图式把我惹怒。我喜欢洋蓟、草莓和地榆花。而当它让我想起政客等式中的a、b或c时，却根本没有告诉我任何东西。我需要一处可供饮用的水源——而那里几乎再也没有水源了。说到底，我不在乎自己是否被杀。我失去的东西很少很少。

我多半会回来的，地榆花。为此我请求你不要做太多蠢事。不要做任何以后可能令我感到为难的事情，我亲爱的小姑娘。当您的好朋友不帮助您时，您就成了一个无比迷失而且无比难懂的小姑娘。发自内心地恳求您，不要去见布勒东一家以及其他人。除了在经历词语的谵妄之苦后自取灭亡之外，那里什么也找不到。去学学如何照顾一根天竺葵或者一只兔子吧。这很难。但这创造了联系。

1　德尼·德·鲁日蒙（Denis de Rougemont）：瑞士作家，据说是《小王子》的灵感来源之一。鲁日蒙1940年由于在报刊上发表了激怒德国政府的尖锐专栏文章，被派往美国，9月抵达纽约，之后与安托万·德·圣-埃克苏佩里成了好友。

这是值得的。天竺葵很漂亮，而兔子可以用来和朋友们一起吃。不要去学习如何重建世界，这太容易了。给您自己寻获一些单纯的朋友吧。就是那些具备生存直觉并且能把自己拥有之物主动奉献出来的人。是那些在对花园产生想法之前就把花园分享出去的人。如果我必须回来，不要为我准备沙漠。同样不要让我脸红。请好好帮帮我吧。缺了这一点，我是回不来的。我已经流过许多血了。我再也不喜欢碎石子了。我想在草地上睡一会儿。不要让我睡在沙子里。

去看看那些可爱的人物，比如海伦·马凯，还有鲁日蒙、勒·罗伊[1]、古尔维奇[2]。尤其要去看看那些高尚的女性。您认识她们，我的小老鼠。要学会把腐败的东西吐掉。至于雅克琳·布勒东还有索尼娅[3]都不适合您，有害身心。不要害自己。如果您最终成为您自己，您会变得非常可爱。

康苏爱萝，小康苏爱萝，我非常强烈地爱着您。必须帮助我去爱您。

您的
安托万·德·圣—埃克苏佩里上尉

1　勒内·勒·罗伊（René Le Roy）：法国长笛演奏家，从1940年起定居美国。圣—埃克苏佩里夫妇经常参加他在纽约举办的音乐会。
2　乔治·古尔维奇（Georges Gurvitch）：纽约社会学研究所负责人，该研究所在当时得到洛克菲勒基金会赞助，得以聘用一大批从法国本土逃往美国的学者。
3　索尼娅·瑟库拉（Sonia Sekula）：瑞士女艺术家，1936年移居美国，二十世纪四十年代与布勒东夫妇等超现实主义者过从甚密，女同性恋者，精神状况很不稳定，曾有过多次轻生之念。

92　安托万致康苏爱萝

阿尔及尔，1943年4月底

我的宝贝，

我给您寄去的那封信，从我到达之后第二天就开始写了。然后我不得不等待一个有利时机以便把它寄给您。正好有一个朋友今天要走。

我的宝贝，我自己今晚也要动身去和我的同伴们会合了。也许在那里一切都会好起来，我的地榆花。但是今天我感到非常悲伤，比以往更加悲伤，对人类、对生活、对我自己充满了怀疑。

我在信里和你谈到了阿尔及尔的轰炸事件，因为在我抵达的头两天里，美军的防空部队为我们献上了一出绝妙的天空表演。德军寥寥无几的炸弹带来了一点点战争氛围。我本以为每天都会这样，唤醒沉睡的良知，让这群浑蛋稍微振作一些。但什么都没有。结束了。人们互相邀请对方喝鸡尾酒（味道很糟），讨论着他们鸡毛蒜皮的琐事。亲爱的小姑娘，我窒息得厉害。

我又开始驾驶飞机了。我没有感到不习惯。我觉得它挺无聊，比骑自行车还要无聊。这些运动的乐趣几乎再也触动不到我了。我的地榆花，我渴得要死，却找不到任何喝的东西。我的真理究竟栖息在哪里？

我焦急地等待着我的第一次作战任务。也许那时我会觉得自己有点用处。

我依然只有一种乐趣：看到你在电报里有一点点想我。

小姑娘，小姑娘，您也许比世界上任何人更能帮到我。我把您紧紧抱在我心口，就像抱着一件珍宝。

您的丈夫

安托万

93　康苏爱萝致安托万

我的丈夫，我的东尼奥，我的宝贝，

　　我想念您，少了您，我在我们五层楼的荒凉宅邸中感到无比弱小和孤独。小狗独自在楼梯上咬着它的骨头奔跑，乞求有人和它一起玩耍。

　　你那张留在书房里的桌子诉说着你的离去。你那堆乱糟糟的东西都还在，我什么也没碰过，我还是过于柔弱了，不足以恢复秩序！为了整理你的书籍、你的痕迹，天知道要花多少时间。我的心揪得很紧，你知道吗？我开始逐渐离开床铺待上几个小时[1]。而只要一躺下，我就感觉得到了保护。

　　我想你一定会回来的，你会在某一刻回到房间里。我吃了药，要睡觉了。但力气正随着春天到来而回归。昨天，鲁肖[2]带我去餐厅用餐，他谈到你的时候充满了敬佩与温情。他像男人一样爱你。他期望在你的下一本书里读到许多有价值的东西，许多美好的东西。我告诉他我如何爱你一辈子，整整一辈子。而这又让我多么痛苦，

1　当时康苏爱萝遭遇了抢劫，头部受到重击，导致卧床不起。
2　安德烈·鲁肖（André Rouchaud）：安托万与康苏爱萝的朋友。

如此多的纷扰，如此多的分离！他对我说道："当您走完一生，与世长辞，上帝会对您说：'我的孩子，您在人生中曾拥有过天堂和地狱。您曾经和东尼奥生活在一起。我能给您什么呢，我的孩子？'而您会温柔地回答说：'东尼奥。'于是结果就是这样，阿门！"我的丈夫，好好照顾自己，不要在山谷里伤到自己（伤到头骨）。给我写信吧。把明日之光用一封信寄还给我吧。我感到我的身体因为你的沉默和缺席而越发沉重。这是我真正背负的重担。我渴望背负得得体而优雅。帮助我吧，告诉我，有一天，我会好好躲在您的臂弯里，没有恐惧，对您的爱意没有恐惧。

我拥吻您。希望我的信件能够送达你手中，因为我祈求上帝让你读到它。

你的妻子
康苏爱萝

安德烈·鲁肖

156

94　安托万致康苏爱萝

我亲爱的小妇人，我又来坐到你身边。我刚刚遇到了即将离开的拉·罗兹艾尔[1]。我请他到了加拿大之后给你打电话。我亲爱的小妇人，我想告诉你，在诺斯波特时我曾多么开心。直到今天我才明白了这一点。那也许是我生命中最后的天堂。我亲爱的小妇人，您给我生了一团旺盛的火焰，让我可以全心全意地呼吸，没有丝毫苦涩、自责、悔恨。那是我家中的熊熊火焰。我亲爱的小妇人，我现在觉得伤心、伤心、伤心。我悲痛欲绝，茕茕孑立。我感到孤独、孤独、孤独。我从未发觉自己如此孤独。

你无法想象这个国家的人性如同沙漠一样荒芜。这里的会面并不愉快。都是些等待室的会面、车站的会面、游离于生活之外的会面。一切都渗出自私自利、闲言碎语和政治权谋。我多么需要一种文明，一种宗教，一种爱。亲爱的小妇人，也许您能拯救我。

三天之内我就要上战场了。我不知道是否能在那里找到内心的平静。我的战友们将会怎么样呢？也许被阿尔及利亚的腐朽彻底败坏了内心？我的小坏蛋，即便在您的怒火中我也能找到生活的机会。而在北非的这个垃圾桶里，我感到自己疏离于生活之外。那些发动战争的人将会怎么样呢？他们也许会在死亡面前重获尊严，我的小鸡。我的灵魂麻木了。我的牺牲没有得到补偿。（因为像安德

1　让-费德里克·卡尔莱·德·拉·罗兹艾尔（Jean-Frédéric Carlet de La Rozière）：法国前内政部长。抵抗运动期间频繁来往于北美和北非。

烈·布勒东那样的蠢货根本不明白我已全力以赴。）我没有得到回报。我尚未得到回报。也许为了找回我自己，我必须开着一架遍布弹孔的飞机从前线返回。

因为——也许——我周围的一切都衰老了，我从来没有觉得自己这么衰老过。也许还有点病态。（也许是由于我灰心了？）在对光明的希望中，必须笨拙地走过多么怪异的内心道路啊。亲爱的，我只寻找过纯洁之物。当然，我可能经常犯错。我的宝贝，我的宝贝，我多么希望自己没有被欺骗过。

我厌恶这个阿尔及尔。也许在沙漠中属于我的战场上我会有不同的看法。毕竟，我别无选择。至于我的直觉，我依然希望它是正确的。但要知道，他穿过了一个无法忍受的人性郊区才来到此地。这里是近郊的贫民窟，是各种最最平庸的情感跳蚤市场。三天以来，甚至没有再发生轰炸。他们把尊严的一小块碎片还给了这里的人。一种尊严的表象！但是今晚，当我感到如此疲惫，我发现一切都很肮脏。我渴了，康苏爱萝。我要渴死了。而我找不到任何能够解渴的东西。

我当然很担心你。我关心某种刺痛心灵的糟糕忧虑。我对你的爱要比你以为的多得多。我对你的爱要比你知道的多得多。我过去总是用一种无法直抵你心灵的语言和你交谈。也许你也爱着我，但你从来、从来、从来没有思索过我的爱。当我温柔时，完全向你折腰，一门心思都是对你的关怀，我却从来没有从你身上得到快乐的微笑。你从来没有把你的快乐做成礼物送给过我。我就像一盏什么都照不亮的灯。我从来没见过自己照亮之物。我之所以逃离，就是因为急需在这个世界上找到某种可以反射我的光芒的东西。当我把手放在你的额头上时，我不是为你当一棵带荫的大树。只有一次。在蒙特利尔，一天上午。你朝我丢出一个荒诞的词语，你还记得吗？"豆子……"我问你"为什么说这个"。你回答我说："和你在一起我很幸福……"我沉默了。我震惊了。对我来说，这是一个非凡的奇迹。我大力栽培、庇护的花朵，终于愿意挥洒一点它的光芒作为回报了。然后我便等待它回来。我等待。我期待。我期待。但我又开始要渴死了。啊！小康苏爱萝，你可以如此轻易地让我因感激而迷醉！一个如此拙劣的小小词语就能让我因感激而迷醉！小姑娘，原本只需要时不时和我说上一句"我非常幸福……"，我便可以把一切都献给你，就这么简单！她多么令太阳绝望，这是一个永远、永远、永远无法照亮的小星球！现在，如果我不得不腹部中弹，粉身碎骨，那么不会有太多东西去诱惑我开始沉眠。我只有"豆子"这个词，我会尽我所能地用它安慰自己，直至死去。

我错了。我也会拥有你曾经向我展示过的喜悦，那是在距离鲁特西亚[1]几米远的地方，当我们分别时，我给了你一部值二十六苏的柯达相机。啊，小康苏爱萝，小火鸡，小傻瓜，小吝啬鬼，那天我差点把你带回我的怀抱，用你一个人重塑我的命运。当我们有时去餐馆共进晚餐时，你应该对我说："我真幸福……"我不能不屈服于你的幸福之诱惑。

噢，我的爱，我多么需要一扇点亮的窗口。

我多么需要一扇点亮的窗口。

你知道，那些发光的虫子都是女士，而她们则拥有会飞的丈

1　指鲁特西亚酒店，巴黎左岸最著名的大酒店之一。

夫。由于一点小小的光芒，他们便结束伟大的旅程，回到松林里。如果您对我说"我曾经幸福……"，那么也许我也能够回来吧。

康苏爱萝，康苏爱萝，康苏爱萝。

安托万

95　安托万致康苏爱萝

阿尔及尔，1943年5月

小鸡，我回来和您说声晚安。小鸡，我依然在摆脱那些空洞虚幻的交谈。亲爱的小鸡，我仍然在摆脱这些怨恨他人的人。小鸡，我几乎再也不相信人类了。亲爱的小鸡，我再也受不了了，再也受不了了。羽毛小鸡，一切都错了，请成为我的源泉与花园吧。亲爱的小鸡，我必须能够珍惜一些东西，否则我就会感觉自己很轻很轻，轻到可以在一个美丽的夜晚飞走，自己却没有察觉……小鸡，不要让我变成一架没有着陆点的飞机。我必须一心想要回来。

我从地面上看到了夜空中等待着我的东西：喷射的曳光弹（对于飞来的飞机，全部进行射击）。你看到十万只蜜蜂升起，这场面非同寻常，比任何烟火表演更加非凡。小鸡，小鸡，我很快就会出现在这场大戏的另一边了。那里也会有十万只蜜蜂向我袭来：赋予我归来的愿望吧。

小鸡，我无比灰心丧气。这很糟糕，很糟糕。请在几棵安静的树下，在一间安静的房子里为我养三只兔子吧。小鸡，我不知道人类都去了哪里。这里的一切，都不属于人类。只有政客、话痨和党徒。小鸡，我怀疑人类。所以你必须和我讲讲兔子是什么样子，讲讲它们脸上的黑点和树木的气味。小鸡，我很想爱上自己家里树木的气味，否则我就没有可以回去的理由了。小鸡，为我做一个陷阱吧，我想回来时被它逮住。在陷阱里放上三只兔子、几棵树，还有一个善于疗伤的小康苏爱萝，一个文静的织补着美丽白围巾的小康苏爱萝。也许还有一朵放在一杯水里的花朵。你还可以在陷阱里摆上几包香烟、一杯牛奶咖啡、一块抹上黄油的面包片。噢，小鸡，在这个陷阱里，不要放任何我讨厌的东西。我非常脆弱。这不是因为子弹，而是因为在这个星球上我再也认不清自己到底身在何处。所以，如果你不在窗口点亮一盏安静柔和的小灯，那么，在某个作战之夜里，我恐怕再也找不到回家的路了。

你知道，法国就在对面——只需飞行两个半小时！没有分担他们的苦难，我感到非常内疚。我感到非常非常失落，因为我的根被深深切断了。我只是需要给出补偿。那就至少让我成为他们作战中的一分子吧。我必须把我的肉身全部投入进去。你很了解我。没有作战任务，我就得不到安宁。这些天我一直在地面上看着那些美丽的星河，我需要在那里洗净我的心灵。那会产生很多噪声，但在飞机上这样更好，什么都听不见，只有满天繁星。

亲爱的小鸡，请稍微保护一下保护您的人吧。

安托万

161

96　康苏爱萝致安托万

纽约，1943年5月10日

已经痊愈但因你不在而虚弱希望

天空会保护你一生等待你的消息

温柔地拥吻你康苏爱萝德圣-埃克苏佩里

97　安托万致康苏爱萝

乌季达[1]，1943年6月15日前后

我的宝贝，我的小妇人，我的康苏爱萝，

我对你产生了怀乡病！我太伤心了！我住在棚屋里，房间里放着三块木板：我根本没法工作。我已经整整三个星期没有见到城市或住宅了。只有布满碎石子的黄沙，根本没法让人想起真正的沙漠。更像是一个贫穷而忧郁的郊区。

我不能告诉你我现在在哪里，我的心上人。我驾驶的是时速七百千米的单座歼击机！对于这些玩具而言，我已经很老了，但我会尽一切努力尽可能长久地坚持下去。我既固执又勇敢。（不过前几天我怕了，但我不会告诉你这个故事的。）

你知道，我们就要开战了，因为我们的飞机飞得非常非常远。我们的歼击武器已经被照相设备取代了。噢！我亲爱的小鸡，你依

1　摩洛哥东部城市，位于摩洛哥与阿尔及利亚边境，1943年6月2日起安托万进入了当地的美国空军基地，练习驾驶洛克希德公司生产的P38闪电战斗机。

然拥有一个干走私的丈夫，我相信，他是走私犯里的老资格。（驾驶这种飞机最年轻的飞行员比我小六七岁……）啊！我的小家伙，我想到了纽约的侮辱，安德烈·布勒东的诽谤[1]，想到了所有那些污泥。不过，我相信自己已经付出了一切，什么都没有剩下！我感到自己贫穷、贫穷、贫穷得要死。但是我想在死之前再见到你，我的康苏爱萝，我的地榆花。所以我会回来的。

我不知道我的这些信能不能顺利抵达你身边。我什么都不知道。我对你一无所知，我受祝福的小小光芒。噢！康苏爱萝，要乖啊，要为我的归来心花怒放。然后为您干走私的丈夫略做祈祷吧。有很多、太多事情都带着些苦涩。有太多事情我都不能说出口。

我还是会把我在军队的地址告诉您：

德·圣-埃克苏佩里上尉
第三照相联队
军队邮编：520

不过，亲爱的小鸡，请同样把信寄到佩利西耶[2]家里，他会让人盯着的。

1　1941年1月，维希政府任命安托万·德·圣-埃克苏佩里为国会议员，这件事被美国报社得知，1月30日在《纽约时报》中进行了报道。1月31日安托万立即进行了澄清，公开拒绝了维希政府的这一任命。而布勒东以为安托万的辟谣是别人代笔的，他本人已经准备好接受这一任命。二人因此发生了一系列口角。
2　乔治·佩利西耶（Georges Pélissier）：阿尔及尔本地医生，安托万·德·圣-埃克苏佩里的朋友。

乔治·佩利西耶大夫家中

丹费尔·罗什罗街17号

阿尔及尔

　　康苏爱萝，我发自内心地感谢，感谢她为了继续做我的伴侣付出了如此之多的努力。今天我上了战场，在这个无垠的星球上彻底迷失，我只有一种安慰，只有一颗星星，那就是从您的家中透出的光亮。小鸡，请让它保持纯洁吧。

　　康苏爱萝，我发自内心地感谢她成为我的妻子。如果我受伤了，有人为我疗伤。如果我遇难了，有人在永恒中守候。如果我归来了，有人是我归来的寻觅对象。康苏爱萝，我们所有的争吵、所有的矛盾都结束了。我现在只是一首关于感激的庄严赞歌。

　　三周之前，我途经阿尔及尔时，再次见到了纪德。我告诉他，和内莉已经结束了，我爱的是你。我让他念了你的信。他对我说："这无比感人。"（那是我手里唯一一封你的信件。）"您抗拒内莉和伊冯娜是有道理的……"你知道我最后悔的是什么事吗，康苏爱萝？就是没有把《小王子》题赠给您。

　　宝贝，告诉我大家是否喜欢《小王子》。宝贝，告诉我《柯力耶周刊》[1]是否已经出版。布伦塔诺出版社那边呢？还有大家对这本书的评价。我什么都不知道，什么都不知道。

　　宝贝，我想告诉您一个非常古老的梦，那是我在我们分开时做

---

1 《柯力耶周刊》是一本由彼得·柯力耶于1888年创刊的美国杂志。安托万·德·圣-埃克苏佩里的《致一位人质的信》预计将以"致一位朋友的信"为题在周刊中登载。之后单行本由布伦塔诺出版社于1943年6月推出。

的。在一片原野中，我靠在您身边。大地死去了。树木死去了。任何东西都没有香气或者滋味。

突然之间，尽管外表上没有任何变化，一切都变了。大地又活了过来，树木也活了过来。一切都拥有了那么多的香气和滋味，以至于味道太强烈了，对我来说几乎太强烈了。生活回到我身边的速度太快了。

我知道这是为什么。我说："康苏爱萝复活了。康苏爱萝在那里！"你是大地之盐[1]，康苏爱萝。你仅仅通过你的回归便唤醒了我对于万事万物的爱意。康苏爱萝，于是我明白了，我爱您直到永远。

亲爱的康苏爱萝，做我的守护者吧。用您的爱为我做一件外衣吧。

您的丈夫

安托万

1　语出《新约·马太福音》第五章第十三节："你们是大地之盐。"

CAPITAINE DE SAINT-EXUPÉRY

3 RD PHOTOGROUP

A.P.O 520

US ARMY → c/o Postmaster New York City New York

Chez le docteur Georges Pélissier

17 rue Denfert Rochereau

Alger

安托万致康苏爱萝的信件："我对你一无所知，我受祝福的小小光芒……"

avoir dédié le petit Prince.

Chérie dites moi où on l'a aimé ? Chérie dites moi si Colliou a paru. Et Bontemps. Et à qui on en a dit. Je ne sais rien, rien, rien du rien.

Chérie je veux vous raconter un rêve très ancien que j'ai fait à l'époque de notre séparation. J'étais mis à mia dans une plaine. Et la terre était morte. Et les arbres étaient morts. Et rien n'avait d'odeur ni de goût.

Et brusquement, bien que rien n'ait changé en apparence, tout a changé. La terre est redevenue vivante, les arbres sont redevenus vivants. Tout a pris tellement d'odeur et de goût que c'était trop fort, presque trop fort pour moi. La vie m'était rendue trop vite.

Et je savais pourquoi. Et je disais "Consuelo est revenue". Consuelo est toi ! "Tu étais le sel de la terre, Consuelo. Et tu avais réveillé mon amour pour toute chose rien qu'à venir. Consuelo j'ai alors compris que je vous aimais pour l'éternité".

Consuelo chérie soyez ma protection. Faites moi un manteau de votre amour.

Votre mari

Antoine.

安托万致康苏爱萝的信件:"你知道我最后悔的是什么事吗,康苏爱萝?就是没有把《小王子》题赠给您……"

98　康苏爱萝致安托万

华盛顿，1943年6月

我的小丈夫，我的沙之钟，您是我的生命。我呼吸，我向您走去，提着一个小篮子，里面装满了你喜欢的东西，还有一个神奇的月亮，让它给你当一面镜子，让你知道你是一个好人。然后你就会相信，在即将到来的日落时分以及接下来的几个小时，你的内心将温柔而甜蜜。如果我在你附近，我会用咖啡研磨器给你演奏音乐，而不急于离开。你愿意吗？

通过一个独一无二的机会，彭通·达梅库尔[1]的一个朋友给你传话，作为夫妻之友的天使们希望我向你重复我爱的祷告。

我的宝贝，我恳求你与星辰、黄沙多说说话。它们是东尼奥忠实的朋友。

你并不孤单。有多少星辰女士在跳着芭蕾，只为抚摩你残存的头发。对此我十分笃定。当你回来时，你将满载她的爱意。你会写下一本《沙漠中的小公主》，它已经包藏在你的右手写下的文句中了。你要用双手把它献给我，这样我就不会想：如果他把《小王子》题赠给了我，如果他带我去了华盛顿……但是亲爱的，你会带我前往其他丈夫不带妻子去的地方。

我收到了你的第一封信，我已在最仁慈的温柔中栖居。我现在人在华盛顿，为了获得返回墨西哥的许可。如果可能的话，古尔维奇想在8月和我一起去墨西哥待三个星期。

1　阿尔贝·德·彭通·达梅库尔（Albert de Ponton d'Amécourt）：法国飞行员，1941年5月26日抵达美国。

我用双臂把你抱紧，我一秒钟也离不开你。此地秀丽的夏季林木恭敬地向你致意。

我有十五分钟来写这封信。其他的信件你收到了吗？

带着我所有的亲吻。

今年我租了一套漂亮的小公寓。位于纽约比克曼广场2号。

99　安托万致康苏爱萝

乌季达，1943年6月15日前后

康苏爱萝，我亲爱的小宝宝，我的心上人，康苏爱萝，我歌唱的喷泉，康苏爱萝，我的花园与草地，我悲伤得无以复加。那么多、那么多的爱意流进了我心里。

你看啊，我的地榆花，我和你分开已经漫漫三载了。这就像是一场流亡。我很清楚自己爱着你，这个世界上我爱的只有你。哦，我的小姑娘，我和你是用同样的面团揉成的，我不知道如何去换一个家。康苏爱萝，康苏爱萝，我无法想象一间没有你的房子，一个没有你的晚年，没有你的冬夜。康苏爱萝，我从我的胸膛、我的心脏、我的骨髓深处感谢你如此用力地抓住我，像一只顽固的小螃蟹一样紧紧夹住我。噢，康苏爱萝，没有您，我永远也无法变老。失去您我就会死。康苏爱萝，当您拒绝分手时，您便救了我的命。

当然，我的杏子，您对我造成过太多伤害。那么频繁。那么强烈。不过这一切都已经被忘掉了。我只记得我对您造成的伤害了。属于您那些眼泪的康苏爱萝。属于您那些孤单夜晚的康苏爱萝。属于您那些期待的康苏爱萝。康苏爱萝，在这个世界上我爱的只有您，感谢您知道我爱着您。

康苏爱萝，我需要您白发苍苍时靠在我身边，好让我安然死去。我永恒的康苏爱萝。上帝赐予我的康苏爱萝，因为我们是夫妻。同行康苏爱萝。我在睡梦中再也不能没有康苏爱萝。康苏爱萝，我是统领你睡眠的上尉。现在我老了，我知道自己经历过的最美丽的冒险，就是与你一同穿越那些黑夜，跨向白昼之神的礼物。噢，我的小家伙，你属于我的泪水，属于我的期待，属于我们的觉醒，也同样属于我紧靠在你身边的夜晚，就像身处波谷之中，永远不变，我在那里发现了一个如此深刻的真理，以至于我现在独自入睡时就会大声呼救。

我老了，茕茕孑立，没有亲爱的姐妹，没有孩子，我用世上的一切方法想念您。我为您担心，我为自己担心，我担心星辰的数量，担心夜晚、海洋、革命、战争、遗忘，我宁愿快点死去，也不要找不到您。我太老了，跑不动了，太老了，无法等待夜色降临了，太老了，无法在您迟到时从我的窗口听着城市的噪声了，太老了，不能失去您了，在这个污秽星球上的数百万居民中，哪怕等上一个小时，我们都何其不幸啊。

我急需一个一切都安全可靠的天堂。它永远不会发生变化。在那里，您的嗓音的旋律不再改变，也不再有被改变的危险。在那里，您再也不会心不在焉、变幻不定、茫然无措。我金色的收获，我需要，我非常需要在您身边得到保护，得到收获。我的心上人，我已经受够了外面所有的雨水，所有的人群，所有的男人，所有的女人，我需要与你合二为一，以此让我得到休息。

我住在营地的一个木板房里。一个房间要睡三个人。我甚至没有避居之处，甚至没有哪怕一小时的庇护所。在炎热的时段，黄沙龙卷像沉重的塔楼一样缓慢移动，阳光灼热，烫伤了我的眼睛。飞行让我筋疲力尽，它再也不是我这个年龄能做的事了。我行走着，疲惫不堪，拖在一大群逃难者后面，我的那些旧伤比任何时候更加让我感到难受。地榆花猜得到这一点，除了您，还有谁会稍稍同情我一下呢？噢，我的小姑娘，我想在你身边度过这一切！你会认出我，并亲切地把水罐从你的肩膀上放下，让我解渴。康苏爱萝，我渴望着你。

　　作为一片绿洲，这里甚至没有用餐时间。人们拿着饭盒排队从美式汤锅前经过。美国厨子把勺子伸进锅里，给你定额的肉、果酱和蔬菜，所有这些都混在一起，大家盘腿坐下，狼吞虎咽，甚至没有桌边的休息、食堂的歌声，没有红酒、面包与咖啡的礼仪。我是白蚁群中的一只白蚁，昆虫群里的一只昆虫，我什么也不听，什么也不说。我得了怀乡病，我的故乡就在你身上。

　　三天前我差点自杀。我在飞行中经历了一件非常罕见的事情，尽管我阅历丰富，也从来没有遭遇过。（具体内容我不能告诉你。）当时我看着大地，我以为会在那里给自己挖个洞。我既不感到恐惧，也不感到悲伤。我想到：我将是第一个赴约之人。为了永恒，我会在永恒中乖乖站着等你。

　　康苏爱萝，我不能再怀疑或害怕了。我就像活了十万岁一样，我需要安宁。我需要你。我的康苏爱萝，你属于我的鬓鬓白发，岁月之雪把我们包裹在一起，我们的白发也交织在一起。你教过我如何一同入睡，你还记得吗？也应该教我如何变老。也许这也很棒。

康苏爱萝，康苏爱萝，我轻柔地呼唤着。我需要得到安慰，得到劝导。需要被手握住，康苏爱萝。对你而言，我是一个非常不幸的孩子。

安托万

100　康苏爱萝致安托万

我的魔蟹，

我要抓住千分之一的机会，让属于您的信寄到您手里。一小时之内，我就要动身前往纽约，把这张便条带给彭通，他会转交给他的一个朋友，这个朋友也许会把它寄给您！每次我给您写信，我都告诉自己，这一次信会寄到的。至少，我在和你说话，哪怕你不在听（像往常一样）。噢！（女士）的小心脏是很小的！我的宝贝，我想要成为您沙滩上的一条小溪，让您沐浴其中。对我而言，您是唯一重要的人。知道您毫发无损、充满自信、容光焕发，我很欢喜。你知道，帕普，安德烈·鲁肖和我说过："不开玩笑，我向您断言，他的《头目》[1]是我读过的最美好的东西，是为明天准备的食粮！"他对他每一个朋友都说了关于你的这句话。他还对我说："他会回来的，他会回到您身边的。他已经完成了收割、栽种和研磨，您希望他去哪里快速种出另一个康苏爱萝呢？总有一天他要带

---

[1] 《头目》是《堡垒》最初的标题，安托万·德·圣-埃克苏佩里在小说正式出版之前的数年时间之中经常喜欢把其中的片段朗诵给他的朋友们听。——原版编者注

走他的收获。"

华盛顿热得要死。我不知道夏天我会去哪里泡泡。也许就在比克曼广场2号的浴缸里。当我和阿尼巴尔[1]一起离开家时，真是太凄惨了，大雨倾盆，一辆出租车！与鲁日蒙和小佩吉·古根海姆[2]（马克斯·恩斯特的继女）告别。我去了纳瓦罗酒店。但是，尽管生活在中央公园南边，酒店公寓的两个房间，相比位于比克曼的家，却成了一座监狱。你不喜欢它，是因为我们刚从诺斯波特回来。我像一只小鸡那样找了又找，终于在河岸[3]边发现了一个僻静之所，我在那里安置了你的房间，放进你的衣物和旧鞋。我选了一套不带家具的公寓，在十八楼，光线充足，还有一个比客厅更大的厨房。而我唯一的悲伤之处，就是没有给你立刻准备第一顿饭菜。我去见了维尔泰斯[4]先生，学习如何把鸭子烤得更好，并且请求他们带我一起去诺斯波特消夏。也许能设法安排——不会让我花太多钱。还有去墨西哥的计划（8月一个月），但如果拿不到我的所有证件（重新返美的许可证），我就永远走不了。另外，德莫内特非常悲伤。医生经常和其他漂亮姑娘一起散步！我在比克曼广场2号给你留了一把钥匙，我在墨西哥的地址将是"来自萨尔瓦多的康苏爱萝"。如果你奇迹般地从火车、飞机上给我打电话，那我就会飞起来。不过我知道，我的小鸡，你完全被困在沙漠里。必须去做事，必须拿出积极的姿态！你的离去让我发烧和谵妄了好几天。在我们分离的最后一

---

1 阿尼巴尔是安托万和康苏爱萝在纽约养的一条狗。
2 佩根·古根海姆（Pegeen Guggenheim）：著名艺术品收藏家佩吉·古根海姆与法国作家劳伦斯·瓦尔的女儿。1942年，佩吉·古根海姆与马克斯·恩斯特结婚，1946年离婚。
3 指哈得孙河岸。
4 马塞尔·维尔泰斯（Marcel Vertès）：法国画家，匈牙利裔，"二战"期间流亡美国。

分钟，看到那么多陌生人的头颅，我感到非常难受！如果我是一个英俊的战士，在盛大的离别式之前，我在宫廷里与你告别，你也同样笑不出来。我这么说，是为了给那最后一刻的悲伤找点借口。不过我现在好些了。

太阳在帮助我，你的信件也一样，不过，我伟大的丈夫，要知道，在浩瀚的天空中，有一颗美丽的奇迹之星在守护着你！你知道，它就是我的心。我有许多话想对你说，现在就快六点了。火车要发车了，只要携带这封信的先生在我们这里，它就将送达彭通手中。

宝贝，好好工作吧，素描，作画，如果您无法创作，就给我和朋友们寄很长很长的信吧。

无限感谢那第一封信，我品尝它，和它一同起舞，我骄傲，我富有，我高傲地抬起脚后跟，把头颅冲着天空仰起。一切都在一个吻里，再次感谢。

您小小的
康苏爱萝

101　康苏爱萝致安托万

华盛顿，1943年6月

这封短信是为了告诉你，大家都非常非常喜欢《小王子》，布伦塔诺那边还没有出版，不过他们告诉我就在本周之内。《柯力耶周刊》那边已经刊登了。所有的朋友还有广大公众都非常感动。

那么你的鸿篇巨制呢？

你打算动笔吗？

我的东尼奥，如果你写一点点，我的帕普，这会帮助你的，那些困难将会变得不那么灰暗。

如果你可以做到的话。

你想让我当一个小兵到你的军营里给你做饭吗？如果有人接受我的话，不过亲爱的，不要让我在北非人中孤身一人！我可以接受巨大的失望，而微小的失望会立刻杀死我。

我要去赶火车了，我在华盛顿待了整整二十四个小时。我感觉自己似乎见了一千个朋友。我要回诺斯波特，不过每周都会去比克曼广场2号查收邮件。请始终把信件寄到那里去。要乖乖地对待你的肝脏、头颅和双脚，如果双脚走得笔直，就不要挠得太用力。用花露水好好呵护它们。当你回来时，我带着小狗阿尼巴尔，我们会到处拥吻你。

我的宝贝，我非常害怕自己的信送不到你手上。

你的

小康苏爱萝

une petite lettre pour te dire
qu' on aime beaucoup, beaucoup
Le Petit Prince : Que Brentano
n'a pas encore paru, mais
il me disse cette semaine.
Couvers ici — Tous les avis
et le public très touché.
Et ton grand Roman, ?
Va tu le commencer, ?

Mon Tonio si tu écris un
peu mon Papou cela t'aidera
et les cailloux deviendrons

康苏爱萝致安托万的信件："这封短信是为了告诉你，
大家都非常非常喜欢《小王子》……"

176

102　康苏爱萝致安托万

1943年6月

（前文缺失）……在我的孤独中存在一种巨大的安慰，那就是您写来的第一封长信，其中您温柔地告诉我，您多么后悔没有把《小王子》题献给我，以便让我在你的光芒下得到保护，我相信你对我说的是真话，我感动地哭了，我如此害怕被驱逐出你的心房……

也许我会把这封信用邮航寄出。亲爱的，我用双臂紧紧抱住您。再也不要把我丢在后面了，因为不能和您一同驰骋，我受了太多苦。我只懂你，我只爱你。

康苏爱萝

103　康苏爱萝致安托万

1943年6月

东尼奥，

我收到了您的两封信。我给您写过一千封……

我不敢去寄信了。您一直都没收到吗？

我的宝贝您现在人在哪里？

在我的心里，是的，永远。

您的妻子
康苏爱萝

1943年6月

帕普,

这封信送不到你手边,但我确实寄出了,仿佛一声呼唤,用上了我所有的力气,我所有的心意。亲爱的,听我说,感谢您寄来的上两封信!

我的宝贝,我非常害怕自己读错了!但即便我读错了,当您告诉我:您不会再离开我,我们会拥有一座农场,你会写你的书!我的东尼奥,我的爱人,您听说我,感谢活着,感谢全能的上帝!

我刚刚给您写了十页纸。我不知道该给您寄到哪儿去,因为您收不到这些信。怎么办呢?如果邮政通畅的话,我会把这封信寄往奥兰,我的大丈夫。当我不知道如何把它尽快交给您,不知道如何对您诉说,它也许会把这些带给您:

> 这是为了生活
> 而我的生活如此渺小
> 如此短暂——
> 我不想再耽误时间
> 把善良与美好献给您
> 我再也不会伤害您了,我的爱人。

亲爱的,当我说"我读错了",我的意思是:万一它说的不是我?在我看来,我的梦想轻抚而过,以至于我变成了曾经的自己,过去的自己。我感谢天空，感谢它心甘情愿赐予我们的一切。首先是你的健康，你的生命。它们排在我自己的健康与生命之前。

您的妻子

康苏爱萝

105　康苏爱萝致安托万

纽约，1943年6月

亲爱的东尼奥，

　　我不知道如何把我所有的信件都送到你手上！你可以赶紧给我些建议。我定期通过纽约的邮政专业系统给你写信，但我想知道你到底有没有收到我的信息。要知道，亲爱的（长着隐形羽毛的小鸡），每时每刻，我都在和你维持着长久的爱情交流！

　　今天我和鲁肖的朋友桑诺兰共进午餐。他非常喜欢你刚刚出版的那本小书[1]。你收到样书了吗？稍微和我谈谈你的生活吧，没有你的消息，我变得憔悴了。等待何其漫长！没有你，我感到迷茫。回来吧，我的丈夫，我会给你一张铺满羽毛的舒适床铺和一个长满羽毛的妻子。

您的

康苏爱萝

1　指1943年在布伦塔诺出版社出版的《致一位人质的信》。

106　康苏爱萝致安托万

纽约，1943年6月

我的小家伙，我的爱人，

　　纽约的夏天已经很热了，我的喉咙不喜欢这样。哮喘复发了，每天晚上，我都要点燃我的巫师药粉来进行自助。我不知道我的那些信件有没有送到你那里，不知道我的消息是否触动了你。我收到了你寄来的一封信，它会让我活过整场战争，主啊，少了你真的好难，你甚至会把色彩、善意与才能献给"贝克们"与"埃莱娜们"[1]。你是我进入音乐世界的关键钥匙，其余的一切都在你身后纷至沓来。当你踏错步法时，所有人都跳错了舞。

　　我一开始写这封信，就有人给我打电话，告诉我有一个年轻人可以把这封信捎给你。于是我和勒·罗伊一起跑过去，带来这几行颇为傻气的文字，为了告诉你，我就在你身边，我对你充满希望。

　　明天我会继续给你写信。

　　你的小康苏爱萝，非常温柔，非常文静，非常疯狂，是个好妻子。我去医院和鲁肖聊了聊。哈特曼大夫在为他治病。他的话里带着对你巨大的爱意与尊重，以至于我差点要用亲吻和感激将他窒息。他的儿子要和吉罗一起动身，他的三个小女儿还有他自己有可能回诺斯波特看我。7月我在那里租了房子。这是唯一能让我稍微找到一点你的影子的地方。

1　此处可能指安托万·德·圣-埃克苏佩里的美国经纪人马克西米利安·贝克，以及内莉（埃莱娜）·德·沃盖。

不要忘了我。我在比克曼广场2号租了一套小公寓，为期一年。我拥吻你，我逃跑的螃蟹，我明天的色彩，我的宝贝。

康苏爱萝

107　康苏爱萝致安托万

华盛顿，1943年7月

东尼奥，

我找不到我的眼镜给你写信，不过也许你能读懂我。这封信有可能送到你手上，这多亏了费纳尔夫人[1]，她将把这封信转交给吉罗将军的副官。

我的宝藏，我金色季节的美丽羽毛，秋天的羽毛，在离我最远处摇摆并返回的那根羽毛，就好像，但凡大海曾经拥抱过它的沙滩，那么它终归会回到属于它的沙滩上。我的东尼奥，回到我身边来吧，在我心里有一个小公主在等着您。只有您知道如何让她得到隆重的接待，给她打造一个她永远掉不下来的王座，她受到过那么多威胁……驱赶……直到群星之间，在那里唯有遗忘把她哄骗。

我总共只收到了你的两封信。不过却如此温柔，充满了如此丰富的种子，以至于很快我就会成为一片原始森林。

告诉我，亲爱的，修复损坏钟铃的伟大巫师，你什么时候回来照顾我们家里的大钟，让家中充满音符呢？

1　阿尔及利亚法国海军司令、海军少将雷蒙·费纳尔的妻子。费纳尔少将被吉罗将军任命为驻华盛顿的海军专员，负责在美国与美国海军合作武装三百艘舰船。

你什么都不跟我要吗？你有足够的短裤、衬裤吗？你想要你的防雨布吗？你认为我有可能去摩洛哥定居吗？因为我的哮喘，气候让我感到害怕，非常害怕。但如果我见到你，我就什么都不怕了。我怕你会走得更远。如果你安定下来，如果你在阿尔及尔拥有一个职位，那么就给我打个电话吧？这是梦想，我刚刚说的是蠢话。我对战争一无所知。别人告诉我的东西对我并没有什么启发。

明天，有人邀请我参加一场鸡尾酒会，在那里我可以和吉罗将军谈谈。但是我没有勇气，我毫无用处，只会张嘴发出噪声。招待会总是让我感到害怕。只有当你也在那里的时候，我才喜欢去。在那里必然有很多东西要去思考，要去讲述，要去争取。

如果我能做到，能变得每天都有用，那么我就会变成水果、植物、美女。我非常想问他："您见过我的东尼奥吗？请告诉他您见到了我，谢谢，愿上帝保佑您。"我来到华盛顿参加一场音乐会，是福斯特、勒·罗伊与舒尔茨[1]在子午线公园演出的全新三重奏。表演太棒了，在肖邦B小调钢琴奏鸣曲的整个演奏过程中，我为你的缺席而流下了眼泪——我看见你如此悲伤，如此凝重。我的小家伙，这一刻会过去的，你将回到你家里，回到我家里，回到我们家里，我会给你献上清茶、米饭还有冬季的熊熊火焰。

我的上帝啊，我真想要两只备用的眼睛，以便更好地给您写信。我几乎看不见了，我必须赶快写完这封信。小勒内·勒·罗伊是好意与善意之王！他住在罗利酒店，我收到了几小盒汤锅、几条丝带。还有一个洋娃娃，怀里抱着一张你的照片——照片取自

1　三重奏成员分别是美国钢琴家西德尼·福斯特、法国长笛手勒内·勒·罗伊和匈牙利小提琴家雅诺斯·舒尔茨。——原版编者注

1943年夏季，康苏爱萝·德·圣-埃克苏佩里在诺斯波特。

一本旧杂志！亲爱的，再多写几句话（因为我发现其他信件没有送到你手上……），这让人难以忍受。我给佩利西耶发过电报。您知道吗？

我回到了诺斯波特。尽管小王子的家里充满了各种困难，我们四个人还是把它租了下来[1]。鲁肖、鲁日蒙、莉莉安·奥尔洛夫、菲茨·赫伯特女士，我自己，还有我的西班牙护士安托内特，在你动身那天她曾经为你祈祷和祝福。安托内特非常疯狂，不过对我非常好（因为仍然能感受到一点头部受到过的重击），她必须一直照顾我。

我们对房子非常满意，因为《小王子》（你）的氛围。除了女士们，其他人都在城里工作。我们一周都待在家中打扫、做饭。维尔泰斯也在这里，就住在我们对门。就是这样，亲爱的，亲爱的，亲爱的。我每时每刻都把自己的心灵与生命重新交给您。

康苏爱萝

108　康苏爱萝致安托万

诺斯波特，长岛，1943年7月25日

我的羽蟹，

夏天无忧无虑地继续着，7月底了，女士们都觉得非常热。阿尼巴尔傻乎乎地在海里划水，当抹香鲸还有各种四到八米长的大鱼靠近我们时，我们都非常害怕，它却不把这些大场面放在眼里。诺斯

1　康苏爱萝和朋友们租的房子就是安托万创作《小王子》时住的地方——位于诺斯波特的贝文公馆。

波特的海滩相当荒凉。我的小家伙，我多么想看到您游泳啊，即便我没法跟上您！

我梦见您了。今天是星期天，我们在午餐中品尝了一条非常好吃的鱼。我以为自己被关进了一个水晶柜子里。而生活，我全部的生活都脱离了我的掌控，永远都待在那些被您身处的境遇选定的地点。

我过来为家里弄点面包和牛奶，我知道温瑟留斯将在某天早上离开。于是我留在诺斯波特的药房里给您写信。

我的脑袋里空空如也，我没有羽毛，我付出了巨大的努力，走路、游泳、画画、读书。我获得了力量，为了有朝一日把它献给您，我正是为此而活的——余下的一切都不存在。

当您远赴他乡时，您的鸟儿用双脚行走。

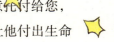

东尼奥，我对您很有信心，我想说，我把我的爱意托付给您，我爱我的丈夫，他也爱我。请不要忽视任何一个可能让他付出生命的微小细节。

康苏爱萝

今天早上，我在一所房子前面徘徊，因为它的门廊让我非常喜欢。我心想：我要把东尼奥的工作室也做成这样，用刚砍下来的白木料，画满天空、群鸟还有你。

109　康苏爱萝致安托万

亲爱的你的来信地址第五大道和第四十四街银行[1]

因为我在亚利桑那度夏

治疗我的哮喘。银行会查收您的信件

它是我最珍贵的宝藏那些已经抵达

的信件带给我生活的勇气紧紧抱着你

带着我全部的爱意并无限感谢你

给我写信康苏爱萝圣-埃克苏佩里

圣-埃克苏佩里伯爵夫人

110　康苏爱萝致安托万

诺斯波特，长岛，1943年7月31日

我的爱，

现在是7月底了，星期六，在贝文公馆。这里非常美，太美了，但却少了你，占据我每时每刻的丈夫，占据我所有的希望，所有的欲望，所有的焦虑。占据我一切的丈夫，他在永恒中追随着我。

亲爱的，我非常痛苦，因为您的那些信没有送到我的手上，我又收到了一封您寄到比克曼广场35号的信件。那么我的信也根本没

1　大意为："亲爱的，请把你的来信地址改成第五大道和第四十四街交界处的银行。"

有送到您的手中。主啊，愿他在您的梦中把它们读给您听。

你的第三封信对我说得如此贴心，以至于我怀疑是不是真的。你就是我爱的那个人，你就是我等待、祈祷、爱慕了那么久的人。你想要知道，我为了如此爱你，为了永远爱你，到底受了多少苦难，对此你有些伤心。但既然你和我说了，如今我便知道了，明天我们将成为同一具躯体，同一条地平线，同一个星球。再也不会有任何人能分割我们的核心。啊！我想成为一个小兵，陪你度过险境，给你递上热奶，把你的大杯子和茶水带给你。（每天早上我都用你的大杯子喝咖啡。）

亲爱的，我想成为一只小蚂蚁，躲在你掌心，让自己彻底远离与你分开的危险。你知道，没了你，我在波城、马赛和奥佩德时多么漂泊无定！不过这些都过去了。将来，我相信你会严肃而善意地对待我的！因为如果我由于你的缘故遭遇过那么多麻烦，你对我的善意同样是我的生命，是我在纯净天空黎明时分的起点。我常常因困惑和悲伤而颤抖，却总会向你求助，你是我心灵与意识的唯一衡量标准——即便你和我分开了。于是我找到了自己的道路，一个单身女人在黑夜中的道路！我感谢你，我的丈夫，在我人生中的这个时段给予我你的友谊。多亏了你，我像一棵树苗那样成长了起来。我在人类的大地上破土而出。你是我的丈夫，是一个男人，你常常有点疯，或者干脆全疯，但是，当你丢下你城里的外壳，你总会制作你生命的补充剂。你就是这样，你将继续上升直至苍穹。告诉你这一点的人正是我，你的妻子。有人想要把她打碎以便重做一个，有人紧盯着她最微小的不完美之处以便教会她更好地生活，有人想要把她做成标本，虚幻、神奇，像个仙女，而她却仅仅是一个妻子，属于他的妻子。

啊，我找不到词汇、重音和格式了，找不到每当我们一起交谈时，那种相同的语言，那种由我们的音乐、我们的生活、我们的爱意组成的相同的音符了。

我的小丈夫，我的大东尼奥，你必须很乖也很诚实。一生一次：你天长地久地爱我，而我一如既往地爱你！但愿你懂得我的孤独，知道我每天在纽约遇到的各种小困难，纽约就是一篮子螃蟹。你在纽约的那些朋友只会告诉我这类东西："和您一起拍照让他非常厌倦！您为什么不让他静静，跟他离婚呢？我们永远是您的朋友。"每次我看着我们的最后一张合影我都会问自己，为了在我们分离期间也能生活下去，你送给我这个小小的纪念品，是不是当真被我强迫过！我再也不想谈论这些琐事了。在西尔维娅们[1]即将到来的闺房里，当你将来把我抱在你怀中时，我希望你再也不允许别人嘲笑我对你的爱。这一点，啊！你是知道的！肯定比我能告诉你的一切更精彩。我不是在批评：你可以给那些迷失的生灵带去希望，她们非常需要神灵！你看，我的宝贝，我再也不会孤单了，因为你在前一封信里对我说：我的妻子，我忘记了你可能对我造成的伤害，我想到了我对你造成的伤害！

你再一次创造了我。这句话给了我生命，它确信在生灵身上存在某些神圣的东西。在人类身上存在神性。因此，如果我依然不得不哭泣，我会对自己说：我不知道如何在他身上呼唤和寻找神性。我会投入更多的辛劳去寻找它，而不是去仇恨，或者迷失在我们那

1　指西尔维娅·汉密尔顿（Silvia Hamilton），安托万·德·圣-埃克苏佩里在纽约认识的婚外女友。

些琐屑的日常举动造成的可怕混乱中。胜利永远靠的是走正道，而不是抄捷径。而人们往往不知道自己到底身处何地。我的丈夫，您将会回来写下关于信任与爱情的书籍，以此去照亮，去给那些口渴的人饮水。我相信，在你的馈赠之力中，除了你的诗歌在用闪光、天空与爱情锤炼之外，你给人安慰，令人期待，创造耐心，正是这种耐心构筑起生灵的存在。

我的宝贝，您认为我的句子浮夸吗？我只想让你知道，在你的家里有光。你当初是怎么得到它的？你怎样才能把它再次交托出去？月光之匙从那里穿过，你令它歌唱并复活流亡中的小王子们。

我就在你身边，近到我难以在这里展现我的身体，我的饭菜，我的海水浴。我游得很远，只为离你近一些，我总能找到一块用来休息的石头并回到陆地上等你吗？我会变疯吗？你会治好我的——你会复活我的。啊，战争总有一天会结束的，我就不用再为你提心吊胆了。愿上帝帮助我并为我稍微照顾一下你。

你的妻子

康苏爱萝

我请求你把信件寄到我们的银行。地址是：纽约市第五大道银行，第五大道与第四十四街交会处。

我的宝贝，还有一小页纸也是写给你的。

我害怕每时每刻，害怕白天、黑夜，还有那些来到你我身边却少了你的时光。噢！我的大东尼奥，此时此刻，他在对谁歌唱他的乐曲、他的学识？我聋了，我听不清。也许他在和我说话！曾几何时，我充满信心，而上帝很快就会把这份信心交到我手里。我想要好好努力，让自己名副其实。

　　我去诺斯波特买了一些漂亮的信纸给你写信。也许恋人们的信纸是粉红色的，因为这是恋人们分享的颜色。在魔术中，他们总是借用温柔的粉色之物去表达爱意。所以，必须非常古典，必须尊重爱情最不起眼的法则，才能抵达您身旁。因此，当你看到这些粉色的线条，你会读到我的柔情，我的奉献，我的坚持，去走过、穿过一切距离，只为带给你一个喜悦的时刻。如果我是一只蜜蜂，那么我会在它的幼虫间写下……

康苏爱萝画的五线谱，其中写着"我爱你"。

　　啊！但愿温瑟留斯能很快把这封信带给你。我亲爱的爱人，今天晚上，我想和你道一句晚安，我要去厨房给莉莉安·奥尔洛夫、波琳娜·汤普金斯还有乔治·德·桑迪亚纳[1]做晚饭了。索尼娅的母亲今晚可能也会过来——我准备做点米饭还有蒜香羊腿。我的小家伙，我会像抚摩我唯一的孩子一样抚摩你。

1　乔治·迪亚兹·德·桑迪亚纳（Georges Diaz de Santillana）：意大利历史学家，自1936年起定居美国，在麻省理工学院任教。

111 康苏爱萝致安托万

纽约，比克曼广场2号

亲爱的请注意，我换了地址。

我的东尼奥，我的宝贝，

　　我现在待在贝文公馆你曾经用过的小客厅里，《小王子》就是在这张桌子上诞生的。我一个人和阿尼巴尔在一起，还有我的老护士安托内特。我一直留着她，因为她和我一起为你的离去而哭泣。每个月我都想把她辞退掉，好节省些开支。但她现在依然还在。我在银行里永远也不会有什么存款。和你说这些我并不觉得骄傲。我对世间之物不太在意，甚至对土地也不太在意！如果不是你，我都不知道下一步该怎么跨过。我亲爱的，你何时回来？我不知道怎么给你写信，每写一句话都要摘下眼镜擦拭泪水，不过在这里，在你去年用过的书房里，我觉得你离我更近了。家中一切如旧。壁炉上放着一棵挂着红球的小树苗，大地球仪还放在客厅里。阿尼巴尔更大，更乖了，它在睡觉。我尽自己所能地自我安慰，我经常为了我们俩祈祷。亲爱的，去求求你的那些星辰友伴来保佑我们，让我们团圆吧。

　　你教过我一件好东西，就是必须对自己严厉一点，踏实一点。有时候我以为自己丧失了理智，你很清楚为什么吧？是因为得知你正时刻处于危险之中。在火车上，有时候我哭得像个未婚夫刚刚动身参战的年轻姑娘。鲁日蒙尽力帮助我。他一如既往地在休息日来看我。他给了我一百美元支付这里的房租，但不包括电话费，而且出租车也很贵。客人们都觉得这间房子太远了。头一个月，我对此感到满意，但鲁日蒙劝我搬到别处去，身边多一些年轻人。有时候，我的沉默会让他们担心。但沉默是把我引到你身边的唯一连线。

我给你写了很多信，不过一把这些信件装进信封，我就把它们撕掉了，它们无法表达我想要告诉你的一切，这些事情你已经知道了，我的丈夫，我不想再讲这些让你烦心的东西了。

我的东尼奥，我不想让您难过，不想让你成为一只离开花丛的孤单蝴蝶。我的心上人，既然您把照顾您身心的权利都交给了我，那就把我所有的芬芳、全部的灵魂都拿走吧。接受一股和风去清凉你的面颊，抚摩你那双我如此深爱的双手吧！

亲爱的，如果我第一个离去，我也会在永恒中乖乖等着你。不过上帝是仁慈的，他能够看到我们在一起，因为我曾为了我的家向他祈求和平与爱。东尼奥与康苏爱萝的家，我们的家会尽可能朴实，它坐落在一棵树下，旁边还有我的丈夫和小狗。我将日夜歌颂上帝之名，我将善待路人。而你会为了那些焦虑或不安的人，从群星中采集正义与光明的诗篇。我会为你烘烤禽鸟以及甘甜的水果，我会在入睡时把双手交给你，为了不与你分离。回来吧，我的爱人。

我不知道这些信件能否送到你手上。我只收到过你的三封来信。我想请你告诉我你是否思考过我去非洲的事情，是否能够离你更近。如果要一个人待着，那就不去！自从头部受伤以来，我一直很虚弱，稍微一转头就发晕。我不太容易适应各种新面孔。我对他们非常畏惧——肯定是因为你不在。

康苏爱萝·德·圣-埃克苏佩里的油画，画中是位于诺斯波特的贝文公馆。

我喜欢你的信。我回归了自己身上最美好的部分，回归了上苍允许我领略的最神圣的部分。我对你心怀感激。我相信你。

你会回来的，我的军人丈夫，你会回到我身边，回归生活，回到朋友之间，回来写下一本美好的作品，你会把它献给我，为了我们在这个星球上未来无尽的周年纪念日。

我在你的信里找到了我们最初的快乐，我们最初的相遇，我们最初的眷恋。尤其是我们婚姻的最初几年你想要给我的那种完整的爱意。谢谢，我的丈夫。回来把这些给予我吧。如果上天助我，我将守护这一切。

亲爱的回来吧。

（鲁肖之前和我说，关于《柯力耶周刊》和布伦塔诺出版社的事，他给你写了信。）

（大家都很喜欢《小王子》。）

我要停笔了，我不太舒服。送信人总是行色匆匆。我不想给你寄去那些我在寡居的夜里给你写的那些旧信。我为你唱我唯一的歌曲，为你创作的唯一的爱之曲。我拥吻你，用一个长长的亲吻，直到你归来。

你的妻子

康苏爱萝

112　康苏爱萝致安托万

纽约，1943年8月10日

我的小东尼奥，

到今天为止，我从您那里一共只收到了三封信件。当我虚弱或悲伤时，当我对明天产生怀疑时，这是我唯一的宝藏，唯一的盔甲。我反复阅读着我的财富，一角一角，一个字母一个字母，对未来充满信心的甜蜜泪水向你流淌。我知道你难以相处，我亲爱的，不过也许你不会再对我造成重伤了……因为我老了，你也老了，因为你对我说你也爱我……在尘世中没有任何其他人对我具有重要性，我希望仁慈的上帝能够给予我几个小时的晚年，充满你心中取之不尽的柔情……亲爱的，你知道，你正在变成一个真正的天使。所以不要凶我……必须活得真实，必须做你自己……至于小西尔维娅们以及其他人……不该直呼其名……你不该继续维持下去…… 只要你的一句话，一封短信，有人就会对我说："啊！啊！等他回来了住在哪儿？和谁住？他说过……"而我什么都不想知道…… 有人在街上纠缠我，想要把我毒死…… "您知道沃盖夫人很快就会抵达阿尔及尔了吗？东尼奥做好必须做的…… 因为她需要告诉他一些东西！还有…… 您也会去吗？他没有给您打电话吗？"这纯属诽谤，我心想…… 除非有相反的证据，否则我一直忠于你。我在等你。我是你的妻子，我会等你醒来，等你在永恒中睡去。你知道为什么吗？因为我爱你，我爱我们梦中的世界，我爱小王子的世界，我去那里散步…… 没有任何人能碰到我…… 哪怕孤身一人带着四根刺[1]，因为你会屈尊查看它们，计数它们，记住它们…… 昨天晚上，晚餐之后，念完波德莱尔和阿波利奈尔[2]，我为一个美国中尉大声朗诵了《小王子》的几个章节，他法语说得比我好。他的妻子泪流满面。没办法宽慰她…… 她很想朗诵全文…… 她说了一些令人震惊的事情，关于你，关于你的生活…… 作为一个舞蹈少女，她曾是伊莎多拉·邓肯[3]的宠儿。她能够阅读星星、眼睛和手，因为她三十五岁的年纪不允许她再做舞蹈明星…… 她住在我家附近，早上会来我家露台上晒日光浴。这个可怜的女人很快就会失去她漂亮的中尉丈夫…… 他以为他会在摩洛哥见你…… 他会和你讲述我们的晚会…… 你的记忆引出了多少奇妙之物啊，你的话语，你的双翅…… 我的孩子，不要伤害你的翅膀…… 你必须带我去往更远的地方。只有你能够在蝴蝶睡觉时打开它们翅

1　"四根刺"的典故来自《小王子》，是小王子爱上的那朵玫瑰身上的四根刺。

2　夏尔·波德莱尔和纪尧姆·阿波利奈尔都是法国著名诗人。

3　美国著名女舞蹈家。

膀上的大门，它们没有注意到一个不带翅膀的小女人徒步走进了它们的住所。我不知道我那一千封信件都去了哪里……所以我把这些信纸寄给风，就像送云朵去填满你经常飞越的沙漠天空。居伊·德·圣-克鲁瓦刚刚抵达，他说三个星期以前曾经亲眼见过你……所以你一切都好，我的丈夫，不过此时此刻你在哪里？请经常告诉我你的消息……想想我的喋喋不休带给你的快乐吧……我在思考，夏天过后，我是否应该去卡萨布兰卡或阿尔及尔，或者去其他你待的地方，为你布置一间房子……我想你会回这里出本新书吧……也许为了写作，我们可以去附近的乡村，或者去危地马拉甚至墨西哥。

我已经告诉过你，我租了一套非常漂亮的公寓，在比克曼广场2号。不过，我请你把信件寄到银行去，因为8月对我来说过于炎热，我必须去海拔高一点的地方，很可能去新墨西哥州、亚利桑那州，或者任何地方……我正等着能不能把公寓转租三个月或者六个月，之后我就会立即动身。我在其他信件里和你详细讲述过这些事情，但我不知道你收到了没有，因为你仍然把信寄到比克曼广场35号……

我住在比克曼广场2号……我的宝贝，我给您寄去那么多亲吻，那么多思念，我希望，当那些危险的敌意窥伺您时，您能够用它们把您包裹起来……

手写段落：我给你写信，用的是你在某个星期天送给我的漂亮打字机。当我们如此动情地与自己的灵魂交谈时，手写会更加容易。

今晚，温瑟留斯带着他的玛格丽特来我家吃饭。我看着他，因为他不久就会见到你，但愿如此。不过这封信，是的，我将把它和

一只我当作礼物送给你的小手提箱一起交给他。好好使用吧，我的
爱人，那里面有我。

你的妻子

康苏爱萝

113　康苏爱萝致安托万

纽约，1943年8月

亲爱的，

　　我一给你写信就感到恐惧。如何才能让我的这些信件送到你手
里呢？我给了温瑟留斯十几封信。

　　但愿苍天能带着我全部的祈祷与亲吻把它送到你身边。

地榆花

昨夜在厨房
清洗碗筷时
我对它们说起
我有多爱你！

114　安托万致康苏爱萝

阿尔及尔，1943年8月

　　康苏爱萝，我亲爱的小家伙，我驾驶闪电战斗机在法国上空执行了作战任务。但是，对于飞行员"年龄"的要求实在荒唐。现在他们觉得我太老了，不适合开战斗机了，我正在试图去美国转一圈，取得相关的许可。与此同时，我也会见到你。与此同时，我也会拥吻你。与此同时，我会在"我家里""我的住所里""我的妻子身边"过上几天。康苏爱萝，我心爱的妻子。康苏爱萝，你这么乖，如此忠实地爱着您，于我而言多么值得！

　　也许我在这个世界上理解的人只有您。

　　如果您能够了解，您将得到"永远"的安心。

　　傻瓜康苏爱萝发明了那么多荒诞的恐惧！

　　不，我是您永远的丈夫。（我没墨了。）

115　安德烈·鲁肖致安托万

新罕布什尔州[1]，1943年8月21日

亲爱的圣-埃克苏佩里，

　　五个星期以来，我收到您的第一封信，没有标明日期，您在信中告诉我您即将重返您的联队。这已经是一封年代相当久远的信件

1　新罕布什尔州位于美国东北部，毗邻加拿大的魁北克地区。

了。关于《致一位人质的信》的校样修订，您当时给了我一些指示。当这封信送到时，《致一位人质的信》已经出版两天了。

您手里肯定有几本样书。我催促过懒散糊涂的唐杰，让他通过各种快捷的途径，把它们送到您的手里。

在您的信寄到之前三个月，我收到了一封来自德·拉·罗兹艾尔的友好短信。他从蒙特利尔给我转交了一些重新誊写的或者根据您的口述记录的笔记。在我给他的答复中，我尽力给他提供一些东西，以便减轻您的合理担忧。我在《信》的第一个版本上花了几个小时时间，我发现的错误比我预料的更多。在我之后，希弗兰[1]又发现了三处。我已经把德·拉·罗兹艾尔先生的短信寄给了您，我不知道您有没有收到。不过我担心，即便您已经收到了，您再发电报告诉我如何处理那几处我向您提出的更正，也已经太晚了。我对此感到恼火：

"我既没有感到愤慨，也没有嘲弄感……"

我很想知道，您已经及时收到了我的信息，您之所以没有回复，是因为这些东西对您来说无伤大雅。

这本小书的出版让我感到很高兴。我很喜欢其中的字体、排版还有封面。

我必须和您说说关于这个封面的故事。

在您离开没几天之后，希弗兰告诉我，关于封面，他产生了一个想法，但他"不敢做"。他跟我具体描述了一番。我回答他说，要先做个草图我才能看明白。不久之后，他向我展示了草图。它立刻彻底打动了我，让希弗兰下定了决心。

1　雅克·希弗兰（Jacques Schiffrin）：布伦塔诺出版社编辑，负责过《致一位人质的信》的相关出版事宜。

我现在正处于假期尾声，我在新罕布什尔的几位法国老友家里度过了这个假期。这是一个美丽的地方，人们都说，仁慈的上帝创造过我的利穆赞[1]，又来这里额外做了一个。同样的丘陵起伏，同样游着鳟鱼的溪流，清澈的水流跃过巨大的花岗岩鹅卵石。条条道路连接着一座座农场，就像在我的家乡一样，每个人都有属于他的个性，就像那些仍然允许个性存在的国家里的人民一样。

　　明晚，纽约，就不那么有趣。那里必定凉快一点。我想知道您的妻子是否前往墨西哥，就像她一个月前似乎下定决心的那样。我有时会去看她。我想知道有什么药物可以抑制想象力。我会请她服用一点。她全力追逐着她那丰富到不可思议的想象力，追得筋疲力尽。您的信件让她慌乱不已，很可能已经超出了合理的范围，甚至超出了您原本想要的结果。

　　塞兹内克[2]来这里待了两天。他是一个粗鲁的好人。我们谈论了您很久。当他提及您的某句话或者您的某次到访时，他的眼中便会出现狂喜的神色。

　　您现在置身何处？这封信会送到您手上吗？说到底，这并不重要。不过我想知道，您对于我在《信》出版过程中负责的那一点点内容是否感到满意。

　　同样地，我也想知道，您能否匀出时间工作，或者，至少能够好好构思那本非凡的《头目》。

　　我向您保证，我为您守护着我忠实而且永远灿烂的友情。

安德烈·鲁肖

1　法国中部省份，鲁肖的老家。

2　让·塞兹内克（Jean Seznec）：法国学者，战争期间任职于哈佛大学。

116 安托万致康苏爱萝

阿尔及尔，1943年9月13日

康苏爱萝我的爱人您的来信和可爱的礼物

让我惊讶非常需要与您重逢

并在您身边温柔地走完人生

在我们的家里撰写巨著

任何人来这里都不重要也不会重要

请放心我是您永远的丈夫

我将用尽全部的心力帮助您。

安托万·德·圣-埃克苏佩里

117 康苏爱萝致安托万

莱诺克斯[1]，马萨诸塞州，1943年9月17日

我的东尼奥，

我的小家伙，

我的爱人，

我的宝贝，

我的丈夫。

我再也没有收到您的信件。我要疯了。我夜以继日地思念。

---

1 莱诺克斯是美国马萨诸塞州的一座市镇，位于纽约以北约一百五十千米。

我开始自言自语了。我的理智和头脑都不是太强。主啊，我到底想要成为什么？我宁可去死也不要变成一个傻子。我不明白你的沉默。你的那些美好的信件，我曾经抱得那么紧、爱得那么深，现在却再也理解不了了。这段时间，我把它们视为一座座小小的坟墓，那些我爱的东西，我想要的东西都沉睡其中。东尼奥，亲爱的，不要折磨我，我朗朗白昼的丈夫，我永恒中无尽岁月的丈夫！我至暗无眠时刻的丈夫，我的丈夫属于我的眼泪、欢笑与焦虑，属于我的一切过去和未来。我的丈夫，我的宝贝，我的帕普。啊！我现在很好，给你写信只是为了告诉您：我的帕普！为什么你不每周都给我写信呢？亲爱的，我求求您。如果您确实想要知道我还活着。如果您确实是我永恒的无尽岁月中的丈夫。我的爱人，我的丈夫，你属于我的所有眼泪，所有欢笑，所有色彩，所有不眠之夜，所有黑暗与晴朗时刻，所有我曾经经历过的一切，以及我明天将会拥有的一切！亲爱的，快啊，帮帮我，我需要帮助！现在是凌晨三点，9月末尾。我整晚都待在阳台上。我对着星星说话，对着树木说话，我独自说话。我住在乡下，在黛莉·德·维利家里（和她的几个女儿还有皮埃尔·德拉鲁夫人在一起）。一栋房子燃烧了整整一夜，烧穿了森林。可以看到无边的赤红火焰在湖面上闪烁着亮光。熊熊烈火……！我想到了战争，想到了你，想到了那些无人思念的可怜人。看着这持续整夜的大火，我为你的沉默感到悲痛，我想到，也许我体内残存的全部生命力，为了你，念着你，都将孤独地燃烧，就像森林中的这栋房子一样，徒劳无益。因为你总是离我很远，远离我的生活。东尼奥，在你的那些信件中，你和我谈到了那些如此严肃、如此周到的事情。东尼奥，我相信自己不可能还有其他做法。东尼奥，我在燃烧！我的帕普，我想让您像在诺斯波特时那样入睡——当您的头脑在工作之后感到沉重时，当我把牛奶、温情与暖意给予您时。东尼奥，我在等您。我付出巨大的努力，不让自己因焦虑而生病。战争非常残酷！我问过您要不要我去趟非洲。您知道，我在这边弄到了一笔补助金维持生活。我会去非洲什么地方？我的哮喘使我无法专注于有难度的连续性工作。亲爱的，给我提些建议吧。在纽约，我在同一条街道上给自己弄了一套小公寓，比克曼广场2号，我翘首以盼！我恳求您定期给我写信。恳求您给我发些消息。很多人来这里告诉我，他们见过您和莫洛亚[1]、纪德[2]等人共进午餐。却连一句给我带的话都没有！亲爱的，不要忘了我。亲爱的，抱紧我。您需要许多力量来继续您的战争，继续您的事业，继续生活！

我感觉自己好点了。只要想到是和您交谈，我就稍微安心了一点。

我把阿尼巴尔带了过来，把它留在了这里。黛莉的园丁会照顾它。它很魁梧，长得很漂亮，但是待在纽约的公寓里很不开心。所以我把它送给了黛莉，条件是，等你回来了，如果你想要，就把它接回来！把他的狗送人有点让人难过，但谁让我们没房子呢？我的上帝，赶紧把我归来的丈夫还给我，再加上一套用来保护我们的小房子吧。

我的宝贝，我使出全力拥抱您。我再向您重复一遍：快点，

1　安德烈·莫洛亚（André Maurois）：法国作家，安托万·德·圣-埃克苏佩里的朋友。
2　安德烈·纪德从1943年5月至1945年5月一直在阿尔及尔居住，与安托万·德·圣-埃克苏佩里多有来往。

把您的消息告诉我吧。告诉我，我再也不用为了其他美女担惊受怕了。我一生的丈夫，我希望，有朝一日重逢时我们会感到幸福，我希望等到我们共同赴死时会感到幸福，因为生活如此艰辛。亲爱的，我爱您。

您的妻子
康苏爱萝

1943年9月17日

亲爱的，

今天我收到了你的电报。感谢你，就像我感谢天空保住了你的性命，稳稳承载着你。

你的小妇人
康苏爱萝

118 康苏爱萝致安托万

莱诺克斯，马萨诸塞州，1943年9月

亲爱的，

我仍旧待在黛莉家里。年轻姑娘们终于成了我的朋友。其中一个已经结婚了。她的丈夫参战了，她也在等待战争结束的那天！

早上，阿尼巴尔很早就把我吵醒了。它找到了一个橡胶玩具，就像你在它小时候送它的那个一样。它高兴得都要哭了。我走出花园，带着无尽的眼泪……我满心悲痛，因为我抛弃了我的狗！是的，人们总在抛弃许多他们珍视的东西：是为了追随他的命运，还是为了世界的秩序，或者是为了别人制定的法律？阿尼巴尔找到了一根棍子——几乎就是一棵树，它抛下了它的玩具，叼走了小树苗。9月的绿叶很漂亮。湖水清澈，我一会儿要去游泳，游最后一次！然后就要回纽约了。我呼吸着宁静美好的松脂气味。我希望它们永远不要经历战争。它们带给我一点点沉着和勇气，但愿它们在没有战火的境况下静静老去，不要像丘陵前的房屋那样燃烧。这里没有噪声，没有钟声，没有人类的脚步声。公园很漂亮，它始终安静而美丽，它在照顾着我们的阿尼巴尔！也许有一天，你会把我揽到你怀中，来向这些对我充满善意的树木致敬（并带回我们的狗）……当我来这里遛阿尼巴尔时，我不知道该往哪儿走了。多亏了它，我在这里休息了一会儿，因为黛莉非常想要阿尼巴尔！我尽我所能地把它留在我身边，但屠夫们不再给城里的狗吃肉了！而在这里，它会吃得很好。和阿尼巴尔的缘分尽了！黛莉很欣赏你，她会好好照顾我们的狗！她的女儿们都对我很和气！

　　帕普，我相信自己配得上一个乖丈夫，他再也不会离开我！他再也不会让我为了明天而担忧！永远不会！我为之后的日子做出了一些重大决定，试图教育自己，治疗自己，让自己变得有用，变得更好，以此来帮助您，逗您开心。或者以此来美化、改进、宽恕、重新开始！你曾经跟我说过，我对自己是如此绝望。你知道，没有什么比跟自己离婚更糟糕的了！

　　我给您写了这么长的信，我亲爱的丈夫！和您聊天的感觉很好。请原谅我的信件、我的言辞写得这么简单。

　　以下是我在冬季的一些计划。首先，我不顾一切地等待着你的来信。我要求过你把来信寄到银行去，第五大道银行（第五大道和第四十四街交界处），因为你知道，信总是被扔到门底下，随便什么人都可以把它拿走。对我来说，这是一种伤痛……遗失您的一封信！

在对我们新生活的期待中，我开始有了新生。所以，东尼奥，不要对维持我的期望无动于衷！我反复阅读你的来信，因为我没有其他消息。我把它们当作一座座沉睡的小小坟墓，其中安息着我的全部珍宝。当我害怕你再次陷入与那些N……N……N……N[1]的新游戏里时，我感到不寒而栗。生活只有一次。我们不是苍蝇。

你给过我承诺，我的丈夫，要把我从战争的危险中解救出来。我向上帝祈祷。至于其他女性带来的危险，你告诉过我不必杞人忧天。我相信。所以，我希望你能确保我确实没有危险。你会重新见到我的。如果你为我们的未来注入希望、亲吻、鲜花和蓝鸟，那么你会发现我很漂亮。你和我在一起会很快乐。帮助我吧。我需要让你满意。我正在慢慢从你的缺席中恢复。我很想去危地马拉，去那里看望妈妈。但我没能成功拿到再入境许可证。所以我不会离开纽约。我在等你的来信。我相信，你是很愿意我去危地马拉和圣萨尔瓦多的。当你回来时，我不想被宠坏。亲爱的，愿上帝保佑您。

您的妻子
康苏爱萝

1　影射安托万·德·圣-埃克苏佩里的情人内莉·德·沃盖。

如果我动身前往危地马拉，那就要花上两个月时间，最多三个月（鉴于再入境许可证的时效，如果我能弄到的话），不过我在纽约保留了一套公寓，在比克曼广场2号，万一你要寄短笺或者信件过来。如果你拍了新照片，亲爱的，寄给我。

119　康苏爱萝与黛尔菲娜·德·维利[1]致安托万

莱诺克斯，马萨诸塞州，1943年9月底

东尼奥，

这就是黛莉的漂亮庄园，我们的阿尼巴尔就待在这里，多亏了她那些可爱的女儿还有许多漂亮的树木，我在其中也稍稍得到了休息。全心全意拥吻你。

康苏爱萝

阿尼巴尔会得宠的，主人会来找它的。在等待过程中，衷心向他致意。

黛

1　即，黛莉。

Shipton Court Lenox, Residence of Mrs. Edwards Spencer

黛尔菲娜·德·维利在莱诺克斯的乡村别墅照片。

120　康苏爱萝致安托万

纽约，1943年10月1日

我的爱，

今天，我们的好朋友鲁肖给我捎来消息，告诉我可以给您寄封信。于是天空放晴了。我笑容满面，我的心在桌上化蝶（就是我圣诞节送给你的桌子和长凳，马上就要一年了！）。

我的宝贝，我真希望我的话能随着你的脚步为明天歌唱，我不想抱怨我的孤独，不想抱怨你的空缺！不，我亲爱的东尼奥，我心里满满都是你，都是你的缺席，你的歌声，都是你涂鸦的小王子，对我而言那是最好的小王子，是我的密友，在暴风骤雨与战争失眠的夜晚抚慰着我，守护着我的睡眠，使我成为一名皇家卫士，无比忠实于我们的和平，我们的家园，我们的梦想，我们的爱……

我送给黛莉·德·维利一个小王子。我把它固定在一张你的大照片的肩膀上。在闪耀黛莉客厅的银色相框中，他的围巾成了一次伟大的空中远征……第一次去她家时，看到你被那么多银色装点，完全身陷囹圄，我感到非常局促……我很害怕，这意味着……没什么，以及对你许多、许多的爱意……我发自内心地感谢她。她温柔地还是充满热情地爱着你？都是因为爱！我希望大家都爱你，我的丈夫，但我不希望有人把你偷走！既然你告诉我你再也不会从我们的笼子里飞出去！即便有人抚摩你的羽毛，我也能感到快乐和平静。

　　我有许多话要告诉你，我的宝贝，许多严肃的事情（还有什么事情比谈论爱情更严肃的呢？）。不过，东尼奥，听我说：必须尽快来看我，好好润色你的著作。其他都无所谓。相信我。这不是为了我，而是为了人生。如果你立刻写下你的大作，那么你就给你的人生制作了一份礼物。来吧，飞吧。你一直都在尽自己的职责。继续这么做吧。我的丈夫，不要误会。我由衷地认为，你必须完成你的书。你的著作才是最宏大的战斗。动笔吧，不要回避它。如果可以的话，就在你现在待的地方写吧，只要你在那里是安全的（哪怕我必须和你断绝联系）。写吧。请告诉我，您正在书写您的著作，正在完成您的任务！

　　我没有收到你的任何信件。为什么？我有你的电报，亲爱的，但是请您用您那漂亮的字迹和我交谈吧。我尽我所能地为您着想，只为您着想，请给我点东西喝吧，你的温柔，你的记忆，你的忠心（我非常害怕你身边有别的女人）。

你的

小康苏爱萝

121　安托万致康苏爱萝

1943年10月初

我的康苏爱萝，

　　我得知一位朋友将在五分钟后准时动身前往美国。我有五分钟时间给您写信。康苏爱萝，我的心上人，希望您知道我爱您。

　　只要一想到关于您的问题，我日日夜夜都无比焦虑。我恳求您保护自己，治疗自己，照顾自己。我再也无法忍受这么长时间没有收到任何新消息。康苏爱萝，我恳求您的帮助：心爱的小女孩，帮助我，就是让您自己平静、乖巧、快乐——就是给我写信。

　　在这些非常苦涩的日子里，小姑娘过得不开心，不过她对您纽约的空房子感到满意，对我们共同在心里建造的天长地久的房子感到满意。

　　康苏爱萝，我的小家伙，我什么时候能见到你呢？没能把你庇护在我的臂弯里，让我感觉似乎自己没有履行所有职责。让一切不幸都发生在我身上吧，如果只能饶过你一个人。你很虚弱，你有点疯……噢，康苏爱萝，我恳求您，我恳求您让我对您放心。

　　小姑娘，出于许多原因，我感到彻底绝望。我无法忍受我的祖国中那些互相憎恨的人，他们每个人都在那样做。你了解我：这些我身上无法理解的疾病日日夜夜都在折磨着我。我生活在一种无以言表的内心不适之中。我得了一种无法治愈的怀乡病，因为我再也弄不清我的祖国究竟在哪儿。我本该驾驶着闪电战斗机在法国上空遇难，这原本非常简单。现在我不能再驾机了[1]，再也不需要我这个

1　1943年8月1日，安托万·德·圣-埃克苏佩里遭遇飞行事故，之后被取消了飞行许可。

年龄的飞行员了，我找不到任何有用的事情可做。康苏爱萝，康苏爱萝，我心里非常不好受。

我的地榆花，我的傻羊，我的康苏爱萝……

安托万

122　康苏爱萝致安托万

纽约，1943年10月

我的东尼奥，

您在哪里，您要步行去哪里，我的金丝雀？您为什么不到您的康苏爱萝的家里去？

自从收到你的电报以来，我再也没有收到你的任何消息，如果你不给我写信，那么我真想消失，真想一了百了……

你为何又一次显露出这种埋葬我们俩的沉默呢？

我不相信你换了女伴，尽管相距遥远，尽管有过错误和激情，我还是相信你的话，你始终是我的骑士。我感谢你，我的丈夫，接下来的每一天，我都为你准备了一份强烈的柔情。我恳求你不要再把我抛在你身后，这太悲伤了。

我对你的爱意很好地保护了我自己，但眼泪常常让我沉浸在这种无尽的期望之中。东尼奥，我的小家伙，来为我让小王子游历整个世界吧。

你的妻子
康苏爱萝

123　康苏爱萝致安托万

东尼奥，

现在是10月底，我的宝贝。森林变得火红金黄。我剪下美丽的树枝，上面遍布缤纷的黄色，还有独属于美洲大陆的朱红叶片。

我现在待在长岸俱乐部。你知道这个俱乐部吧，你还记得吗，我的爱？它离我们两年前住在坎波海滩的房子不远。

阳光明媚时，秋天是温和的。我走到屋前的海滩上，坐在那里想你，想我们两个人，思考战争。潮汐是悲伤的，尤其是落潮。昨天我发现了两只大鲨鱼，你见过这种东西吗？鲨鱼先生正在拥吻他的小鲨鱼妻子。我正好借助几根棍子趁机抓住了他们。我把他们从沙滩里抬起来，装进一条小船，像囚犯一样关起来，晾干，以便带回纽约。他们一被放进船里，就变得非常漂亮。我把他们四脚朝天，这样它们就逃不掉了。小母鲨鱼比她强壮的丈夫更加灵活，很快就翻了过来，而我呢，我在等她溜出船舱。不，她跑去帮助她的丈夫。他非常生气自己被翻倒在地，把她抓伤了。她太善良了。最后，他终于能够靠在她身上，靠着她的爪子翻了过来……于是她开始逃亡……我一边把我的小船放在沙滩上帮助他们逃离，一边对他们说道："走吧，我的鲨鱼朋友们。告诉所有的鲨鱼朋友，我总在帮助温柔善良的恋人。不要忘记我为你们提供的服务，如果我的东尼奥或者我自己陷入生活之中，陷入了糟糕的状态，请拯救我们。"我认为他们完全听懂了！

我回到了我的小木屋里给你写信。我住在这里，因为俱乐部的饭菜非常昂贵。在这里，我可以邀请我的朋友们。鲁肖和希弗兰这周末都来了，给我带来了许多给壁炉用的木柴。鲁肖像兄弟一样爱着你！我无限感激他。我经常和他谈到你。当我忧郁时，他总是无比亲切、无比睿智地鼓励我。当你的小书《致一位人质的信》出版时，他一边踱步一边高喊道："多么伟大的奇迹啊！多么伟大的作家啊！还不止于此！"和希弗兰在一起时，他还说道："希弗兰，你会看到的，在一个世纪里，两个世纪里，人们都会像阅读最伟大的经典那样阅读圣-埃克苏佩里。"他说了几个名字，不过我已经忘了。我做饭，摆盘，烤面包，结果就忘掉了一些话。你会原谅我吧，我的丈夫？他说："两百年后，人们将在街头为圣-埃克苏佩里的某一句话大打出手。"

这让我呼吸顺畅。大家帮助我活下去，帮助我等待你，等待我们长着两条腿的可怜骨架的终点……你拥有光明之赐，我的宝贝。于是你把它倾泻在世界上，倾泻在穷人们身上。

纽约，1943年10月

我剪开了信封，因为出现了一个意想不到的机会。有人刚好要出远门，他会给你寄去这只言片语，还有一个装满小礼物的小箱子：

我的瑞士手表上一次链可以用八天。至于你的箱子，不要搞坏它，不要弄丢它。

还有你跟我要的那些书，以及一卷可能会让你有点兴趣的大部头。

亲爱的，我爱您，就像爱生命之美，胜过爱我自己。除了你，我别无所求。

为了我，为了我们，照顾好自己。

我们会成为快乐的小老人，就像梅特林克[1]一样。

再见，我的爱。再见。我的丈夫，我温柔的配偶，带着我全部的灵魂给您寄一封小小的信件，我高兴得发疯。

您的妻子
康苏爱萝

124 康苏爱萝致安托万

韦斯特波特，1943年10月底

东尼奥，

昨天一整天我都在给您写信。也许您永远收不到我的信件。亲爱的，这样的缺失太让我难受了！我本想变得非常勇敢，不向你自怨自艾，但是我太痛苦了，我的心上人。你会发现一小块骸骨，好吧。当我睡下之后，与你就我们、就生活长谈一番之后我终于意识到你离得很远，非常远，在地球另外一边的某个地方。时光飞逝。快到冬天了！我徒劳地抓住韦斯特波特的最后几片树叶。10月的寒夜剥夺了一切，甚至包括我的希望。主啊，赐予我勇气、安宁与耐心吧。也许整个一生，我都会坐在树木边上，看着叶片再次发芽，飘落，周而复始……因为您的双眼一闭上，我的爱，我就遭遇了绝

---

1 莫里斯·梅特林克（Maurice Maeterlinck）：比利时著名作家。康苏爱萝的前夫恩里克·戈麦斯·卡里约的好友。梅特林克和他的妻子于1940年7月抵达纽约，与安托万和康苏爱萝有来往。

望导致的危机。请原谅我和您讲述这件事。我太想念您了！您知道我用什么游戏来安抚自己、宽慰自己吗？我找到了几张记录你声音的碟片[1]，内容是几封写给读者的信、几条书籍片段，我听着你的声音。你在口述，你说得那么好，让我感觉你就在里面……"疯子"布楚小姐时不时过来问我："先生什么时候回来？告诉他我没有其他工作！等他回来的时候，我会非常准时。"我听她讲话，给她汤喝。这是我的拿手菜，一大锅汤，可以放很久。第二天我会加一些香料、肉类、蔬菜，任何东西，可以继续炖，很好喝。有时候我会忘记它还在炉子上热。于是它就变得凝固、厚实，我把它拿来吃，当面包一样啃。你想尝尝我的汤吗？今天它也很好吃，因为昨天我没有上街，我给我在外出征的男人写信去了。

　　不出门的感觉很好，他不在，我不知道该去哪里，也没有人可见。所以，我思念着他，我不知道还有什么别的事可做，我害怕某一天有人会用一声尖叫让我不安……有人强迫我东奔西跑，完全不让我安安静静地梦见他。真的，帕普。我把你容纳在我小小的脑袋里，和我自己靠得那么近。也许这也是被禁止的！等待了这么久，我变得有点傻！但当我收到你的来信时，那真是一个盛大的节日。我打电话给鲁肖，他总是待在他的鞋店里，我感觉他和我一样欣喜，它变成了为日后的忧郁时光储备的幸福。他对我说道："你傻了。你的男人，他会找到回家的路。他爱你，我知道这一点，不要为那些金发女郎苦恼，他知道你爱他一辈子！"我喜欢听那些白发苍苍的人讲话，鲁肖的眼镜也同样给我安慰。他是一个非常勇敢的

1　安托万·德·圣-埃克苏佩里在纽约生活期间曾使用过一些录音设备，记录他在夜间的口述内容，第二天由秘书布楚小姐整理成文字稿。

人，他很善良，勇敢的人太少了！我可以和他连续几个小时不停地谈论你，谈论我们的爱情，谈我有多爱你！他对我们的爱情是那么善意，拥有一个像他这样的朋友真是太高兴了。一旦有办法给你寄信，他就会立刻飞来告诉我……最近，就是这几天他跟我说："就快结束了！你会看到的！我有点相信……也许就在圣诞节？"但其他人都说不可能，都说还要再过一个冬天，我不知道该怎么办了！

告诉你，我的爱人，我终于拿到了许可证——重新入境美国的许可证——要得到这东西真难。自从4月以来，我为了弄到它，一直在四处奔走。好吧，亲爱的，好吧，我的先生，你希望我使用它吗？我想你不愿意，除非你还是迟迟回不来。纽约在杀死我，我想说西班牙语，想再见见我的同胞。我可怜的妈妈，她已经那么老了！自从你离开之后，她每周都给我写信，安慰我，给我建议。这是她第一次认真对待我——我丈夫上战场了——她也想起了她的上校丈夫……真感人！她问了我许多小事情，关于你，关于战争，关于你驾机飞行。对她而言，其他飞机都不存在……她对我说："每天晚上我都为他祈祷，为你们的幸福祈祷……"我也同样想到了你的好妈妈！

我的宝贝，回到我身边来吧，否则我会像一块被遗弃在雨中的可怜肥皂那样化掉的。我像倾盆大雨般拥吻您，拥吻我东尼奥身上的每个部分！我爱您，先生。

您的
康苏爱萝

125 安托万致康苏爱萝

我终于有机会给你写信了，我的心上人（因为除了委托别人送来的信件之外，我并没有收到任何来信。我随手寄出的信件也多半没有送到）。

这非常简单，小康苏爱萝：我再也不能见不到你了。我需要你。

您是我的安慰，是我甜蜜的职责，我多么想庇护您，帮助您，在我们的家中坐在您身边工作。地榆花，这个名字对我来说意义重大。它是一种鲜艳的、散发香气的小草，隐藏在我们家里的草丛中。曾几何时，我发现了它的价值，就像在躁动不安又夸张做作的康苏爱萝（这其实是虚假的康苏爱萝）的一地鸡毛之中，发现真正的康苏爱萝。噢，我的爱，这些失去的岁月沉重地压在我心头，我的小伙伴，从第一个小时开始，您原本能够让我非常快乐……

不过这一切都过去了，每一天，每过一天，我都在学习应该如何爱您，都在教会您如何让我变得平和、快乐、善解人意。小康苏爱萝，帮助我整备我们的住房吧。我为此做出牺牲，你也需要为此做出牺牲。当内莉来到阿尔及尔时，我从突尼斯回来休假，佩利西耶收留了她。于是我去卡萨布兰卡度过我的假期，为了避免有人对您说三道四，避免有人认为我已经和您分道扬镳。地榆花，地榆花，愿上帝让您也用同样的方式行为处事。愿上帝让您明白，必须有一个纯洁的家。愿上帝让您懂得像我爱您一样爱我。然后我就会满心欢喜地归来。

我现在并不开心，我温柔的小女孩。最开始我在第三摄像团和美国人一起飞行。然后他们都觉得我太老了。在法国上空执行完一系列艰难的任务之后，我发觉自己有点无用和幻灭。我无法忍受北非可怕的政治环境。所有人都互相憎恨。我试着在某个地方找到一架飞机。我宁愿被简单了当地杀死，也不想经历这种焦虑，它让我想起自己为道拉奔走时的糟糕日子，当时我四处碰壁。不过，如果我找到一架飞机，我多半会回来的，小康苏爱萝。没有我，您会变成什么样呢？我是您叶片的根源。您也同样是我平安的根源，为了返回，我需要知道返回哪里。请您谨防任何伤害。康苏爱萝，我全力以赴向您呼喊。照顾好自己，保护好自己，维护好自己——不要让我担惊受怕：您知道我总是那么害怕。

我很快就会回到阿尔及尔，因为内莉不得不前往伦敦。无论如何，您完全清楚，也完全感觉到了，除了您和我之外，别无他物。甚至，导致我忧郁的康苏爱萝，如果您因为这个将我们分开，陷入可怕的深渊且长时间没有消息，您也要知道在地球上，只有您和我。您每时每刻都出现在我体内，是我人间道路的唯一方向。我有许多重要的书籍要写，而我只能在您身边写成。您需要树荫，您只会在我身边找到它。您还记得利普餐厅的老奥潘[1]吗？他无法想象没有安托万的康苏爱萝和没有康苏爱萝的安托万。

在这个人类失去根基的群氓时代，在这个酸涩嘈杂的争论取代冥想的时代，在这个一切都被摔碎的时代，康苏爱萝，您属于我的爱，属于我的责任，属于我内心的国度，我会比以往任何时候把您抓得更紧，我依靠您活着，也许您对此一无所知，我恳求您与我同心同德，给您自己加点担子，好好管理我们微小的财富，好好清

1　路易-弗朗索瓦·奥潘（Louis-François Auphan）：《法兰西行动报》记者，巴黎利普餐厅的常客。——原版编者注

洗我的留声机，好好选择您的朋友，噢，康苏爱萝，做一个小小的羊毛纺织工吧，在一间擦得透亮的房子的甜蜜气氛中工作，储备柔情，让我免于受冻。

您曾经很有耐心，也许，正是借助您的耐心，您拯救了我。小王子是从贝文公馆您的熊熊烈火中诞生的，我此时此刻的确信则是从您温柔的努力中诞生的——亲爱的、亲爱的康苏爱萝，我以我的名誉发誓，您身上的一切都将得到回报。

也许，从现在开始的两个月内，我会出一次远门并且与您重逢。

康苏爱萝，请务必平和地支配属于您的一切。康苏爱萝，康苏爱萝。我爱您。

安托万

这些礼物让我非常开心。尤其是对礼物的精挑细选。至于那副眼镜在这里没有找到，而我非常需要。我的小姑娘，我还非常想要这些东西：

五本《小王子》法语版
五本《致一位人质的信》（布伦塔诺出版社）
五本《致一位人质的信》（《柯力耶周刊》）

我从来、从来、从来没有收到过任何样刊！

安托万

谢谢，我的爱。

(4)

24

安托万致康苏爱萝的信件："我终于有机会给你写信了……"

220

阿尔及尔，1943年11月

啊，康苏爱萝，我的爱，我再也吃不消了。把这封信留给你自己吧。不要谈及它，除了和鲁肖。批评这个国家会让我惹上一大堆麻烦。噢，康苏爱萝，在这个所有人心都破败不堪的国家，一切都那么悲伤。

每个人都互相憎恨，人们都疯了。当法兰西在一旁奄奄一息时，法国人满脑子只想着彼此仇恨。这真让人想吐。康苏爱萝，我真的再也吃不消了。康苏爱萝，康苏爱萝，我求您帮帮我吧。

待在这儿心里实在太冷了。诗人小姑娘，我需要您的歌，来自您熊熊烈火的歌。而且，既然我选择了您，既然没有任何东西能够把我和您分开，既然婚姻最为坚不可摧，那么我就需要把自己永远安顿在我的小船上。噢，康苏爱萝，您必须乖巧地、温柔地划桨，好把您衰老的丈夫带向晚年。

你知道，我实在太傻了，以至于连冬衣都没有准备。我冻得直哆嗦。我实在太傻了，以至于没有在灯火管制期间看清楚楼梯。我重重摔倒在地，撞在石阶上，摔断了一根脊椎骨。我现在走路的时候，背让我很难受。当我出门的时候，寒气让我很难受。当我想您的时候，心让我很难受。所有那些我在法国拥有的，那些让我喜欢的东西，都让我很难受。

我太冷了，你看，冷到字迹都写不清晰了。

我像需要夏天一样需要你。

需要你。

◆

这种从来不愿死去的爱情真的非常神秘。现在我学会了依靠你。我知道自己可以依靠你。你给我写信，我读了又读。这是我唯一的快乐。唯一的。绝对是在这黑暗时代中唯一的快乐。我爱您，康苏爱萝。

◆

我再也没法做任何有意义的事情了。我四十三岁了。美国人觉得我太老了，不适合飞闪电战斗机了。我曾经驾驶着高速歼击机从高空俯瞰法国，现在我再也看不到它了。我心心念念的只有战争，但这种无情而愚蠢的年龄法则意味着我现在失业了。在战场上失业了。我不明所以地浸泡在这个腐化的国家里。我申请去美国执行任务，以便获得飞行的权利，尽管我已经胡须花白。也许我会得到这个许可吧。也许吧。在这里，人们比以往任何时候更加受到政治的支配。而我比以往任何时候更加反对这种心灵与大脑的惰性。你必须搞清楚，在那边，那些统治者并不当真是我的朋友。在战场上我内心平静，但在这里，在这个阿尔及尔的垃圾桶里，我的内心失衡了，每天都在目睹着惊人的不公，肮脏的报复，目睹着诬告、监禁、诽谤（经历过这些人生经验之后，只能进修道院了却余生了）。所以我不太相信自己奔波一趟就能够拿到授权。我更多想到的是，有朝一日，有人会指责我用我自己的方式而不是他们的方式爱我的祖国，会找到一个漂亮的借口把我关得严严实实。我身处所有这些仇恨组成的斜坡上。啊！康苏爱萝，我想把你抱紧在我胸口。你是我的妻子，我的夏天，我的自由。

照顾好自己，维护好自己，保护好自己，永远不要晚上出门，永远不要着凉，永远不要忘记我，要为我祈祷，我心中悲痛却不知道如何自我安慰！

您的丈夫
安托万

127 安托万致康苏爱萝

阿尔及尔，1943年11月

康苏爱萝，我从未收到您的行李，也没有收到能走八天的手表或任何东西。这让我非常痛苦，就像是一个您被弄丢的征兆！

康苏爱萝，我的心里冷得可怕。我需要听见你的笑声。小姑娘，我的爱，我在离你很远的地方度过了许多无比悲伤的日子。

不要无声无息地把我抛弃。这些消息是我心灵的面包。

噢，康苏爱萝，我很快就会回来，把小王子画得到处都是……

康苏爱萝，我爱您。

安托万

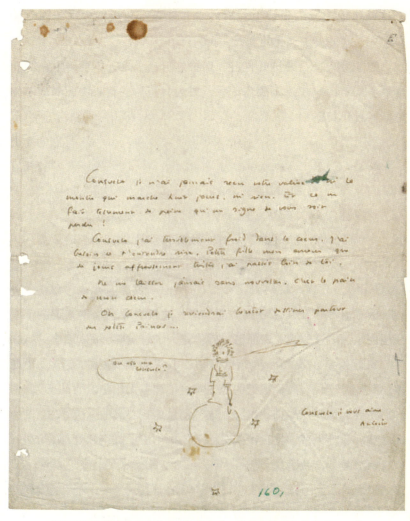

安托万致康苏爱萝的信件："康苏爱萝，我从未收到您的行李……"
安托万在信中画了一个小王子，并在边上写道：
"我的康苏爱萝在哪里？"

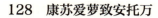

128　康苏爱萝致安托万

纽约，1943年11月23日

给您又寄了行李充满爱意的圣诞礼物

和温柔的信件也许您永远收不到

想和您在阿尔及尔重逢您的朋友

劝阻出行我的宝贝说过让我阖家团聚

我想去危地马拉过圣诞我已经拿到返美签证

您是否接受我去高海拔地区待上三个月治疗哮喘

我非常迟疑离你更远恳求你发电报回复经常写信始终纽约

我身心俱疲我的小家伙我祈求上苍你的归来

在我变成一个小老太之前爱您

康苏爱萝德圣-埃克苏佩里

129　安托万致康苏爱萝

阿尔及尔，1943年12月29日

你给银行发了电报康苏爱萝我的爱我有

微小的希望不久与你相拥恳求告知新消息

你是唯一的慰藉我为圣诞无比强烈地拥吻你

安托万德圣-埃克苏佩里

130　安托万致康苏爱萝

阿尔及尔，1943年12月底

　　我的小姑娘。就我所选择的职业而言，几乎没有机会看到战争结束。必须给我写点信。为什么您不给我写信呢？您知道，我多么害怕您生病、担心、烦恼，您知道我多么想为您防范这一切。所以不要太让我担心。我对人类的担忧已经够多了，我不喜欢到了晚上时脑袋里反复思考太多问题。当上升到万米高空时，大脑完全放空是件好事情。

　　我的小姑娘，我会在午夜十二点来看您，送给您木炭和一份小小的圣诞礼物。您本该写信给我庆祝圣诞的。我在这里度过了一个无比悲伤的夜晚，没有圣诞弥撒，没有古老的歌谣，也没有圣诞晚宴。

　　小姑娘，我很想帮助您！

安托万

131　安托万致康苏爱萝

康苏爱萝心上人我彻底绝望圣诞节

远离您在无尽的苦涩中信件

是多么巨大的慰藉人生中唯一的快乐

就是与您重逢我想您想老了一百岁而且

比任何时候更加爱您安托万德圣-埃克苏佩里

132　安托万致康苏爱萝

阿尔及尔，1944年1月1日

　　啊，康苏爱萝，这是一封新年的信件。昨夜我独自度过。我没心思和同伴们一起出去看热闹。在这片大陆上我活得像僧侣，根本没有朋友。昨夜我独自度过，悲伤地看着桌上凌乱的信纸。康苏爱萝，康苏爱萝，遥远的钟声，我需要你带我回去工作。康苏爱萝，康苏爱萝，我需要你告诉我用餐、休息与工作的时间。我已经没有时间概念了。在一个好似时钟停摆般可怕的世界里，我丧失了时间意识。康苏爱萝，我需要你来告诉我："开饭了，鸭子已经烤好了……"

　　你的信是唯一能够庇护我的东西。我感到自己浑身赤裸、赤裸、赤裸，每天都在变得更加赤裸。然后一个邮递员把你的信递过来，我就整天穿着彩色的丝绸，像一个贵族，像一名骑士，像一位王子。尤其是如果你的字迹娟秀工整而且文风足够专注的话。于是第二天我又活过来了，依旧容光焕发。发自内心的容光焕发，一以贯之。可是，几周过去了。它让我感觉不是那么热烈了。色泽也不是那么明亮了。我需要新的信件。字词磨损得非常快，有点像你在传奇故事中穿戴的蝴蝶翅膀。康苏爱萝属于我的烦恼，康苏爱萝属于我每日的苦难，康苏爱萝我永远无法区分她的真相与传说，康苏爱萝本可以是、本该是一位圣徒，一位天使羽翅加身的卓越圣徒，康苏爱萝，有人想帮助她，有人想用尽内心全部的力量为她祈祷，康苏爱萝，她却让人害怕，令人不安，造成伤害，用她的沉默剥光我的衣物。

康苏爱萝，空荡荡的夜晚让我感到悲痛。你怎么能忘记我呢？为什么在平安夜里我却没有点亮的灯盏呢？我的日星、岁星与圣诞之星究竟在世界上的哪个角落呢？康苏爱萝，既然我选择了你并且留住了你，你就必须履行你作为康苏爱萝的职责……

有一天，在沃邦广场，小姑娘对我说："您就像一团彻底迷茫的巨大星云……您必须稍微凝聚一点……"我的长篇动笔了。小姑娘，小姑娘，她可以圣洁，可以乖巧，可以作为牧羊女献身于星云，可以像青草与轻风般清凉。噢，康苏爱萝，您苗壮的苹果树即将结出美丽的苹果。康苏爱萝，我恳求您帮帮我，帮帮我的长篇，康苏爱萝，我恳求您保护我免受如此之多的悲痛。康苏爱萝，当我无法忍受焦虑时，您为什么保持沉默呢？

您还记得吗，我的康苏爱萝，我在您身上赌下了我的一生……
康苏爱萝……

安托万

133　安托万致康苏爱萝

阿尔及尔，1944年1月1日

噢，我的康苏爱萝……

　　所有船只上的所有汽笛都响起来了，所有的士兵都在街道上唱歌。这是1月1日的午夜。我独自一人，茕茕孑立，孤独地待在冰冻三尺的房间里，心想：我没有康苏爱萝的消息，我没有关于我妻子的消息。我无家可归。关于那个作为归途的庇护所，我没有任何消息。我孤独、孤独，在这个所有人都互相憎恨的土地上无比孤独。

　　我为你做了一次小小的祷告。我说："主啊，请为我守护我的康苏爱萝。保护她远离所有的危险、所有的陷阱。让她像山花一样清新、纯净、简单，让我有朝一日回到她身旁。"

　　我的心就像一只寒冬里失去羽毛的小鸟。

　　康苏爱萝，但愿今年对你而言温柔且善意。但愿您所有的挂念都得到庇护。但愿在您身边有一个家可供回归。我有太多、太多的痛苦！

您的丈夫
安托万

阿尔及尔，1944年1月1日

康苏爱萝每晚必念的祷辞

主啊，不必让您太过疲劳。只要让我变成我现在的样子就好。我在小事上显得很虚荣，但在大事里却很谦逊。我在小事上看起来很自私，但在大事里却能够付出一切，甚至包括我的生命。我常常在小事上显得不纯洁，但我只会在纯洁中感到幸福。

主啊，把我变得永远像是我丈夫知道如何辨识的那个人吧。

主啊，主啊，救救我的丈夫，因为他真的爱我，没有他，我就太像孤儿了。不过，主啊，让他死在我前面吧，因为他看起来很牢靠，但是当他听不到我在房间里发出的声音时，他实在过于焦虑。主啊，先免除他的焦虑吧。让我在他家里永远能发出点声音，哪怕我不得不时不时摔碎一点东西。

请帮助我忠贞不贰，不去见那些他鄙视和憎恨的人。这给他带来了不幸，因为他把人生都建造在我身上。

主啊，请保护我们的家。

您的

康苏爱萝

阿门

135 安托万致康苏爱萝

我爱你，康苏爱萝，你明白这意味着什么吗？我不知道"为什么"爱你。也许就像我们闹矛盾时你曾经告诉我的那样，是因为"圣事"[1]。是因为你与我合二为一，不可分割，世界上没有任何东西可以剪断这种纽带，是因为，尽管你巨大的缺点曾经让我变得非常不幸，但你始终是一个富有奇妙诗意的小姑娘，而我完全理解这种语言。也许，如果我始终爱你，如此深挚，如此强烈，那是因为你从危地马拉发来的一封电报，上面写着："您听见您遗失的钟声了吗？"康苏爱萝亲爱的，康苏爱萝我的祖国，康苏爱萝我的妻子。

康苏爱萝，生活就是这样，只有通过你的面庞，和你住在一起，和你一同老去，我才能感到平安。噢，康苏爱萝，我并不担心衰老……我把它视为一根在壁炉底部散发香气的木柴，充满持久的热度，充满安全感与点点火星……

康苏爱萝，我的小家伙，我不能没有您，因为您是"我的"。

---

1 "圣事"（sacrement）一词在法语中可以引申为"婚姻"，因为西方传统婚礼是在教堂中举办的，需要由神职人员为新人祝福，属于七大圣事之一。

136 康苏爱萝致安托万

纽约，1944年1月7日

您的电报让我起床了我已经在床上待了一个月

你是我唯一的音乐两个月没有你的信。

你的沉默让我迷失。我唯一的远景就是

我们的爱与你的工作。恳求你开始书写你的大作。

朋友们与出版商都在期盼着它就像我在期盼你的归来。

你的缺席让我泪流满面。也许我的双眼

将无法辨认你细小的字迹但我将听到朋友们的赞美与称颂

他们都在忠诚地等候着你。我唯一的圣诞礼物就是你的电报。

我的盛宴已经开始温柔地为你准备床铺因为上帝衷心希望你快点回来。

强烈地拥吻你。康苏爱萝圣-埃克苏佩里。

纽约，1944年1月8日

康苏爱萝已康复但不是兴奋就是气馁

需要放大您的回归谢谢

祝愿对您保持忠贞的友爱安德烈鲁肖

 138 康苏爱萝致安托万

纽约，1944年1月10日

您回复了佩利西耶家的每一封信件

无比绝望地得知它们没有送达

要知道活着唯一的期望就是与你重逢与你相拥把你紧紧抱在我

怀中

康苏爱萝德圣-埃克苏佩里

139　康苏爱萝致安托万

我的大宝贝，

　　伊丽莎白·德·拉努克斯[1]刚刚给我打电话，说在她家里举办的茶会上有一位先生要动身去阿尔及尔。于是我穿着黑色衬裙跑了过来，然后给您写了这封信，我的丈夫。我真想你能回来。少了你，没有什么是明媚的，没有什么是美好的，没有什么是重要的。我继续作画，尽可能把它画好。我画的房子有点歪，我笔下的人物是一些小萨尔瓦多人。而你呢，你永远是一只大鸟，在脖子上挂着他的鸟女儿，也就是我。不知道他到底是要吃掉她还是向她展示天空纯净的奇景……我试着临摹一下我的大鸟……还有蓝色的村庄与无比纯净的天空。画面很美。

　　鲁肖非常敬爱你，他也是我最好的朋友，今晚他和我共进晚餐，顺便看看我的近作，尺幅很大，非常博纳尔[2]。我甚至不相信是我自己画出来的。我非常想画点好画。自从我知道自己爱着你之后，我就把每件事都处理得井井有条。赶快过来把我抱在怀中吧，我的爱人。我很冷，很害怕。要不是因为工作，我就关禁闭了……所以哪怕是一些不好看的画作，我也会画，我也会画，放心吧！我的宝贝，我恳求您好好写您的书，在您的身体上、头脑里、精神中

1　伊丽莎白·德·拉努克斯（Élisabeth de Lanux）：美国女设计师，丈夫皮埃尔·德·拉努克斯是巴黎先锋派成员，曾经做过纪德的秘书。1940年以后二人定居纽约，与安托万夫妇多有来往。
2　皮埃尔·博纳尔（Pierre Bonnard）：法国后印象派著名画家，以画面用色浓墨重彩而闻名。

travers, mes personages sont des
petits Salvadariens, et toi toujours
Tu est un pand oiseau que
tiens au cou ca fille oiseau
c'est moi — on ne sait pas
si il va la manger au loin
montres le merveilleux des
ciel ..... de peu ......
je tâche de copier mon pand
oiseau .....
avec des
villages
bleus
et des
ciels tre
pour le
tableau est beau —

les maisons

un mechant
chasseur

康苏爱萝致安托万的信件："我画的房子有点歪……"
信件下方为康苏爱萝临摹的大鸟，旁边的几根横线下标注"几栋房子"，
右下角画了一个小人，并标注为"一个坏蛋猎人"。

闪过一个关于斗争的片段，您会很高兴把它带给我们。

我的宝贝，对我而言，你是唯一闻出太阳、云朵、生命与上帝芬芳的人。我给您发过好几次电报。您收到了吗？得知您很担心让我绝望，告诉我，你想让我去阿尔及尔吗？没有你的生活实在太悲伤了。我可以在这里永永远远等着你，但这很痛苦！痛苦！永远空空荡荡！告诉我，您会把我留在您的衣袋里，告诉我您再也不会离家出走。这漫长的缺席依然让我非常害怕，而你在此期间却只和上帝及时间独自交谈。我是一个饶舌的小姑娘，喜欢讲些无休无止的故事……不要害怕，我的宝贝，不过有一天我曾心想：在同一堵墙上[1]，我能够拥有的始终在场的唯一男性，就是我的东尼奥。

我用我所有的色彩，用我所有燃烧着希望的血液拥抱您。

康苏爱萝

明天我要写一封长信。也许你会收到它！我收到您写给我的一张信纸或者一封短笺，就像收到一颗你心中的流星。

我爱你！

请放心。我非常认真。工作繁忙。

回来吧！

1　暗示二人去世后夫妻合葬的墓碑。

康苏爱萝致安托万的信件："我的大宝贝……"

140　康苏爱萝致安托万

纽约，1944年1月15日

我的爱人，

我还有时间给您写几行字。昨天我去了皮埃尔·德·拉努克斯家里——为了给您寄一封短信，里面还有一只匆匆画成的小鸟。今天，要见某中尉（自从你长期离家以来，我的记忆力每况愈下）。当我知道你平安无事，哪怕是和金发女郎们待在一起，我也更加安宁了！（上天尚未对我加以最终惩罚！）亲爱的，我的丈夫，再过两个小时就要见到某中尉了，他将去阿尔及尔拜访你，他看起来非常善良而且相当勇敢，他会给你带去一个包裹，两个质量一流的保温瓶。亲爱的，我希望您不要把它们扔到角落去，这种非常好用的材料现在已经买不到了。无论白天黑夜，当您想喝杯热茶或者咖啡的时候，保温瓶可以在你工作期间长期保温。亲爱的，记住，人生短暂，而在你内心之中拥有几口深井，你必须把属于你的水分给予那些更加干渴的人。好好写作吧，我的宝贝。明年我想看到一本美丽的小说，一个美丽的童话，给孩子们准备的童话，而我会为它配上插图。所以，必须让我至少提前三个月拿到它。

有几张我很喜欢的蹩脚画作，没能把它们的照片寄给您让我很难过。不过，如果有机会，我会往佩利西耶大夫家寄一张真迹，这样您就能常常看到了。对不起，和您聊了太多我的画作。我下笔匆忙，因为邮递员马上就要过来了。关于一些朋友的消息：我不知道说什么。因为我把自己关在家里——比克曼广场2号——我很少出门。那些法国小女人……还有一些总是问我政治问题的先生伤害了我。我一无所知。我直说了，因为我确实一无所知，但总有人利用各种暗示刺痛我的心……

　　我的信字迹不清，因为我的眼镜质量不好。我视力衰退，不过等到你回来了，我会用一双大眼睛看着你，同时我的房间也会非常整洁。今天，我在客厅地板上铺了一条塑料布，以便能够舒舒服服地作画！你的出版商希区柯克正在急切地等待着一篇文章，是关于你的。他恳求我提醒你给他寄点东西。亲爱的，为什么不呢？努力一下吧，你肯定很累，但是必须前进。没有人会来帮助我们或者帮助你！你了解人世！我会在我余下的日子里亲吻你漂亮的双手，用它去转动方向盘吧！

　　我的心中无所畏惧。文学写作是您的领域，虽然由于太多缺席和噪声略微有点被遗忘了。向我保证明天不要忘了佩吉·希区柯克的请求。他很想出版一些关于你的东西，一些诗意的东西，如果你不想写别的方面。看看这些漂亮的保温瓶和茶水，里面包容着那么多即将降临的想法，还有你的小妇人那么多温柔的欲望，她已经在呢喃着你文思的美丽！

　　这场战争终有一天会结束吧？什么时候呢，我的宝贝？莫洛亚已经在家里写他的书了，还做了好几场讲座！我没见到他。鲁肖跟我说，当我坚持打听你朋友的消息时，他就保持沉默。我不喜欢这样！所以我没有向他的妻子西蒙娜[1]打听任何事情，去年夏天我和她吃过一两次饭。我的宝贝，告诉我，该怎么办？我是离开这套公寓去酒店住，还是去墨西哥？我没有债务，每个月的收入都花出去

1　西蒙娜·莫洛亚（Simone Maurois）：安德烈·莫洛亚的第二任妻子。

了，我购买了颜料和边框，自己做饭，自己做家务，经常自己洗衣服，不过我住在一套漂亮的公寓里，这花掉了我一半的收入。现在纽约发生了一场可怕的住房危机。也许很快我就要卖掉我的画了。不过马塞尔·杜尚[1]不希望我去卖画或者去画一些世俗的肖像。他们都说我会比德兰[2]画得更好！总之，如果不是必要，如果我可以熬过去的话，我不会这么做的！这里的生活变得非常昂贵，每一片面包都是金子做的。

你的那张桌子现在放在餐厅，很快我就有一张小桌子了，到时候你的那张会放到你的卧室去。我的丈夫，我分分秒秒、日日夜夜叹息着你的缺席。我知道，你的归来可以将我极大地填满。谢谢，我的丈夫。

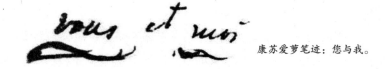
康苏爱萝笔迹：您与我。

您的

康苏爱萝

亲爱的，请你以后把那本《存在》以及保温瓶给我带回来。我们的财产有限。

1　马塞尔·杜尚（Marcel Duchamp）：法国著名艺术家，常年生活在纽约，与安托万夫妇有来往。
2　安德烈·德兰（André Derain）：法国著名画家，野兽派代表人物之一，绘制过不少人物肖像。

纽约，1944年1月

我的宝贝，我的小丈夫，我的飞鸟，

　　我缺少一支漂亮的金色羽笔来给您书写我的温柔、我的喜悦，因为安宁地爱着您而喜悦。上帝是善良的，因为我一辈子都在对他说，主啊，你知道，我爱那个你当作丈夫交给我的男人，自从你如此亲切地把他交给我以来，我对他的爱没有中断过哪怕一分钟。请把这一切告诉他，告诉他，每天晚上，当我为了入睡合上双眼时，又或者是为了前往你身边为他、为我、为了我俩、为了我们所有人向你祈祷时，我都请求你赐予我平安。我想要你允诺我的东西，阿门。

　　每天我都在等待。他曾经很想让我找到你。这漫长的缺席让我绝望，同时我因衰弱而颤抖，因为哪怕我画出了一幅漂亮的画作，我的身体也会像被暴风雨摇撼的树木那样晃动。

　　我向他祈求力量，精神力量。人们对我造成了可怕的恐惧。我完全不理解那些大都市，那里的人们像沙丁鱼一样堆积如山，在各自的盒子里沾沾自喜。我需要苍穹、空间、河流还有欢笑的星辰，就像小王子说的那样。上街对我而言是一件大事。我要准备好几个小时。我在最后一刻丢下了我的帽子，我想像阿拉伯妇女一样穿戴防护得更严实一些。在被陌生人打量之前，她们会把好几条裙子层层叠叠地穿在身上，这不是发疯。幸运的是，我在孤独中变得睿智而冷静。如果我被告知"您要等上二十年东尼奥才会回来"，我就会活在衰老二十年的那一刻，我会对自己说，主啊，请助我在二十年间保持美貌吧。我会去做伟大的研究，音乐、拉丁语、纯数学。这巨大的缺席将非常漫长，非常漫长！不过，做了这么多准备来与你重逢，让我感到满足，我会安慰自己："我已经完全准备好与他重逢，逗他开心了。"就是这样，我非常爱您，我的大男孩。

我的工作进度很慢。我不知道自己是否在向前迈进，我希望白天能变得更长，以便阳光能够稍微多一点。

我有太多东西想告诉您，以至于在这些白色信纸组成的小路上，我忘记了要和您讲一些重要的事。

我的心告诉我不要离开纽约，告诉我你会在某个晴朗的早晨给邮局致电。比克曼广场2号17C。您相信吗？

当人们去爱时，人生就变得非常短暂，因为有美绽放开来，去制成漂亮的花束。

亲爱的，有人告诉我您是指挥官。我开心地发了傻！我将把您命名为天空骑士、月亮骑士、康苏爱萝的骑士。

如果您愿意正式通知华盛顿您的指挥官级别，那么给我的钱会稍微多一点，我就能让窗帘的色彩闪耀起来。别忘了，如果这么做没有丝毫打扰您的话。

我还没能买到窗帘，但我已经安装了横杆。带窗帘的窗户会变得非常漂亮！

142　康苏爱萝致安托万

东尼奥，我的飞鱼，我唯一的蝴蝶，我的爱，我的魔法盒，

您的上一封信我已经铭记于心。我需要更多信件来抚慰我漫长时日的等待与忧思。

尽管我画得很努力，但是站在这些正在创作的画作之间，我还是会扪心自问，这幅画可能都谈不上漂亮，它到底有什么意义。于是我找到了一种办法来排遣我的焦虑。

您的肖像就放在我面前，我总是和它说话。它有一平方米见方。您的眼睛是深邃的湖泊，我还可以把手掌放在你的唇上。不过，与画面上的那张嘴相比，您的嘴显得那么娇小。

我还记得你的笑容。我相信正是你笑声的魅力让我成为你一生的伴侣。没有人知道如何笑得像你一样。我知道你的笑与众不同，你明白我的意思。对我来说，这是一种风姿，是一种向人世间美好事物的致谢方式。它就像树上结出的纯洁果实。你的笑容让我的内心充满芬芳，如果我是一名魔法师，我会让你一直保持这种迷人状态，让你小嘴的这种律动成为永恒。

一个月以来，我没有收到你的任何消息。甚至时间还要更久一点。我记得，那是1月的第一个礼拜，我收到了一份大礼，你的一封长信，其中有对康苏爱萝的思念，有康苏爱萝的肖像，有为康苏爱萝做的祈祷还有对康苏爱萝的爱。

但我必须亲手托着脑袋思念，无论是白天黑夜，空虚的时候还是躁动的时候，以此来说服自己，你真的存在于某处，总有一天

你会来到我身边，用你的手抚摩我，抹去我的皱纹、我的恐惧，也许，还能治愈我的疯狂。要知道，即便我的记忆无存，我也会用我的一生来等待你。

我完全听从你的建议，我的丈夫。我照顾自己，明智地劝慰自己，我愿意相信我们余生的平安与幸福。但是，当我没有收到你的消息时，我全身的骨头会因为怀疑而颤抖，我变得苍白、焦躁，我无法继续作画，大地上的一切都不让我感兴趣。我成了彻头彻尾的寡妇。

康苏爱萝

你收到我的照片了吗？寄一张你的照片给我。

康苏爱萝寄给
安托万的照片。

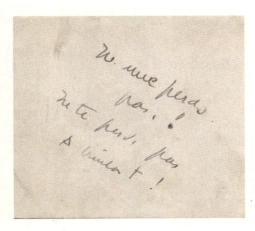

照片反面的字迹：
"不要丢下我！
不会丢下你。
不久再见！"

143　康苏爱萝致安托万

纽约，1944年2月

帕普，

我恳求您和我谈谈你的工作，谈谈您的书。这是您的"大王子"。您是否愿意告诉我，您为了写作付出了必要的努力吗？亲爱的，我求您好好写。之后，你的书，你的小妇人，还有你的上帝——我相信他爱着你——将会满足你，保护你。

告诉我，我的丈夫，我到底是应该保留我的公寓，还是住到酒店去。我拿下这套公寓时，心里想着你的回归。如今在纽约几乎不可能找到合适的公寓……价格翻了倍，甚至更高。我的丈夫，给我点建议吧，快来帮帮我。

爱着您。

> 您的
>
> 康苏爱萝

144　安托万致康苏爱萝

阿尔及尔，1944年2月29日

亲爱的康苏爱萝同一天收到您的好几封信

您的圣诞礼物还有电报非常感动

不理解我的那些长信为何没有送到

给华盛顿法国军事代表团舍米德兰[1]上校打电话

向他要一封发给您的长信

如果有可能保留公寓并且看看家人如果有可能立刻回来

因为有希望拥抱您随信附上我无尽的爱意

您的安托万德圣-埃克苏佩里

 **145　康苏爱萝致安托万**

纽约，1944年3月2日

我的东尼奥，

　　我相信，你耳边会反复回响我心中的全部的爱意。很快就到4月了，过去整整一年了，当时我向圣母呼唤，为了拥有你五分钟，在你去非洲前我的丈夫能在我身边，有五分钟属于我……

　　当时我生病了，我几乎不能出行，我无法跟着你去朋友家，而你喜欢去那里度过你在这座城市居住的最后一刻。我为自己的虚弱感到自责，尽管我身体不适，我本该跟着你到非洲的。不过，我希望自己的声音、口味、气息会一直伴随着你，主啊，尽管我没什么东西可以献给你，尽管我一贫如洗，我还是希望可以延续烟花绽放的时间，去作画，去建设新世界，去创造神奇的幻影、全新的颜色、独特的音乐，把它们做成礼物送给你，哪怕之后就会死去。

　　我花了一年时间治好我的头部，在那次意外之后将其复位，消

1　保罗·舍米德兰（Paul Chemidlin）：法军上校，华盛顿法国军事代表团成员。

除对盗贼之夜的恐惧。很快就要一整年了，在此期间我全心全意地给你写情书，却根本没有送到你手上。我害怕迷失在风里，害怕像空中的烟雾般消散。在虚空中我应该去哪里寻找你？东尼奥，东尼奥，我再也承受不住了，但我又多么希望自己可以做到。

没有你，我非常孤独，我的丈夫，但是我告诉自己，当你归来时，我会变得更强大、更健康，更有能力去爱你，把一切都给你。所以我在等待。你会看到你不在的时候我画的那些小东西。当阳光明媚时，我便感谢上帝，用如此美好的爱意，用对我丈夫无尽的爱意填满我的心。所以，我现在很幸福，我总是和你的照片交谈。

今天我很开心，我收到了你的电报，你告诉了我上校在华盛顿的地址。我会等到明天和他谈谈你的事情。这将成为我明天的幸福。我不知道怎么向你讲述战后我们未来甜蜜时刻的美好、希望与信仰。如果不是由于相信这一点，我肯定已经疯了，或者我会任由自己死去，被老鼠吃掉。今天我不和你说更多了，因为我希望这封信能够在今天发出（鲁肖老爹修改了我的信件，我很高兴没有把那么多错误发送给你。不过我认为，它们无论对邮局来说还是对我们的心灵而言都不算沉重）。我拥吻你，就好像一千只蜜蜂寻找最甜美的花朵去酿制它们的蜂蜜。

你的妻子
康苏爱萝

146　康苏爱萝致安托万

我的小东尼奥，

我收到了你的电报，你说我在舍米德兰先生那里有一封信。

我非常惊讶地从电话中得知，他根本没有给我任何东西。他很亲切，但对我的要求感到非常意外。我道了歉，甚至今天我又给他寄了一封信，为我的电话骚扰表示歉意。在我看来这个冬天似乎可以把你带到这里来。我发自内心地期待着。快有一年时间没见到你了。此时此刻，你在哪里，我的丈夫？你知道，我不是很坚强。我害怕以某种不体面的方式耗尽精力。当我想说话的时候，我会谈论一部作品，谈论一种不断生长的痛苦。在这里我有东西可吃，还有一套舒适的公寓；说到底，我告诉自己，终有一天，你会回到我身边，我会给你煮咖啡，我们会发生争吵，但我们生活在一起，阿尼巴尔也会重新和它的主人生活在一起。生活需要的东西很少，这是一种生活的艺术。我没法活下去了，东尼奥。我与一切都发生了冲突，甚至包括词语。我无法生活在那些文明人中间，而到了我这个年纪，我又不想试着去野蛮人中间生活，我想知道他们在这片大地上是否依然存在。因为正是那些文明人变成了野蛮人。我不知道自己身上发生了什么，不知道在我心里，我到底是要加入野蛮人的行列，还是始终向往着文明人。我甚至再也无法谈论爱情，因为你离得很远，因为我对明天一无所知。我拥吻你，我的小东尼奥，我为今天的些许忧郁道歉，但是，每天站在一堵墙面前，整整一堵墙，这种民众的不解，这场闻所未闻的战争，对我的小脑袋来说实在太过分了。我希望你在你的大作中向我解释这一点。请告诉我，你的书进展顺利。请告诉我，亲爱的，你有没有履行自己的职责，有没有认真照顾自己，是不是好好爱惜自己。你必须为我把这一切做好，因为我人不在，没法亲口对你说。快回来吧，我把你紧紧搂在怀里。

我的录音机卷筒质量非常糟糕。布楚小姐疯了，但还是要拥抱你。

你的

康苏爱萝

 ### 147　安托万致康苏爱萝

阿尔及尔，1944年春

康苏爱萝，我亲爱的小家伙，我的美国之旅还没有安排好。我非常非常伤心。

也许将来我可以回战斗机上执行作战任务。也许快了？

我收到了您的长电报，终于！这让我非常非常高兴。谢谢，康苏爱萝！

我用尽全力拥吻您。有人拿走了我的信。不要展示它，也不要在您的回信或回电中进行暗示。

您的

安托万

148　康苏爱萝致安托万

剑桥[1]，1944年3月25日

亲爱的东尼奥，

　　我不知道如何向您讲述我的痛苦，在远离您的地方生活和呼吸。我现在人在剑桥，要待上三天。我过来度周末，看望桑迪亚纳，顺便逛逛这个大学城[2]。主要是为了打发时间。

　　尽管我在严肃认真地作画，我却深感悲伤。我真希望自己在这个星球上的逗留期已经结束。亲爱的，您早已习惯了在没有我的情况下独自前行。而我，没有您，我的大树，我就干涸了。

您的

康苏爱萝

剑桥，1944年3月26日

　　明天，我就要回纽约了，回到我蓝色的笼子里去，我再也不喜欢它了，因为您未曾在其中歌唱！

　　我在这里过了两天，既不惬意也不难受。我又打发了两天没有丈夫的日子。我因为悲伤而变得病恹恹，我心想：是的，在任何时代，男人们总是在打仗，而女人们始终待在家里等待，等待岁月流逝。接着我又想到：也许我的东尼奥回来时，会变成一个讨人厌的东尼奥，会穿过我的窗户飞走。于是我哭了……但是，我的丈

1　剑桥是美国西北部城市，毗邻波士顿，位于纽约西北约二百千米。

2　剑桥是两所著名学府哈佛大学与麻省理工学院的所在地，是著名的大学城。意大利历史学家桑迪亚纳当时在麻省理工学院任教。

夫，我全心全意地想要你回来。你会回来的，你会善良的，你会用你的柔情治愈我的哮喘的。也许，我们在这片大地上做事的时间很少——所以必须全力以赴。哪怕你穿过大门扬长而去……但再也没有怀疑导致的折磨。我拥吻您，我爱您。

康苏爱萝

149　安托万致康苏爱萝

阿尔及尔，1944年3月30日

康苏爱萝，我的小姑娘，我的爱，这封信会很短，不过它很快就能送到你手上，快到仿佛我们待在一起，仿佛我们在长岛的大树下共同生活，噢，小康苏爱萝，仿佛我们开始一同变老，直到人生尽头。

这非常确凿，也非常强烈，康苏爱萝，我的柔情所系，这种可怕的缺席每天都让我更加靠近你一点，把我和你连在一起。为了让这个词脱口而出，我写得非常匆忙，因为我想道出本质。在上帝面前，您越来越像是我的妻子。永远不要担心任何涉及您的事情。小康苏爱萝的那些大焦虑都已经结束了。告诉我，小康苏爱萝，我的那些焦虑了结了吗？

我太急于详细讲述我的生活了。我生了两次病，现在还没有痊愈。我肚子很痛。以后必须给我好好治疗一番。就像在加拿大那次一样，康苏爱萝。不过，当我再次见到您时，我会非常开心，以至于我将一举治愈我全部的痛苦。

寄几本《小王子》给我，我连一本都没有收到过！我强烈希望不久之后能去美国待上几天。千万不要让我没了落脚的地方。如果我去待上八天，而您却离得很远，我会变成什么样子呢？

像这样一口气把话说出来很难。为了和您谈谈这些，我需要深夜的安宁。这封用二十分钟写完的信比一通电话更加可怕。而我仅仅是想让您明白，我爱您。但愿您对此像白昼一般确定，仅是与您重逢时带给我的幸福感，这片大地上就没有任何东西能够比拟。

小康苏爱萝，您怎么会不知道：我已经当了八个多月指挥官了。华盛顿军事代表团的舍米德兰上校可以做证。这也许会让您迟点取到钱。您收到我的电报了吗？您有没有跟他要我给您准备的那封长信呢？那封信是我提前默默写好的，会把我心里的许多东西给您带去。所有这些人们发出却又没能抵达的呼唤实在是太可怕了！

康苏爱萝，我像需要面包一样需要您的来信。不要把我丢弃在沉默中。写吧，写吧……时不时它会送到我手上，那便是我心中的春天。

我的妻子，我用自己全部的爱之力把您抱紧在我怀中。

您的

安托万

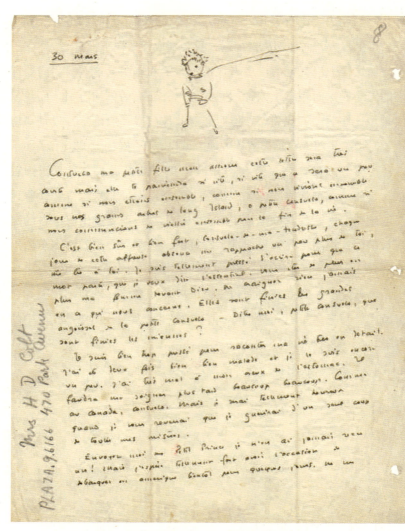

安托万致康苏爱萝的信件："康苏爱萝，我的小姑娘……"

阿尔及尔，1944年3月

安托万·德·圣-埃克苏佩里指挥官

法国联络科　军邮代号512　航空邮件（六美分）

　　我的小康苏爱萝，我的兔子，我的小家伙，你的信我一封都没有收到。不过似乎借用这个地址效果显著。把这个地址写在、记在每一本记事簿上，我重复一遍：

　　　安托万·德·圣-埃克苏佩里指挥官

　　　法国联络科

　　　军邮代号512

　　　航空邮件

　　　（最好把这条写在最顶上）

　　　六美分邮票

　　我只给你写一小段信，因为我有机会把它立刻寄出去。我恳求您给我寄十本法语版《小王子》。我一本都没有收到过，而我已经答应了几位同事要送给他们。

　　康苏爱萝我的爱，我病得很重。我摔断了一根脊椎骨，还发了一次非常严重的胆囊炎，就像在加拿大的时候一样。医生从各个角度给我照了X光。当我不舒服的时候，我就想起了你所有的体贴，当我生病时，我就想到：我有权喝草药茶，有权得到她的照顾，有权让她在我身边现身，因为我有一位妻子，因为我有康苏爱萝，她是我的妻子。现在我孤身一人，何时才能与她重逢呢？

出于同情，给我写信吧，写很多很多信，康苏爱萝，成为我的安慰吧。这个时代苦涩如斯！

啊，地榆花，我需要在树荫下写一本重要的书！此地给我的印象犹如一片悲伤的泥沼。人们仍然在含混不清地讨论着我去美国那几天需要担负的使命，机会没有彻底失去，但为时尚早，早得很！在这里，政治是如此费解，如此酸腐。上帝啊，这一切都缺乏爱意！

不久，如果我不久就能见到您，我就会忘记大地上所有的悲伤。

我把你紧紧抱在我心口。我不知道还可以给你写点什么，因为我永远收不到回复！但是我还是有许多话要对你倾诉，有许多东西要和你讲述。

你的
安托万

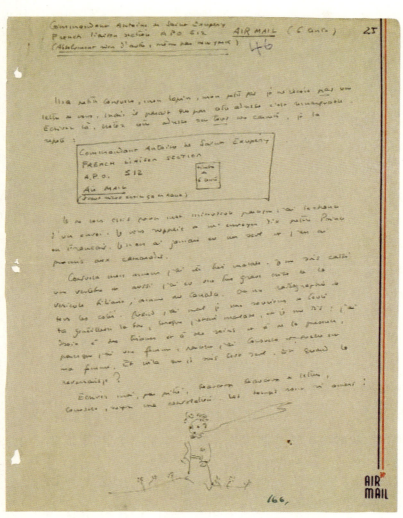

安托万致康苏爱萝的信件："我的小康苏爱萝，我的兔子……"

151　康苏爱萝致安托万

纽约，1944年春

我的爱人，我的爱人，

没有您，我太孤独了。快点告诉我，在这次分别之后，我们永远、永远、永远不分开了。如果上帝让我们重聚，那就相依至死吧。

我非常悲伤，非常不幸。朋友们都说你根本不爱我！而我却傻傻地花费我的人生去等待您。我的人生，我已经把它献给您了。我只认识您。我只爱您。亲爱的，向我发誓，我的焦虑已经彻底了结了，了结了。您不应该畏惧任何限制（在这里是我的人生），无论是出于主观意愿，还是因为害怕某些朋友同样用谎言去伤害您。我正在和鲁日蒙一起写我的书[1]，他帮我修改法语。他经常折磨我，但也保护我免受他人伤害。在这里，我找不到任何人询问任何事情。内莉和娜达的朋友任何事都不帮我。甚至麦凯太太都对德尼[2]说：“啊！如果安托万回来不受拘束地迎娶娜达就好了！”我到底应该怀着怎样的心情和他谈论我的痛苦呢?！德尼笑了，但有朝一日，你会来的，我的丈夫，你会把我带走的。有理的是我们俩。我爱你，请对你我都好一点。一想到你，我就再也睡不着觉了。你是我的爱人吗？我的心为你担心得滴血。

你疯狂的康苏爱萝，她非常乖巧

1　指康苏爱萝·德·圣-埃克苏佩里创作的《奥佩德》。
2　指德尼·德·鲁日蒙。

今天星期天，鲁肖带我去乡下和库尔南[1]医生一起共进晚餐。

想你，你的

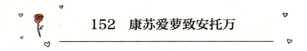

152　康苏爱萝致安托万

纽约，1944年春

亲爱的，

　　直到今天我才知道，通过法国联络处，信件很快便送达了。我带着希望把这张便条寄给您，您很快便能拥有我的这个小小记号了。我经常给您寄信，但也许是我的法语过于难以理解，别人都读不懂，于是我的信件就留在了路上……不过总有一天你会收到的，也许吧。

　　你无法想象我在这个大都市里究竟有多么孤独。幸运的是，我从来都不是一个被家人或者忠实的朋友们包围的孩子。所以我知道如何与电影院、与年度大戏还有你的信件一起生活……我喜欢去乡下散步，这是我唯一的乐趣。我不知道自己为什么在纽约弄了一套公寓。当我不得不离开比克曼广场35号时，我不太清楚到底应该做什么……少了你，我就完了，满是债务和药品……那些护士和医生把我的钱全都拿走了……我学会了，即便在病重之时，也不去找他们……我已经知道怎么给自己打针了……来对付我的哮喘。夜里，

1　安德烈·库尔南（André Cournand）：生理学家，出生于法国，1930年移居美国，1941年加入美籍，1956年获得诺贝尔生理学或医学奖。

我总是雷打不动地在凌晨三点醒来，给自己注射哮喘药，然后想着你那里现在几点……今天早上我不是很阳光……白天很灰暗，尽管我给自己买了些漂亮的花，当我从第三大道午餐（在勒·莫阿尔餐厅[1]）回来时，我发现自己一点也不开心……也许我会去作一幅漂亮的彩色绘画，比我那个旧娃娃画像更加快乐。要是画得不好，我就去床上躺着，再读一遍你的来信。亲爱的，我无比温柔地拥吻你。

你的

康苏爱萝

153　康苏爱萝致安托万

纽约，1944年4月21日

亲爱的东尼奥，

我从您那里收到了一张小小的信纸，我的爱人。我为您担心，为您参与的战争而备受折磨！东尼奥，不要把我独自一人丢在这个星球上。您知道，我的丈夫，这张小小的短笺是一封事务信函。我在纽约租的那套公寓让我很尴尬。有人要求我再签一年，从1944年10月到1945年10月。我没有签字的勇气，因为我孤身一人用爱意来布置这套公寓，就是为了您，为了等您！我在那里住得挺好，但我觉得它贵，而且目前在纽约根本没有空置的公寓。就像华盛顿一样！所以该怎么办呢？离开纽约，还是再签一年？我希望这封短笺

1　勒·莫阿尔餐厅是位于纽约第三大道的著名法餐馆。

能够及时送到你手边。我可以等到7月15日再签字，再迟就无权这么做了。每个人都在等着找公寓！我在承担风险。我需要你的建议，哪怕你的"同意"送到我身边时为时已晚！在这里我的日子过得越来越昂贵了，我相信到处都一样。我不知道你对我们的未来如何计划。也许你自己根本一无所知。所有人的认知都不再清晰，就像你说的，大家都在摸索。我不知道如何摸索。我真的不知道如何摸索。我勇往直前。不过多亏了上帝，我了解到，他赐予您的东西，没有任何人，甚至包括魔鬼，"能够"从我们这里夺走，只需要走到他身边，对他说："主啊，帮助我吧，我无比贫苦，无比悲戚，无比丑陋。让我变美吧！爱我吧！给我恩典吧！"当有人全心全意把这一切对上帝诉说，如果他给予你生命，那么他的生命便会与"恩典"携手而来。于是，经过一千零一夜，我找到了你，在无数个没有为我准备鲜花的春天之后！而那些窃贼甚至直接偷走了我们花瓶的香气……但愿我无论活着还是死去都能盖满鲜花……

啊！我把你的电报弄丢了，你在里面同意由希区柯克预先给我三个月的房租。希区柯克想要看你的电报。我却弄丢了！事情就是这样。在旅途之中！我正指望着这三个月的租金，但我没有东西证明。你能把他要的东西寄给我吗？亲爱的！赶快，再给我发封电报吧。（我向您保证，我没有任何额外收入。在希区柯克那里没有拿到一分钱。他对于生意上的事非常严苛，他这么做是对的！他想要你的一份证明！）为了这件事还有公寓，给我写信吧。

你的妻子
惹人厌的康苏爱萝

我相信，住在酒店里我也可以活下去，如果你愿意的话！

你对我的生活做出的一切决定都会被我接受（除了希区柯克认为你不像爱你的妻子那样爱我）。

154　康苏爱萝致安托万

纽约，1944年4月25日

亲爱的，

我向您要一篇一瞬间不假思索写下的序言[1]。就像孩子们向苍穹讨要一颗星星。而如果星星坠落下来……

亲爱的，我请您作一篇序言，自从我发现自己和您融为一体的那一刻起，就一直、一直有这样的想法。因为你身上的一切都让我中意。如果我也能让您那么中意就好了！如果上天帮助我永远不让您厌恶就好了！……您的朋友们徒劳地向我解释说，没有我您会更幸福，而我感觉自己比邦雅曼·贡斯当[2]《阿道尔夫》里的艾莱诺尔更加忠贞不贰。我知道，如果我死了，您会发现自己就像阿道尔夫一样，与那些对您来说无比陌生的民众打成一片。至于我，我属于你，你是我的国家，你是我的语言，你是我的骄傲！你现在是我的

1　康苏爱萝请安托万给她的新作《奥佩德》写一篇序。该书于1945年4月在美国出版，法语版由布伦塔诺出版社发行，英文版由兰登书屋出版，并配有康苏爱萝本人绘制的插图。

2　邦雅曼·贡斯当（Benjamin Constant）：十八世纪末十九世纪初法国著名作家，浪漫主义文学的先驱之一。《阿道尔夫》是他发表于1816年的一部小说。艾莱诺尔是小说中的女主人公，为了阿道尔夫抛弃了自己的家庭，投入阿道尔夫怀抱，但阿道尔夫却厌倦了艾莱诺尔的爱情，导致艾莱诺尔郁郁而终。

痛苦，将来则是我的快乐。哪怕我只用我的眼泪去爱你，我也永远快乐，过去也始终快乐！

今天我去圣帕特里克[1]领了圣餐[2]，我是纯洁的，纯洁的，我的心灵是轻盈的，我确信这封复活节的信是有福的，它一定会送到你手上，就像我一样，总有一天会投入你怀中。而你也一定会回到我身旁。

我的丈夫，爱一个完整的生灵是罪吗？不，爱是神圣的……！我的丈夫，您爱我吗？是的我的帕普，啊，既然我给您带去光明，以此为您补偿战争给人类带来的无数忧虑。至于我们这些女人，我们不懂战争，战争让我们恸哭你们的伤口，你们的失踪……

我相信有一个把《奥佩德》搬上银幕的机会——所以那个小农场，是您的妻子送给您的。亲爱的，今天我有一句话要和您说，我已经净化了自己：告诉我，您不怨恨我与鲁日蒙如此相爱吗？您知道纽约是怎么回事。而且您的那些女性朋友都没有向我张开双臂。亲爱的，您知道我在巴比松广场以及中央公园的漂亮公寓里独自忍受过什么……当我没有朋友，没有活下去的理由时，小鲁日蒙让这些日子对我来说变得稍微柔和了一点。所以公正地说，当您让我感到幸福时，我把他当朋友。他知道我爱您一辈子，就是这样。

您的
康苏爱萝

1　指位于纽约曼哈顿的圣帕特里克大教堂。

2　写信当天是复活节。

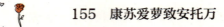

155　康苏爱萝致安托万

纽约，1944年4月27日

我的东尼奥，

我已经放弃动身去我家人那里，因为害怕我不在的时候你会需要我。在这里还能做点什么呢？我找到了一种治疗哮喘的新药，可以舒缓我的睡眠。

我的小丈夫，我不是很习惯使用这种信纸的尺码[1]。但朋友们向我保证，它送得最快。我请求您每周虔诚地给我寄一封类似的短信。我每周都会这么做的。我给您寄了两三封信。也许它们会送到你手中。我太需要您了，我的东尼奥，我的爱人。我在作画，但您的缺席让我感到无比悲伤。

康苏爱萝·德·圣-埃克苏佩里

1　康苏爱萝的这封信首次使用了美国军方在"二战"期间推出的"胜利邮件"（Victory Mail）。胜利邮件是一种特殊邮件，美国军邮局首先将信件拍摄成微缩胶卷，然后把胶卷运到当地重新进行放大冲洗，最后投递给收件人。由于微缩胶卷相比纸质信件极大地节约了空间，因此可以使用空运方式，极大缩短了运输时间。美军之所以将这种邮件命名为"胜利邮件"，则是因为这种邮件仅用于传递军人与其家属之间的书信，故而以"胜利"一词提振战场上美军的士气。由于制作微缩胶卷的需要，书写胜利邮件时需要使用特殊尺寸的小号信纸。

纽约，1944年5月4日

亲爱的东尼奥，

　　您的来信让我非常开心，您在信里向我的新书表示祝贺，还告诉我您正在远离我的地方作战。我的爱意在等待着您，它会守护您，直到我们像阿拉伯童话故事里那样一同老去。如果我们深深相爱，善良的仙女会让我们保持年轻俊美。所以您看，我心中的主，我的丈夫，我们善良的仙女朋友的大门，我们美好时光的大门，都由您守护着。不要让窃贼溜进我们的家。他们会弄脏我们的房子。

　　亲爱的，我之所以能从头部受到的重击中恢复过来，仅仅是因为您不愿意我死去。所以，今天我也相信，感谢上苍！感谢您！您不仅不愿意我死，而且希望我为您而活，甚至想要我为您变成一朵漂亮的花。所以，我细心照顾自己，带着巨大的困难浇灌自己，我的丈夫。我想献给您一颗无比纯洁的心灵，由星辰之晶组成，好让您在撰写一本本巨著时文思泉涌，您会在其中向我解释世界的苦难，也许，如果我们足够睿智，您还会找到一种力量，去安慰康苏爱萝和她的世界。

您的

康苏爱萝

　　请告诉我胜利邮件是不是比平信到得更快。我给您寄出我辉煌的爱与希望之歌。

157 康苏爱萝致安托万

纽约，1944年5月13日

不可能找到小公寓被迫

再签约一年租金三千美金

不然就离开有机会租下鲁日蒙双层套间的一半

只要一千美金我觉得很合适

没人帮我搬家经济困难巨大

只有您我的爱人有权给我建议

靠我的收入无法维持房租他友善地庇护我

让我写完我的著作我发自灵魂地感谢您

给奥佩德作序我太孤独

来把我抱在您怀中尽快回复您的妻子

康苏爱萝德圣-埃克苏佩里。

158　康苏爱萝致安托万

纽约，1944年5月27日

我的帕普，

　　自从您离开阿尔及尔[1]之后，我对您便一无所知了。战争吸引了您全部的注意力，就像所有人一样。我不要求您让我放心，不要求您珍惜我，但至少写封信吧。我病了，为你的沉默而深感焦虑。我原以为"自己的痛苦彻底结束了"。和我讲讲话，东尼奥，你在我们之间打开的虚空与深渊真的很可怕。

　　我的小家伙，给我些信心，不然我就想早点死去。我的头脑运转不良。帮帮我吧，给我写信吧。还是说，再也没有写给我的信了吗？亲爱的，我拥吻您，我在受苦。我不知道应该何去何从。快把您的臂膀提供给我，让我安静下来，成为您身上的一小块。

康苏爱萝

　　我还待在现在住的地方：比克曼广场2号。

1　1944年5月16日，安托万·德·圣-埃克苏佩里离开阿尔及利亚，抵达撒丁岛执行飞行任务。

159　安托万致康苏爱萝

阿尔及尔，1944年6月4日

途经阿尔及尔你的书信和电报是美妙的宝藏

再次成为飞行员离我的飞行中队非常遥远

亲爱的康苏爱萝多写点信

恳请您避免合租鲁日蒙的公寓

无限渴望与您重逢我的爱人

请一辈子相信我不久之后我就会回到您身边

康苏爱萝安慰您的安托万德圣–埃克苏佩里。

160　康苏爱萝致安托万

纽约，1944年6月6日

我的宝贝，

　　我希望这封短笺能够快点送到你手中。我收到了你从阿尔及尔发来的电报。我很高兴自己的一些信件打动了你。今天，我要给你寄三封信。攻入法国本土[1]让我既激动又担心。我的丈夫，你在哪儿？这里入夏了，日子明媚。树木非常安静。夏天！

　　亲爱的，好好照顾自己。注意保养您的胃还有您的头颅。请不要把头往门上撞。我有点恐慌，因为我解除了公寓的租约，从今年

1　1944年6月6日是盟军诺曼底登陆开始的日子，盟军攻入法国本土，正式开辟第二战场。

10月开始。没有空置的公寓。上帝知道我要去哪儿。也许到时候我们就在一起了。无论在哪儿,只要在你怀中,我就会感到舒心,我的大男孩,我的珍宝,我的爱人。

您的妻子

康苏爱萝

以下是我的临时地址,从6月15日至10月底:乔治湖/纽约州/罗伯特·莱维特先生家。

161 康苏爱萝致安托万

纽约,1944年6月6日

不久就是您的生日[1]了。

我想念您,我的宝贝。

我的东尼奥,我的爱人,

我今天深受震动,因为我们在美国这里了解到,(盟军)打进法国了。我的宝贝,我也想成为一名士兵,去帮助那些可怜的法国人。我想到了他们正在遭受的痛苦、担忧与期待。我想到了你,我的小心肝,我应该说我的大心肝。我给你写信,一如既往地含糊……其他朋友比我更加走运,他们的信件肯定可以抵达目的地。

---

1 安托万·德·圣-埃克苏佩里于1900年6月29日出生。

你发现了吗？我在好几封信里和你谈过，要你给希区柯克写个条子或者发个电报，跟他说一声，和我解释一下你的账目。你为什么不去做？为什么要对我隐瞒这么简单的事情？我对别的东西一无所求，只想让自己觉得能得到像你的妻子一样的对待。在我们的人生中经历了那么多悲伤的事情之后！我没法相信原因来自你。只要在你离开期间，你承认我是你的妻子，主啊，我有权这么做，我必须弄清楚。就算是为了做给我看。我对你的恳求全是徒劳，又或者，你根本没收到我那些信？还是说你对那些在我小脑袋里折磨我的东西不感兴趣？我呼唤生活的秩序，把东西理好。于是你看，正因如此，我不知道是否应该留下我的公寓，因为房租无疑很贵，每个月二百七十五美元，我从今年10月起就解约了。我将住到酒店里去，在那里任凭餐馆、友人以及街道摆布……我会死于恐惧，因为自从头部遭受意外事故以来，我感受到的东西就多了很多，一切……于是我悲伤地想到：东尼奥希望从我这里得到美丽的花朵，但他并不照料我的根须。要是我知道自己只需多要一千美金，再加上我1945年的年金，我本可以留下我的公寓，就不必在9月底搬家了！我之所以和你谈论这一点，是因为秩序。今天整个世界正在错误地运行，那些哪怕手帕也能叠得有条理的人，也必须出来做事。我整个上午都在想：我必须好好整理我的房子，我必须好好整理我的灵魂还有我所有的思想。这就是我为什么和您谈论房子，我们的房子。我原本一直以为你回来会住进你的蓝房间。也许到10月我们就回法国了，上帝保佑！但我告诉自己：我丈夫必须带着他的录音机来创作，而且他的出版商也在这里。然后，你有可能非常疲劳，需要大量休息。那就必须在长岛找到一处安静的地方，毫无噪声……你已经完成了你的战场戏份。你赢得了你的休整，而你的休整，依然属于工作。而你热爱你的工作，我亲爱的诗人。你会在我身边写出许多好书。

昨天，我重读了你在《战区飞行员》中写下的一句妙语："我像一个盲人般行走，他的手掌把他引向篝火。他不知道如何描述篝火，但他却找到了。因此，也许，需要保护的人也是这样，他完全无法看见自己，但却在乡村夜晚的灰烬下，像木炭般持续燃烧。"

我的东尼奥，我的爱人，请相信我的爱，相信我想要庇护您的意志，这是为了您的花朵结出果实。我知道这很难！但只要您愿意变得明智一点！我们将因为您的收获而富裕！我们将感到自豪，因为我们履行了我们作为人类的任务。但是主啊，我再也受不了更多的怀疑了。

我对您的爱仿佛一片美好的土地般滋养着我。我不想知道您的那些朋友跟我讲了什么。我相信您，我相信自己可以让你幸福，我们会做到的，我的宝贝。我早已把自己的人生献给了您。即便您带着一条腿脾气暴躁地回到我身边，我也会给您讲各种有趣的故事。昨天，在读您的信时，我想到既然我的信件没有送到他手上，那么，等我6月16日抵达乡间之后，立刻动笔写几个日后会对他讲的故事。之所以写这些东西，就是为了在您悲伤难受或气急败坏时，可以给您大声朗诵，因为，在您心情悲戚的那一刻，现编是很难的！于是，我只需要把它们读给您听就行了，您会被感动，而我也不会在一些自己理解不了的事情面前那么慌乱了。因为当我不知道这件事、那件事到底为什么的时候，我就会叫嚷起来。我仍然在想：如果东尼奥真的爱我，为什么他最后几分钟跑去白痴拉莫特[1]家里？他原本可以把这几分钟花在我身上。为什么他弄出了那么大的噪声，导致我没法和他谈话？我还不知道……！这就是我只用一条腿走路的原因……但是您看，东尼奥，我会让您冷静下来的，我的宝贝。我会让您坐在您花园的树荫下，您将大有进展，而在此期间，我会为您准备一锅鲜汤，滋养你大脑中的流星。我的大人物，我的大丈夫，我想好好清理你的身心。我的丈夫，我曾经向你要求过这些，当时我非常年轻，非常疯狂，但这是真的。对我而言，你始终是我的丈夫，是上苍赐予我的，我必须用我全部的祈祷与灵魂去加以守护。而你，我的丈夫，你也一样，你经常护着我！我对你有信心，我们是幸福的一家人！如果我为你的一次或多次缺席而哭泣……那是为了更投入地为我们的下一个春天感到欢欣！你知道，大家都可以讲话，好的，坏的，关于你，关于我！我们将心满意足地抵达道路尽头。我们向左走了一点，像宝石一样被切割打磨，以便更好地认识我们，协调我们。

我想和你稍微谈谈我在乔治湖的房子。由于我的喉咙和哮喘，我必须到"山上"去。医生不希望我去海边（如果我有勇气，这个夏天我原本应该去墨西哥）。不过，一想到我会离你更远，我就动弹不得了，我害怕那些返美证件……所以我更喜欢在美国转转，从纽约出发坐六个小时火车。我在乔治湖发现了一座古老的贝文公馆，现在几乎已经变成废墟，但在我看来，它还是全新的，美极了，而在夏天，我过得不要太舒适！湖水可以给我沐浴。（如果照

1　贝尔纳·拉莫特（Bernard Lamotte）：安托万·德·圣-埃克苏佩里早年的同窗，1941年在纽约重逢，是他的好友之一。

顾阿尼巴尔的老太太把它借给我，那么它就会过来守着我。这位夫人向我保证，等它回去了，如果你想要的话，就把它重新还给我。不过它被照顾得挺好，还给它配了一位阿尼巴尔夫人，所以如果你还没回家就把它重新要来，这么做是不对的！也许我会去她家里看它一两天。还有，它现在吃得很多，需要花很多钱！）乔治湖的房子离乔治湖镇有两英里（约三千米）。房东罗伯特·莱维特先生会把我的信件捎给我。他住在城里，他是地产商，出租许多房屋。今天早上我写信写得很费劲，因为我在维多利亚·唐杰家里和她的朋友们说了很多英语。（他们都对我很好。）我在她家过完了周末。她家的湖非常漂亮，但她已经决定来我乔治湖的老房子里看望我。我提前告诉她说，我没有仆人，什么都靠我自己做，但他们都非常高兴。我会给他们准备食物，他们则负责打扫房间。因为我必须画几幅画，动笔写几个故事，让你在发脾气的时候可以开心，动动情！等到以后就为时太晚了。女巫再也不想玩扫帚了，我就该变成一个悍妇……

我的小家伙，我用上全部的手脚、全部的睫毛和全部的种子紧紧拥抱您，它们都想在您的处女地里生根发芽。

我收到了你的电报。一言为定，我的宝贝。我不会住到鲁日蒙家去。我不知道该去哪里。也许10月会有公寓吧。就目前来说，完全不可能。纽约到处都住满了！甚至包括酒店！安德烈·鲁肖答应帮助我。愿上帝保佑您！我拥吻您。

您的妻子
康苏爱萝

162 安托万致康苏爱萝

阿尔盖罗[1]，1944年6月

我的爱人，我要把这封极其短小的信笺托付给一个即将出门的同事，他会帮我把它寄出去。我离你很远，我没法告诉你我现在人在哪里。不过，我又离您如此之近，您就住在我的心里，我的小康苏爱萝。

我成功地再次成为闪电战斗机驾驶员，负责法国本土上空的远距离拍摄任务。我急需去经历这个时代，但身份绝不是知性旁观者。我无比憎恨他们所有的大话，所有的论战，以及所有那些自命不凡的狂热情绪。面对他们提出的问题，他们完全没有身体力行。康苏爱萝，亲爱的小姑娘，我想我会付出一切。而且，参与真正的战争让我感觉自己绝对纯洁，它令我免于非得去体验那些通过仇恨与谴责口号而联想到的任何东西。我就是我所想的，如此而已。在这个黑夜的时代，我不怨任何人。如今人类完全无法想象那些明显的事物。他们在摸索。他们很不幸。生存本身，就令我免于在词语中过度迷失。

亲爱的康苏爱萝，我的爱人，万一我遭遇不幸，不要因为我做过的决定而怨恨我。我无疑是这个世界上驾驶高速战机作战的唯一"老"飞行员（"闪电"是世界上最快的飞机）。我坚持住了。不过我可能会在法国的某个地方收到上帝使的绊子。要知道，到时候我绝对不会有任何遗憾，除了让您流泪，或是再也无法保护我心爱

---

1 阿尔盖罗是撒丁岛西部市镇，安托万·德·圣-埃克苏佩里的飞行中队当时在此地驻扎。

的小姑娘。我没有其他任何遗憾，因为在这个充斥着仇恨和愚蠢的诉讼时代，我根本无事可做。你还记得你多么讨厌律师、诉讼代理人，讨厌证人们的糟糕信用，还有你在尼斯的房子被偷走时的纠纷和诡辩……因此，除了军人和园丁，今日之人也让我感受到同样的沮丧。为了不再听到这些费解的东西，你本可以抛弃你的房子。而我，我抛弃的是人生。康苏爱萝，我没有遗憾，我觉得自己就像一个没有花园的园丁——除了您的痛苦，我一无所有。

康苏爱萝，我的心上人，成为我的花园吧。我必须在心中强烈地感觉到保护您的欲望，这欲望每天都变得更加强烈，让您绽放，在您美妙的诗歌中缓缓漫步。我需要您像飞鸟、朝露、清风还有所有那些在黎明时放声歌唱的事物般把我唤醒。康苏爱萝，康苏爱萝，我的睡美人，您让自己变得如此美丽，以至于我必须在这场百年战争之后回来把您唤醒。康苏爱萝，我的心上人，大声呼唤我吧。您还记得利比亚[1]的事吗？我回来救您了。我充满了园丁的自责……

我的花园，我清晨的闹钟，我的康苏爱萝……

您的

安托万

1　指1935年安托万·德·圣-埃克苏佩里在利比亚沙漠中坠机的往事。

163 康苏爱萝致安托万

乔治湖，1944年6月22日

我的宝贝，

　　我抵达了属于我的湖，我今年夏天的湖。树叶尚小，还没有长大。春季还在本地盘桓，这里几乎是山区，大山！房子很漂亮，和小王子的房子一样舒适。但是你不在这里，我的大东尼奥。我心里想，他肯定会在秋天结束时到来。他会来找我的，我的丈夫。到时候湖水变凉了，但我们可以一起去划船。然后我叹了口气，有人把我从梦中拉了出来。我没有用人，必须自己做饭！东尼奥，完好无损地回到我身边吧。快点回来吧！我每迈出一步，都会告诉自己：是的，他会完好无损地回到我身边。我感谢上苍。

您的

康苏爱萝

　　我相信这封短小的胜利邮件寄过来会比平信更快。自从3月的那封信以来，我就没有从您那里收到任何信件了！这很让人难过！

164　康苏爱萝致安托万

乔治湖，1944年6月22日

亲爱的告诉我音信纽约州博尔顿路

洛克雷治公馆[1]我的爱人完好无损地回我身边

康苏爱萝圣–埃克苏佩里

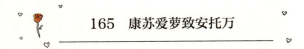

165　康苏爱萝致安托万

乔治湖，6月底，你生日当天

1944年6月29日

我的爱人，

我清晨六点就醒了。我穿着睡衣跑到湖边，把双腿浸湿。水温正合适。觅红色的太阳从相邻的山峰后面升了起来。我在想你，我亲爱的。思念你、梦见你让我觉得幸福。尽管得知你是世界上最年长的飞行员让我害怕，我的宝贝，要是所有人都和你一样就好了！

我必须跑去村里的一个小天主教堂，每天早上七点半有一场弥撒，也是本地唯一的弥撒。天主教徒寥寥无几，天主教神父也屈指可数。我想去教堂里废弃的长椅上坐坐，今天是你的生日，这就是我能送给你的一切。所以我要跑回去，我的丈夫，我必须穿上正装，我只有半小时时间步行去教堂。

1　康苏爱萝在乔治湖的住址。

c'est tout c'est que je peu te
donner — Alors, je cours, mon
mari, je dois m'habiller, j'ai
une demin heure de marche a
pied, jusqu'a l'eglise.

A bientol. si je ne
vous vois plus dam cet planette
saché que vous me trouverés
pres du Bon Dieu vous
attendent, pour de bon!

Vous est dans moi
comme la vegetation est
sur la terre. je vous aime
vous mon tresor, vous mon
monde.

Votre femme.

Consuelo.

29 juin 1944.

康苏爱萝致安托万的信件:"这就是我能送给你的一切……"

不久再会。如果我在这个星球上再也见不到您，请记住，您会发现我在善良的上帝身边等您，直到永远！

您住在我心里，就像植物生长于大地。我爱您，您是我的宝藏，您是我的世界。

您的妻子

康苏爱萝

166 康苏爱萝致安托万

乔治湖，1944年6月底或7月初

亲爱的，

我再明确和您重申一遍我的住址："美国纽约州博尔顿路洛克雷治。"我的房子叫作洛克雷治。啊！东尼奥！今生今世我都等着您！我相信上天会把你的回归当成奖品送给我。还有一件事要澄清：7月15日是我签下公寓续租合同的最后期限，不然就得拒绝。我问你该怎么办。如果你愿意，我就把它留下来，尽管租金昂贵，再过一年非常困难。告诉我，我的先生，我该怎么做？我在这里开始休养了，就在湖边！但希区柯克一直在折磨我——他必须支付纽约三个月的房租——我来了这里之后，他要求我把你授权我向他索要三个月房租的那封电报交给他，但我把电报弄丢了。请立即给我发电。我再重复一遍：除了我的年金，我没有碰过他的一分钱。

您的妻子

康苏爱萝

167　康苏爱萝致安托万

乔治湖，1944年7月初
凌晨四点

我的宝贝，我的黎明，我的白昼，

　　湖泊睡了。它和死亡一样安静。这是一种我们不了解的死亡。遥远的太阳在沉睡的水面投下细小的微光，形成了无比新颖的景致。由于哮喘，我三点就起床了！（湖水、松林尚未将其捕获。）我走到露台上，它看起来像是船头优雅的甲板。从那里举目四望，我看见三百座小岛隐现于湖面的雾气之中。你非常了解湖泊，也熟悉这种早晨的薄雾——在机场两三个小时才散。（我的丈夫，告诉我，如果我给您拼写"薄雾"[1]的时候用了一个m或者两个m，对您来说是不是一回事。）我也一样：我是全新的，亲爱的！我想要把我的发现画出来，固定下来，释放出来，把它尽可能完美地交给您，让您显得阔气，也让我们开心。我来和您谈谈我的甲板，我在上面给你放了一把用来度夏的椅子。没人能够坐在上面，因为我在椅子上放了一只漂亮的青铜鹰。它太重了，我的一位客人想把它移开、搬走，好坐到椅子上去。我的老鹰有一盏台灯大小，这位客人摆出了姿势，却没做好准备去承受它意料之外的重量。布莱斯·阿兰[2]肋部严重受伤——肌肉拉伤——他把我的老鹰放回了原位。（布莱斯

1　"薄雾"的法语为"brume"。
2　布莱斯·阿兰（Blaise Allan）：流亡美国的瑞士作家。

写诗，介于拉尔博[1]与法尔格[2]之间。）

我是个话痨，我的爱人，但我怀着如此充沛的信心与丰富的表达力究竟在和谁说话呢？您经常带给我的礼物，就是倾听我的倾诉，然后在事后为我揭示我最精彩的叙述和风景。因为和我在一起，存在一种危险。我把一切都带走了，包括我看到的，我感受到的，还有我从事物中汲取到的，因为我总是担心丢掉了最好的。于是，在我略显拥挤的头脑里，我占有了一个世界。当我必须做出选择时，我从来没有心思和习惯把剩余的选项丢掉！在我看来，那些剩下来的东西，其实是某种更加庞大、更加陌生的选择所包含的记号和种子。从中我可以引出新的光线！因此，但凡我想要向别人展示我的宝藏，我很快就迷失了，非常快。而当我独自温习时，就好一些！只有在寂静中我才能对事物有所领悟。

提到我那只坐在椅子上的老鹰，相关探讨推进得十分深远。比如关于落空的努力——你以为重量很大，也做好了准备，结果物体很轻。这会让人受伤！（与老鹰相反，它看起来很轻，实则很重。）我们还谈到了"目的之道德"，作为写本新书的标题。鲁日蒙。

我刚刚看了纪德的《方舟》[3]杂志。与《新法兰西杂志》如出一辙。看到这些人依然在坚持同样的事情，真的挺好！我读了纪德的

1　瓦莱里·拉尔博（Valery Larbaud）：法国诗人。

2　莱昂–保罗·法尔格（Léon-Paul Fargue）：法国诗人。

3　《方舟》是1944年2月在阿尔及尔由安德烈·纪德扶持、让·阿莫鲁什主编的一份文学杂志，其中发表了纪德的日记片段。由阿尔及利亚出版商爱德蒙·夏尔洛负责刊印。第一期杂志中登载了安托万·德·圣–埃克苏佩里的《致一位人质的信》。

日记，里面谈到了法国，谈到了吉罗杜[1]在法国的最后几次演讲。纪德说吉罗杜的死使法国的天空变暗了！文学作品太多了！我希望自己不要太饶舌，因为我的信件会停在路上。负责审查的那些家伙会读到其中的内容，但我相信谈论文学并没有被禁止。

此外，你很清楚，我小小的脑袋里包含的一切，你了解我付出的汗水！亲爱的，你喜欢吗？真的吗？确定吗？我的宝贝，战争结束以后我们去哪儿？我想要一点点平静！我不想在喧嚣的街道上和你重逢，就像在波城那样[2]。你拥有属于你自己的场所。你不需要总是与白天的灰尘和烟雾混在一起。你独自开启属于你的一天，属于你的世界。你的源泉就在你体内。人生短暂。你必须坐下来，好好进行一番盘点，去教会别人，教会那些单纯的人，如何走正路。

唐杰一家已经走了。我很高兴，因为我在厨房里的活计变少了，不过我很怀念维多利亚，她经常和我一起游泳。现在，我一个人和德尼[3]还有布莱斯待在一起。库特·沃尔夫[4]一家将于下周抵达。你认识他，他的妻子海伦非常讨人喜欢。他在纽约经营着一家新出版社，非常有趣也非常聪明的选择。他要过来看我，因为他刚刚出版了我著作的英文版（法文版我是和布伦塔诺出版社签的约）。但这本书在他的衣服里！在他的床单里！我想跟你稍微讲讲我的小书，它已经有五百页打字稿了。我给库特·沃尔夫通读了一遍，还

---

1 伊波利特·让·吉罗杜（Hippolyte Jean Giraudoux）：法国小说家，1944年1月因病去世。
2 "二战"中法军战败后康苏爱萝曾一度与安托万失散，独自从巴黎逃往波城。
3 指德尼·德·鲁日蒙。
4 库特·沃尔夫（Kurt Wolff）：德国图书出版商，1941年抵达纽约后，于第二年创办万神殿出版社。

给希区柯克以及他的妻子佩吉读了一章。希区柯克也想要这本书。我给他读的时候还没有把法语改好，几乎还是布楚以及另一位秘书的语法。相比于布勒东，我更喜欢德尼帮我把它写成法语，因为尽管安德烈[1]是一位具有非凡天赋的诗人，但他和我们差别很大，和你差别很大，而你就是我。不过，小伙伴德尼总让我察觉到他的帮助！也许为了创作，就必须受这样的苦！也许他是对的！我想要不带刺的玫瑰！他还没有开始动笔润色删减。太长了！如果我孤身一人，无法获得帮助，我会自己做的！不过我有太多的自卑情结，以至于我绝对相信（违背自己的常识），我的书会因为一个作家的触碰，而变得非常美。而且我相信，尽管德尼和我在思想及诗意方面都存在巨大的差异，我相信他会弄出一本更简短、更扎实、更平衡的书。如果我不那么急于看到它出版，那么我会再等一等，然后按照我自己的感觉亲手去改。但是，自从我提及《奥佩德》以来，我已经孕育它太久了。你知道，《奥佩德》是一个好借口，去讲一些我们乐于对别人说的话，讲一些我们认为既新颖又有用的东西。我非常怕我的导师德尼。（你知道，如果我的书给我造成了太多麻烦，那么我会毫不犹豫地拒绝出版。）我对德尼重申过这一点。如果不想弄，那就放手。总有一天，我会把它重新拾起来的。等你回来了，我们就去做些漂亮而简单的东西。《奥佩德手记》《康苏爱萝手记》。我有点累了！我在家中的大木棚里太用功了，不过如果我不这么做，我那些休息时间怎么打发呢？去哀叹战争！去哭泣我们浪费掉的时间，我们远离彼此而浪费掉的时间……我的东尼奥，

1　指安德烈·布勒东，康苏爱萝的朋友，但与安托万关系恶劣。

我给您写信写了整整一个小时。我要睡觉了。明天是星期天，我会继续和您讲话，我的爱人。主啊！让我的丈夫快点回到我身边吧，我再也不想被他的遗忘摆布，不想受制于其他男性的担心与善意，他们不是他。这让我很难受，甚至包括从你之外的人手上收到一朵漂亮的鲜花！我得了哮喘，睡不着觉，到了饭点也没有胃口，给自己讲各种非常忧郁的故事。我对自己说：可怜的姑娘，你梦想着你的幸福，把你的梦收起来吧，因为人生对您可怜的康苏爱萝来说就是这样的！

康苏爱萝·德·圣-埃克苏佩里

168　康苏爱萝致安托万

乔治湖，1944年7月7日

东尼奥，

　　您看到我今夏的湖了吗？我有一条灰色的小船，但我还不敢像在阿盖那样独自泛舟出游。我刚刚在莱维特先生家里收到你的第一封电报。感谢给希区柯克致电。他还什么都没有跟我说，不过有了您的电报，一切都会好起来的。我寄这张明信片完全出于偶然。如果它能送到您手上，看到我此时此刻就在照片上的十字处，一定会让您觉得很有趣。

您的
康苏爱萝

康苏爱萝寄给安托万的乔治湖明信片。
图片右下位置有一个"十"，标示了康苏爱萝的位置。

169　康苏爱萝致安托万

乔治湖，1944年7月10日

我的帕普，

　　我充满阳光的秀美树木，矗立着金色蜂群栖息的树墩，它们悄悄运用你的思想去酿制纯洁之蜜、真实之蜜。

　　我的宝贝，在我休息的时候、工作的时候，您就像这小小的工蜂，使我成了拥有一切财富的国王与王后。

　　我的爱人，我喜欢和您说话，喜欢给您写这些小纸片，它们飞向你的双手，就像你用大剪刀剪出来的小小纸飞机，把它们从窗口抛出去直至我手中。

　　我的丈夫，我再也没有收到您的长信。6月底到了乔治湖之后，几乎没有一片信纸送到我手中。我还给您发过电报。就是你生日那天。我的东尼奥！

　　我的丈夫，我需要您。我需要在您怀中入睡，充满信任与保护。我需要日日夜夜被您的柔情哺育。我渴望你的爱。我在这永恒的缺席中干涸了，又或者是因为我爱情的真相，祈祷与忠贞。你成了我的智慧。

东尼奥，我厌倦了无休止的祷告。我驼背了。我的膝盖不舒服。我在等待中衰老。我起身很费劲。我想要重新站起来，无比挺拔，无比幸福，因为你的爱意而受到祝福，越发美丽，跑过即将到来的季节，奔向和平之地，我的手握在你手中。

您的

康苏爱萝

我的宝贝，给我写信吧，哪怕是些短笺。也可以写胜利邮件。为了迎接您，我随时准备绽放。愿上帝保佑您，我的爱人！

170　康苏爱萝致安托万

乔治湖，1944年7月14日

我的小东尼奥，

我的湖非常漂亮，但有点淘气。我摔了一跤，右手着地，断了一根手指，彻底断了。不过它在两周内就会被修补好。

用左手给您写信很有趣。这是我这辈子用左手写的第一封信。不要摔到自己，我的爱人！

您的

小康苏爱萝

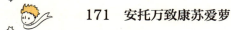

171 安托万致康苏爱萝

阿尔及尔，1944年7月26日

亲爱的小康苏爱萝，

莱曼[1]动身去纽约了。我在阿尔及尔碰到了他，我过来待上二十四小时。所以你会在三天之内收到我的一封信。这封信很短：这次外出在我意料之外。

亲爱的康苏爱萝，我不知道自己是否还有机会路过北非。以下是一个军方的地址，有时候你必须把一封信寄两遍，因为有些情况下我没法去收取其他信件。不过地址不是很靠谱：这个军邮代号乱七八糟！

军邮代号99027

亲爱的，就是这样。我给这二十行字附上了一封信的开头部分，是我在飞行中队里写的。亲爱的，我在空中遭遇了许多意外，都化险为夷了：炮火，歼击机的追踪，法国内陆遭遇的故障，供氧机破裂导致的昏厥……啊！小姑娘，小姑娘，为了再次见到您，必须避开许多陷阱！

以下是我之前的信件：

1　勒内·莱曼（René Lehmann）：法国记者。

这是一封三个礼拜之前的旧信。我把它附在我的短笺后面。我知道，在那之后，你已经得知我又上战场了，而且很频繁……

我的小康苏爱萝，我的爱人，

发生了一些新的事情，而当我在电报里告诉你"我正在远方作战……"时，你没有理解。我再次驾驶闪电战斗机，在法国内陆执行拍摄任务。人们很想忘掉我的年龄，我是世界上唯一在四十三岁时参战的飞行员（很快就要四十四岁了）。而在这架如今得到充分改进后时速超过八百千米的飞机上，年龄限制是三十岁！

我想，如果我遇难了，会有很多人非常高兴。但是你看，我的康苏爱萝，我将证明，一个人可以热爱他的国家，从事最艰苦的作战任务，而不必成为法国人之间内战的支持者，不会指责所有那些艰难地试图从国家实体中拯救些东西出来的人是在背叛，也不会对政治领域的胡言乱语或者仇恨情绪产生任何兴趣。我的康苏爱萝，如果我遇难了，我只会因为您而难过。就像在利比亚一样。至于我自己，我不在乎。我当然有权利休息，因为这一切都不再属于这个年龄的我。既然我无法忍受在阿尔及尔这个可怕的垃圾桶里休息，既然我依然没有获准去纽约拥吻您，既然念出报纸上的大话无法满足我的良心，那么如果我不去从事最艰苦的工作，我就感觉自己什么也没做。然后，当我从一万一千米的高空归来，我会在您怀里，在我们的大树下，在您安宁的诗意中得到休息，又或者是在永眠之中，不过已经彻底洗去了他们污秽的凌辱。

亲爱的康苏爱萝，小康苏爱萝，为您的帕普祷告吧，尽管他蓄着长长的白胡子，身体也毁了，但他依旧在作战。祈祷的目的与其说是拯救他，不如说是让他感到安心，不用日日夜夜为他的地榆花忧虑，在他看来，他的地榆花似乎比他受到的威胁更多。我的小朋友，我多么爱您！

我不能告诉您我现在待在哪里。我们从意大利，从科西嘉岛和撒丁岛发起作战行动。人人都知道，所以我可以讲一讲。但我不能谈得更具体了。我只能和您描述一下我的屋子（最开始我住了一段时间帐篷），因为即便我描述了房间的所有细节，即便它非常容易辨认，我也不认为敌人读了我的信就能知道更多……内容如下：

噢，康苏爱萝，对不起！我的房间里没什么秩序。我有一张漂亮的纸板桌，上面有一个茶炉*，一个墨水瓶*（我在墨水瓶和茶炉边上画一个星号是为了记住一些东西），一些凌乱的稿纸*，书架上的几本书，有几本丢在了我的行军床底下，还有两双鞋。我还有一双出门散步穿的鞋子，一只放在行李箱上，另一只找不到了。我有一支平时用的钢笔，还有两支丢了。当我找不到那支平时用的钢笔时，我会狠狠下一番功夫，然后就会找到另两支中的某一支。（下次我就趁机顺便把另一只鞋也找出来，它要大得多，但我不能为了一只鞋就把屋子彻底弄乱。）

我还有一瓶古龙水，一盏电灯，一些治疗胆囊炎的嗅盐，六块肥皂，两条毛巾，三把电动剃须刀，其中一把已经坏了，被我当作另外两把的备用零件商店。这些东西都混在一起，你弄不明白它们的确切位置。我有四双袜子和两件帆布西装。两件睡衣，其中一件在洗。一双拖鞋，一条从来不戴的领带。应该就这么多了，不过我在找东西的时候往往会有惊喜。我会发现一些早就忘了的东西……

[Lettre manuscrite d'Antoine de Saint-Exupéry à Consuelo]

Ça crois-tu vielle
lettre de 3 semaines,
il le joint et mon
petit mot. Je sais que depuis
tu as appris que je faisais
de nouveau la guerre — et
bravoure…

Ma petite Consuelo mon amour

Tu t'est mettre ? quelque chose de très nouveau que tu
n'as pas compris sur mon câble lorsque je
te disais j'ai fait la guerre très loin… Je pilote
de nouveau les Lightning et je fais des
missions photographiques très loin en France. On a
bien voulu, enfin, oublier mon age, et je suis
le seul pilote du monde qui fasse la guerre à
43 ans (bientôt 44 !) (Et sur des avions qui
fait plus de huit cents kilomètres à l'heure
maintenant qu'ils sont très perfectionnés, la limite
d'age est de trente ans !)

maintenant
c'est 44 !

Je pense qu'il y en a beaucoup qui seront
bien contents si je suis tué. Mais vois tu
ma Consuelo j'aurais montré que l'on peut
aimer son pays et faire le métier le plus dur
sans être partisan de la guerre civile entre
Français, sans accuser de trahison tous ceux
qui voulaient effectivement de sauver quelque chose
de la substance du pays, et n'ont de goût
ni pour les braillaries politiques ni pour
la haine. Ma Consuelo si je suis tué je

安托万致康苏爱萝的信件：
"我的康苏爱萝，如果我遇难了，我只会因为您而难过……"

290

* 10 Piles au [...]
* 10 [...] Hommes.

安托万致康苏爱萝的信件：
"最后，我们还有一个……始终用不了的收音机……"

最重要的是，我还有一张康苏爱萝的照片，两副康苏爱萝的眼镜，一杆康苏爱萝的烟斗。这是一杆漂亮的烟斗，令人嫉妒。我每天点烟斗就是为了让人嫉妒，因为是康苏爱萝送给我的。这都是真的，康苏爱萝。出于柔情，我每天抽五六斗烟丝。但我其实始终不喜欢烟斗，真是遗憾。不过我终究会爱上它的，因为我爱你。

我还有许多蚊子、几只跳蚤和一只执勤的臭虫，只有一只臭虫。其他的都在别的地方忙。在我们的小房子里有很多同伴。

小房子离海二十来米，距离最近的村庄要走二十分钟。哦，康苏爱萝，放心吧：我们周围二十千米以内一个女人都没有。我们有一台淋浴设备，还有一个酒水充足的吧台。这样一来，从内到外都得到了良好的照顾。最后，我们还有一个……始终用不了的收音机。我这份旧信就是在那里写的。你知道，文中画的那些星号，是为了不要忘记向你讨要一个包裹，之后由莱曼给我捎过来：

*派克墨水五升

*五千页打字机专用纸，布楚小姐知道样式

*茶

*军用电灯电池

*二十本《小王子》（我求了你十次，你还没寄出来！）

*十本《战区飞行员》

*十本《风沙星辰》

一把雷明登电动剃须刀，要最好的型号（其他的都被我弄坏了）。

亲爱的，就这样。我恳求您好好照顾自己，保护自己。我恳求您努力变得睿智、冷静、美丽。我全心全意地拥吻您，康苏爱萝。

您的丈夫

安托万

172　康苏爱萝致安托万

乔治湖，1944年7月30日[1]

您6月的来信让我喜极而泣。想要

用我的双手触碰您恳请您照顾我的丈夫

并把他完整带回我身边您的康苏爱萝德

圣–埃克苏佩里。纽约州乔治湖博尔顿路洛克雷治

1　安托万·德·圣–埃克苏佩里在1944年7月31日的一次飞行任务中失踪，康苏爱萝8月10日从《纽约时报》上得知了这一消息。

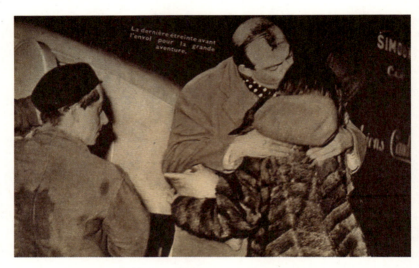

1935年12月，安托万·德·圣-埃克苏佩里参加巴黎至西贡的长途飞行竞赛起飞之前。

经典就读三个圈　导读解读样样全

三个圈
独家文学手册

安托万·德·圣-埃克苏佩里致亨利·德·塞贡涅

布宜诺斯艾利斯，1930年9月

亲爱的老友，

我怀着惊人的坚定态度给你写信，因为你常常不回复。这相当奇怪。肯定是存在什么我完全不了解的动机以及一些我未能遵守的游戏规则，尽管我希望自己的老朋友没有变得拘泥于形式，令人敬而远之。总之，无论什么动机让你在自尊之巅安营扎寨，我都热切地给你写信，因为给你写信让我快乐，因为我很欣赏你，因为我永远温情地热爱你，因为在我最迷人的记忆中有一些与你相关，因为我一直感激你曾经帮助我度过那些糟糕的日子，因为我完全不在乎那些你会对我提出的或许无法解释的指责。

对此我已经深思熟虑过了。我已经排除了经济问题：我真的不认为自己欠你钱（如果我弄错了，主啊！赶紧把金额写下来）。于是我就想到了自己在船上给你写的一封真挚而忧郁的信件。你在使用三段论时总是那么笨拙，以至于你的推理，即便触及了什么东西，也会给它一个反向的出口。我估计你对我的信进行了推理。我记得很清楚，我给你写信的时间是凌晨一点钟。一个大叶片风扇轻轻在我额顶转动，无声无息，就像一只鸢鸟。这是一幅关于命运的美丽图景。大海过于炽热的气息穿过酒吧大门扑面而来。每一次吹来都像一条羊毛毯盖在病人身上。一切让我感觉都一动不动，但如果我双手抱头靠在桌子上，或者把脖子靠在木质墙板上，我就会听到一种破坏性的声音。下方的传动杆无情地摧毁了某种东西。也许是我曾经全部的经历以及我自身的一切——我几乎是一个移民——我放弃了自己的存在，忧郁地对此加以品尝。动身花了两天，以后要过上多少年？我想知道自己是否正确。我想知道，如果在一堵封闭的围墙里面营造一个属于我幸福的黑人小村落是不是更好。我在社会、陈规与婚姻的围墙之外已然经历良多。我觉得我那些已经结婚的朋友都把墙围得挺好。我想知道，有什么东西比这种闲散的行程或这间庇护所更有价值。

也许这个黑人村落冒犯了你，因为总体上你完全不理解，因为把这个地方描绘出来满足了你的虚荣。你觉得它令人陶醉。你相当好奇，而我就喜欢你这样。

另外，你知道，如果这些假设只是像填字游戏或谜语一样让我费心，那么我从根本上不会太重视。我和你并没有争吵，所以我给你写了一封友好的信件。

我刚刚目睹了一场革命。这相当好笑。我在街上闲逛，当时维安宪兵正在那里举枪瞄准人群，就像瞄准兔子一样。我们真的在从一个新角度发现街道。你无法想象，一个靠着路灯把卡宾枪抵在肩上的家伙拥有多大的威力。一颗子弹就清理了一千米长的街道。与子弹的重量相比，收益惊人。我有时候会收紧腹部，好让它不要超出一扇大门脆弱的庇护，我为了抵住一扇稍稍打开的房门弄断了指甲，在第一声枪响时，我不自觉地屏住了呼吸，然后就感到不着片缕。

再见了亲爱的老友——愿上天赐予你许多像我一样忠实的朋友，并把你变得像他们一样忠诚。

你的老友
安托万

安托万·德·圣-埃克苏佩里致一位纽约大夫

1942年12月28日

亲爱的大夫，

　　我建议每月给您转账三十美金用来结算我的账单尾款。我不能给出更多了，原因很简单，我的银行存款里一分钱也没有，我目前全靠出版商给的预付款生活。我的财务状况很容易核实，我的报价高于法定的最低限额。

　　当我的妻子从法国来到这里之后，我就让她来找过您，因为我们之间更像朋友关系而非业务关系。我的妻子根本没病，但像任何女人一样，总希望有人对她的健康状况持续保持关注。由于没有条件满足她这类昂贵的消遣，我觉得自己有权利希望一位医生朋友能够给她提供一两次会诊、一些明智的建议、一杯无害的糖浆和一份适度的账单。很抱歉，我这样讲可能会冤枉我的妻子，同时影响您的诊断，也可能会使您在权衡诊断结论时想着一些我早先的希望，从而给您带来困扰。我交给您自由判断。

　　曾经有一天，我告诉您，我的账户被冻结了，我只拥有最低限度的必需品。那天，您怀着同样的信任向我透露，我的妻子根本没病，所以那些对她进行的医疗护理将被露天散步取代。我有点难过，因为这个公正的意见背负着一张两百多美金的账单，不过我十分钦佩美国政府颁布的那些法令包含的药用价值，它们奇迹般地治愈了我的妻子。

我的失望是轻微的。我完全认同您处方的合法性。我不会指责您的行为处事不像一个关心我困境的伙伴，因为我确实没有任何名义去要求您的友谊。这是我从一段共同的友谊、一个共同的朋友贝尔纳·拉莫特身上轻率地推导出来的。请原谅我的推测。

因此您将在每月1日收到三十美元。第五大道545号的马克西米利安·贝克先生将负责和您结清这些款项。

请您带着一种没有怨恨的同情相信我，亲爱的大夫。

康苏爱萝作品版权所有者前言

马尔蒂娜·马丁内斯·富图奥索[1]

写吧,写吧……时不时它会送到我手上,那便是我心中的春天。

——安托万致康苏爱萝

啊,我需要一封书信,您在其中跟我讲述发生的一切。

我需要一些音讯,就像我需要从窗口涌入的空气……

——康苏爱萝致安托万

1943年4月,遵从安托万·德·圣-埃克苏佩里本人的意愿,他离开纽约投身战场。当时,这对夫妻准备了一场最终告别,他们彼

1　马尔蒂娜·马丁内斯·富图奥索(Martine Martinez Fructuoso):康苏爱萝的秘书何塞·马丁内斯·富图奥索(José Martinez Fructuoso)的遗孀,康苏爱萝作品的版权所有者。

此都已经预感到这将是永别。康苏爱萝在《玫瑰的回忆》[1]的最后一章里回忆了这个痛苦的时刻。出发当天，康苏爱萝无法陪伴她的丈夫，她之前在纽约街头遭人袭击，正在住院休养。

以下是她在全书最后一段中的描述：

> 不，我没有试着去看您乘船经过流向大海的哈得孙河水面。您跟我说过，无论如何，我是看不到您的，因为灯光会在坚硬如钢的水面形成梦幻般的反射。但是您答应过我，您会在心中无比用力地拥吻我，让我永远都能感觉到您的爱抚，如果您没有回来，河水会向我讲述您的亲吻之力，会和我谈论您……谈论我们。

河水没有说话，又或者它说过话，但无人听见！相反，很多人谈到过、批评过康苏爱萝以及她与安托万的结合。康苏爱萝对这种情况心知肚明，她在其人生尽头写下的回忆录中表达了她的洞察：

> 谈论我与我的丈夫圣-埃克苏佩里在家中的亲密关系，对我而言是非常痛苦的。我认为一个女人永远不应该谈论这类问题，但我有义务在死前这么做，因为关于我们家庭的虚假故事已经被人大谈特谈，我不希望这种情况继续下去……

1　康苏爱萝的回忆录，以"玫瑰"的身份回忆她和丈夫的故事。

这些从世界各地寄出的书信往来，揭示出安托万和他的妻子生活中隐藏的一面，在很多年中，妻子的身影完全从丈夫的传记中被抹去了。她的存在往往由安德烈·纪德《日记》中的一句晦涩的话语[1]加以概括。不过，这并不妨碍在几年之后，当安托万把康苏爱萝的一封信拿给纪德看时，他大加赞赏。诚然，安托万和康苏爱萝这对夫妻组合确实不符合时代标准以及资产阶级循规蹈矩的生活模式；正相反，他们实践着一种纷繁的游牧生活，整个世界给他们提供了一处处临时居所。无论何种时代，不遵守现行规则，拒绝走上社会或多或少强加的单调人生道路终归是危险的。康苏爱萝就是这种情况。她年纪轻轻就离开了自己的祖国，离开了她在一个传统而富裕的家庭中舒适的生活。她是一个超前的现代女性，显示出对自由、个性与独立的追求。正是出于所有这些原因，安托万也不走寻常路，被这位容光焕发、不同寻常的外国女人征服了，她那充满异国情调的口音承诺了一种充满冒险与诗意的未来。于是，他们自然而然地结成了与他们的性格颇为相似的夫妻关系，既现代又不羁，每个人都拥有属于自己的身份与个人的领域。他是一位作家兼飞行员，她是一位画家兼雕塑家。这种微妙的二元性经常被这对夫妻的诋毁者们所忽略，他们根本不理解这样的生活方式，这种生活方式引向持久的旋涡，每个人都强烈地体验着各自的激情，而根本不担心别人会说什么。

这本通信集还透露出，对于康苏爱萝而言，成为安托万·德·圣-

1　安德烈·纪德在1931年3月的日记中写道："他（安托万·德·圣-埃克苏佩里）从阿根廷带回来一本新书（《夜间飞行》）和一个未婚妻。读了前者，见了后者。向他大加祝贺，不过主要是为了书。"

埃克苏佩里的妻子是一段艰难的旅程。从她与安托万交往开始，她就面临着作为一个飞行员的妻子的严酷生活现实："当东尼奥带着他的邮件离开时，我最好去住院"，她在《玫瑰的回忆》中这样写道。同样地，据她说，作为一个作家的妻子，需要保持一种不间断的关注："他喜欢我在他写作时和他待在同一个房间里，当他思路枯竭时，他就会让我听他一遍、两遍、三遍反反复复阅读他的书稿，期待我的回应……"这清晰地表明，这个被安托万身边的亲友严重误解的外国女人，在她丈夫的生活中一直扮演着重要的角色，无论是在航空领域还是在写作领域。尽管这段关系既动荡又偏激，尽管安托万的行为朝三暮四，康苏爱萝虽然痛苦却依旧带着极大的宽容与尊重去对待他，他们确实彼此需要。康苏爱萝为安托万提供了他在艰难时刻急需的必要支持，而在他那一方面，安托万为了保护康苏爱萝也始终在场。

随着丈夫的失踪，康苏爱萝将失去她最主要的支持。今天，通过这本通信集，安托万第一次谈到了康苏爱萝以及他们的夫妻关系，或许把他在1943年4月离开纽约当天托付给哈得孙河冰冷河水的一切都写了下来。从布宜诺斯艾利斯到纽约，我们意识到这段人生充满旋涡，而且随着整个世界陷入战争而变得越来越不稳定。不过，随着这些信件的线索一点点描绘出来的，是一个童话[1]，其中蕴含的普世哲理已然传遍了世界。没有任何东西可以让人预见，这两位艺术家的相遇，将成为一部在二十世纪文学中留下持久印记而且时至今日依旧充满生机的名著的起点。当安托万充满怀念地回忆起

1　指《小王子》。

一个小王子与一朵被驯养的花朵之间希望渺茫的爱情时，他便与康苏爱萝分享了一首诗，这首诗总能让他们的关系更加亲近，"因为他在康苏爱萝身上发现了一个充满诗意与创造力的分身"，正如圣-埃克苏佩里研究专家阿兰·维尔孔德莱准确指出的那样。某些理论既冒险又不确切。当我们读到这些信件时，否认康苏爱萝在童话中的核心角色的这些理论就暴露出它们的错误之处。玫瑰花本身代表了故事的主要哲学命题。从作品伊始，他就把花朵描绘成地榆花的形态，这是他们交往之初他给康苏爱萝起的名字。同样地，正是因为康苏爱萝习惯于把安托万比作一棵树，所以在全书最后一章中小王子像一棵树一样缓缓倒下。这颗来自别处的种子，这朵如此娇艳的鲜花，这株他原本愿意为之而死的玫瑰，这个和沃邦广场的卧室一样的绿色房间，还有这朵总想由她说了算的鲜花，害怕气流，总在咳嗽，用尖刺保护自己，隐藏它的柔情，这一切都在他们的信件中清晰可辨。花朵与康苏爱萝之间所有这些共同点贯穿了整个童话……

随着留给这对夫妻的时间越来越短，安托万的信件变得越来越灰暗，描述着一个他再也无法理解的世界，他向康苏爱萝发出的都是绝望的呼喊。他没有向她隐瞒任何东西，无论是世界局势、战争还是他的抑郁状态。在这种对于时间流逝的紧迫感中，安托万对《小王子》的起源也越来越清楚了。这位经验丰富的军人完全清楚自己可能回不来了，正是出于这个原因，他非常看重把康苏爱萝与这部作品联系在一起的那根纽带。在他最后寄出的某封信中，他向妻子承认，他最大的遗憾就是没有把这部童话题献给她，这既是在请求原谅，也是他表达的一种悔意。他在信中提醒她说，"小王子是从贝文公馆您的熊熊烈火中诞生的"，他最后一次希望她能够明白，他的叙述清晰地指明，她正是童话的核心。

康苏爱萝一直希望安托万的书信能够出版，因为她比任何人都清楚这些书信的面世将如何使她丈夫的作品得到澄清。她也是唯一真正了解小王子故事的人，因为在整部作品的创作过程中她都陪伴在作家身旁。不过，出于谦逊，也可能是因为涉入太深，她宁愿什么也不说。今天，这对夫妇终于用各自的笔表达了自己，并交给我们一个与安托万的意图相呼应的真相，他曾经希望《小王子》中的信息能够得到更广泛的理解，而这本伪装成少儿童话的书籍，也同样可以被视作传记和遗嘱。

原版编者前言：她将是一首诗

阿尔班·塞里西耶[1]

文学与生活的关系是怎样的？虚构的角色与真人之间有何关联？安托万·德·圣–埃克苏佩里虽然对这些略显理论性的问题只进行过适度思考，却这样回答过："我们很清楚，所谓童话故事，其实是人生的唯一真理。"《小王子》里没有仙女[2]，但正是从这种对于真理的追寻之中，作品汲取了它的深度与普适性，没有人可以拒绝这种诗意的形式，它触动了许许多多的人。

安托万与康苏爱萝·德·圣–埃克苏佩里之间的信件，从他们1930年在布宜诺斯艾利斯相遇直到1944年夏安托万失踪，被他们相互关联的人生中不可分割的真实与梦幻贯穿。东尼奥写给他未来妻子的第一封信就直接奠定了传奇，它为即将到来的乐谱点出了关键："从前有一个男孩，他发现了一件珍宝。但是对于孩子来说，

1　阿尔班·塞里西耶（Alban Cerisier）：法国伽利马出版社编辑，负责出版过圣–埃克苏佩里的一系列作品集，是法语版《小王子的情书集》的责任编辑。
2　法语里的童话故事"contes de fée"一词直译为"仙女故事"。

这件珍宝实在太过于美丽，以至于他的双眸不知道如何去欣赏，双手不知该如何去把握。于是孩子变得忧郁了。"小王子本应出生于1930年，而非1943年，就像惯常的编年史想要证明的那样！他就在那里，在我们面前，带着他对于其献身与抗拒之物产生的惊奇和忧郁。不过，需要十三年的时间，需要他们一连串的欢乐与不幸——他流亡纽约，而康苏爱萝来此与他团聚——以此让作家安托万·德·圣-埃克苏佩里把这种人生感受打造成其作品的素材。

在他们交往之初，安托万与康苏爱萝都很清楚，他们的爱情需要想象力与诗意的支撑才能实现，才能圆满地体验，才能在风风雨雨中幸存下来——没有任何保障，因为他们的婚姻生活混乱而悲怆，被无数次分离与危机打断。这个寓言将陪伴他们一生。其中有充分的理由。

就像康苏爱萝自己带着清醒的意识（要不然就是先见之明）很早就写到的那样，他们的经历与文学作品本身并没有区别："我们的分别、绝望，我们爱情的泪水，这些难道不会帮助你深入人类的心灵，洞穿事物的奥秘吗？"即便在泪谷之中，也没有任何迷失。如果说安托万经常哀叹，每一次婚姻危机都把他的心神完全占据，使他几个月无法创作，那么毫无疑问，这种共同生活的不稳定性，这种缺席与在场、回归与远离之间恒久的张力，滋养了他的创造力。此外，作品始终从回归中获益，就像在某一张纽约的便条中，作家安托万试图说服画家康苏爱萝，谴责超现实主义艺术所谓的即时表现力（就像安德烈·布勒东的妻子雅克琳·朗巴所实践的那样）："我们在一件作品中投入多少时间，它就能延续多久……令我感到愤怒的正是这种'一小时一幅画'的创作方法。我只喜欢那种一生一幅画的创作方法。真理的存在需要在漫长的时间内挖掘同一个洞，而不是每回花五分钟依次通过十万个小洞。在后一种情况下从来没有发现过水源。"所以，作品的真相是生活；从这里我们便理解了，《小王子》为什么不是写于1931年，而是1943年——在经历过许多挫折，但已被人生历练所浇灌之后。

不过，如果说这本时常充满动荡的夫妻通信集也同样沐浴在梦幻之中，那是因为安托万与康苏爱萝共享着一个梦的版图，完全属于他们，在那里群星对人类产生影响，在那里小王子们在沙漠中心相遇。在他们的书信里曾这样写道："那颗凶恶的星星，它在大地的另一端闪烁，长着女巫般的眼睛""它用这种方式钉住我们的心。"这是关于布宜诺斯艾利斯第一套合租房的回忆，当他们于炎炎夏夜中在露台上冥思。关于这颗星星，1931年安托万再次写道，它"没有被我们驯化"。他们共同的天地充满了朋友，充满了各种邂逅以及完全真实的怀疑，不过也充满了梦幻。在这个梦的领域中走得太远有可能迷失方向，被梦之海捕获，甚至会丧失理智。康苏爱萝与安托万完全了解这种风险，并对此加以讨论。这个梦既是一种好处，也是一种危险。当诸事不顺，当太多的误解、指责、疏忽、不忠或谎言在巴黎和纽约摧毁了他们的幸福生活，这个共享的梦之版图始终是这对夫妻的重逢之所。而那颗把心灵钉住的星星，始终充满威胁，所幸有一颗"美丽的奇迹之星"作为替代："你知道，它就是我的心。"心灵的亲密，感情的家园，都被投射到了天上。

寓言诞生于爱的脆弱性，源于这种令理想绝望的日常生活。"亲爱的，我们用双手捧着我们的爱之心。不要把它打碎。我们会泪水沉沉！"这是康苏爱萝写给她的飞行员丈夫的，他再次出发前往非洲的某个遥远岗位送信（他必须挣钱糊口）："我想到了我们，想到了我们的爱情，我完全知道了我究竟有多么爱我的爱，我们的爱。"

不过康苏爱萝当时还没有和名著《爱情与西方》（1939）的作者、她未来的好友德尼·德·鲁日蒙一起探讨爱情，在她看来，爱情结构的核心之中，究竟什么才是文明扎根于历史的本质："传奇故事的真正主题是什么？恋人的分离？是的，不过是以激情的名义，是为了哪怕在折磨着他们的爱之爱，是为了激发爱，为了转化爱——甚至损害了他们的幸福与生命……"这就是这本既传奇又真实的通信集真正的主题吗？爱之爱？在其中难道没有人生的主题吗，在离去与回归，治愈与复发之间无休止地交替：前往世界的沙漠，只为更好地去爱那些我们想要爱的人？"我逃离了您，又去寻找您"，安托万写道：这便是一生的故事。

安托万与康苏爱萝的信件争先恐后地重复着：爱并不容易。爱情是苛刻的，它不会一劳永逸地献出自己。有太多障碍需要克服，存在太多晦暗之处。对于难以接近的理想本质，一切对此有所反映的事物，哪怕存在于他们的弱点之中，两个恋人都带着痛苦与忧郁去加以体验，"亲爱的，我只寻找过纯洁之物"，安托万写道。在别人身上的纯洁，在自己身上的纯洁，在人类生活中的纯洁。

对于那些把这种追求视作存在理由的人而言，想象力同样是一种始终如一的援助。因为爱情的各种实际面貌总是低于我们日复一日从中期盼之物。康苏爱萝经常对她丈夫的行为——逃跑、不忠、恶毒、专制——感到失望或受伤，对于他似乎想要指派给她的无聊生活与漫长等待（起码在他的话里）深感不满。当这种氛围逐渐扼杀她时，她对此直言不讳，语言常常令人震惊："不要用我希望之尸的碎片自娱自乐！……每一分钟都是黑色的……您会成为黑色的天使吗？我已经身陷深渊，是您用如此漂亮的理由与如此亲切的话语把我推进去的……"不要走得太远，因为爱会消失。对于安托万来说同样如此，他被这种抗拒着他的旺盛意志激怒了，这位有点戏剧性的妻子拒绝扮演牧羊女、伟大的安慰者和家中的永恒之光。而她显然不那么通融，令他直面那些男性的矛盾并对他的可靠性提出质疑："花朵总有办法让小王子陷入他的过错中。这就是那个可怜人离开的原因！"棋局太复杂了，安托万虽然是一位象棋大师，却在重压下屈服了。这片大地上没有理想的立足之地，对于那些充满善意的男女也同样如此，正是因为有人梦见了一种爱，才会因此而受苦。"我做过一个梦。梦里有一个伴侣"，安托万在深深的绝望中写道，哀叹他的妻子缺乏"有风度的美妙品质"，缺乏"奉献的天赋"。"我无数次梦见自己在她的羽翼下写作，被她轻柔地保护着，用她那鸟类的温和、鸟类的言语，还有如此之多的纯洁心地与可爱颤抖保护着。"但事实完全不是这样。他的人生伴侣并不是一个奉献一切，接受一切，符合某种在如今看来已经过时的社会正统观念的人，而完全是另一种人，她隐约可见，稍纵即逝，在瞬间的恩宠中做出允诺，"如果我追求您，您却难以琢磨，是因为有一道光曾经把我照亮过一次，有一种语调曾谦逊过一两次，有一种声音曾温柔过一两次，我很清楚，我有死于干渴的风险。""在您身体里存在一个我爱的人，她的喜悦就像四月的苜蓿一样新鲜。"某个人的生命与之联系在了一起，"曾经您的几秒钟对我来说就像黎明一样。微不足道的小哭闹、不值一提的小欢喜、一缕光照亮的几秒钟，也许，就是它们让我献出了自己的人生。"

在这里很难不胡思乱想。在谷仓嘎吱作响的横梁下面，一个有点喜欢幻想的孩子，在一个月光有点刺人的梦幻之夜，分辨出一颗星星穿过屋架的光芒。这决定了他在人类中的生活：他跟着星星在夜间飞行，面对风暴与敌人的炮火。这个故事在爱情中重演，它也同样是一种历练方式，当他懂得如何摆脱社会阶层的陈规与安排。我们永远不知道之后会发生什么，但我们知道他用来立身的寥寥之物。"我热爱一种自己不太理解的生活，一种不太忠于原样的生活"，安托万在他的处女作《南方邮航》（1929）中写道，"我甚至不太清楚自己到底需要什么：这是一种轻松的渴望。"

这道光萦绕在安托万身上，因为，感觉到某种召唤并不意味着实现其目标。几秒钟的恩宠之后，随之而来的有可能是多年的痛苦，每个人都指责对方歪曲其内心的真实形象，歪曲爱情理应"发扬"的东西。那么多谎言，那么多不可理喻，在其中，一个人的真实形象必然是另一个人的真实形象的充分反映。"我大力栽培、庇护的花朵，终于愿意挥洒一点它的光芒作为回报了"，东尼奥绝望地写道。

"沉重的夜晚"。这是安托万在康苏爱萝的建议下最开始打算给《夜间飞行》起的标题，《夜间飞行》在1930年至1931年写于布宜诺斯艾利斯，是其在阿根廷邮政航空生活经验的果实。作者曾向他的母亲透露了全书的真意："这是一本关于夜晚的书籍。"所以，从某种意义上讲，这是一本抽象的书，即便它被视为一本伟大的冒险小说——当然它确实如此。关于这个隐喻之夜，康苏爱萝与安托万经常在他们的信件里加以暗示，好似在寻找光明与理想时的人间对称物。当1941年圣诞前夕，康苏爱萝在分别三年后来到纽约与丈夫团聚之时，她给他写了这张震撼人心的短笺，在其中，爱情与爱情的痛苦不加区分地融入了同一个恳求之中：

> 因为，有一天，我看见你脸上的一滴眼泪，它来自无比遥远的国度，你在那里沉睡，你在那里受苦，你在那里躲藏，于是我懂了爱。我知道自己爱你。我也同样知道，爱情所有的苦涩都融化在这一滴泪、一秒钟里。在布宜诺斯艾利斯时我曾放弃立即嫁给你。就像还是小姑娘的时候，放弃穿过黑暗的房间抵达她的床铺，她的朋友，她的玩具，她的漫步，她的光明。
>
> 我和你谈论这件事，我的丈夫，因为我害怕这个暗夜，我害怕无法抵达我的床铺，我的光明，我的平安（我穿不过黑暗的房间吗？如此靠近我的鲜花、我的乐曲还有你的双手，如果我穿不过黑暗的房间，我会摔倒吗？），与你的双手如此靠近。

这些句子呼应了那个发现了一座超出其估量能力的宝藏的孩子感到的忧郁。不过，它们给悲伤、困惑与慌乱增添了危险——死亡的风险，压制一切事物尤其是爱情方面的事物。然而，在走廊尽头，在和解时刻，安托万依然写道："您对我造成过太多伤害。那么频繁。那么强烈。不过这一切都已经被忘掉了。我只记得我对您造成的伤害了。属于您那些眼泪的康苏爱萝。属于您那些孤单夜晚的康苏爱萝。属于您那些期待的康苏爱萝。康苏爱萝，在这个世界上我爱的只有您，感谢您知道我爱着您。"

寓言与生活密不可分。康苏爱萝非常了解这一点，在等待1943年重新投入战场的安托万时，为了防备关于她丈夫的那些一路传到纽约的谣言，她将他们的结合永远扎根于此："我一直忠于你。我在等你。我是你的妻子，我会等你醒来，等你在永恒中睡去。你知道为什么吗？因为我爱你，我爱我们梦中的世界，我爱小王子的世界，我去那里散步……没有任何人能碰到我……哪怕孤身一人带着四根刺……"

这又是不可见之物的援助，令恋人们结合，将心灵的真理凝固在一个不适合谎言的领域：确切地说，就是梦的领域。少儿童话承载着伟大的真理，安托万·德·圣-埃克苏佩里曾经写道，承载着那些不死之人。令人惊愕的是，在康苏爱萝写于1940年的一封信件中，尽管关于《小王子》安托万还没有写下一行文字，画出一幅水彩画，却出现了从女人蜕变为玫瑰的描写："一个真正的奇迹。很快我就会成为地榆花了。但是这位美人，她并不顾世界残酷，不顾绵羊犯下的又傻又坏的蠢事。地榆花消失了——她死了。这位美人，人们领着她在青草地上散步，给她穿上鲜花与歌谣，从此以后再也没有人能够伤害她了。她将成为帕普的一首诗，用他的心血写成！"

"现在我老了，我知道自己经历过的最美丽的冒险，就是与你一同穿越那些黑夜，跨向白昼之神的礼物。"安托万写道。他仍然希望有朝一日能够和他的妻子重逢，1943年4月2日，他把她一个人留在了纽约。他在这个世界上再也见不到她了。安托万在1940年给他母亲的信中写道："随着战争越发激烈，对未来的危险与威胁越来越多，我对于所有那些需要由我负责的人就越发关切。可怜的小康苏爱萝非常脆弱，完全被遗弃，引起我无限的怜惜。"身处遥远的沙漠之中，很快就会变得焦虑，哪怕这次远离是由另一种同样值得称赞的积极性导致的：救助他的同胞。1943年的阿尔及尔是一个装满螃蟹的篮子，对他而言，这里和流亡者会聚的纽约一样不值得向往，同时，他的年龄导致他无法长时间飞行，安托万向康苏爱萝祈祷。不过，就像梦想比祈祷更有价值一样——《小王子》也不是一部福音书——安托万向她讲述自己的梦境，就和最初相遇时一样：

> 在一片原野中，我靠在您身边。大地死去了。树木死去了。任何东西都没有香气或者滋味。
>
> 突然之间，尽管外表上没有任何变化，一切都变了。大地又活了过来，树木也活了过来。一切都拥有了那么多的香气和滋味，以至于味道太强烈了，对我来说几乎太强烈了。生活回到我身边的速度太快了。
>
> 我知道这是为什么。我说："康苏爱萝复活了。康苏爱萝在那里！"你是大地之盐，康苏爱萝。你仅仅通过你的回归便唤醒了我对于万事万物的爱意。康苏爱萝，于是我明白了，我爱您直到永远。

这个被无数人、被他的时代、被各类误解严重伤害的男人回归了本质：一位女性的爱拯救了他。小王子看着他的玫瑰，就像在看那些落日，在他心中涌动的，是一个关于把我们与生存紧密连接之物的奥秘，那个由血、肉、梦境与理想组成的奇妙合金。这是某种对于我们而言过于庞大的东西，但无论选取过何种轨迹，无论心灵具有怎样的深度，这始终是共同的命运。安托万·德·圣-埃克苏佩里很清楚这一点，他恳求康苏爱萝告诉他一些关于《小王子》的新闻，它在他离开几天之后在纽约面世。大家对此有何看法？这不是敏感的作者略显肤浅、追求私利的关切。对于一个艰难的时代而言，这是一个缺失的大问题，它需要一个神话——"去给那些口渴的人饮水"——一个关于小王子和他的玫瑰的神话。

　　"在你的家里有光。你当初是怎么得到它的？你怎样才能把它再次交托出去？月光之匙从那里穿过，你令它歌唱并复活流亡中的小王子们。"

人名索引

欢迎您从《小王子的情书集》走进读客三个圈经典文库

读客三个圈经典文库

精神成长树

你想成为什么样的人？
对你来说什么是重要的？
这个世界应该是什么样子？

我们在生命中遇到的问题，每个时空的人都经历过，一些伟大的人留下一些伟大作品，流传下来，就成了经典。正是这些经典，共同塑造并丰富着人类的精神世界。

我们重新梳理了浩若烟海的文学经典，为您制作了精神成长树。跟随读客三个圈经典文库，汲取大师与巨匠淬炼的精神力量，完成你自己的精神成长！

树干：

不同的精神成长主题，您可以挑选任意感兴趣的主题进行深入阅读

例如：
寻找人生意义
探索自己的内心
拥有强大意志力
理解复杂的人性
…………

枝丫上的果实：

我们为您精选的经典文学作品

精神成长树示意图

局外人　人间失格
漫长的告别　　荒原狼
尤利西斯　长眠不醒　假面的告白
复活　　我是猫
卡拉马佐夫兄弟　　罗生门　心
罪与罚
毛姆短篇小说全集　金阁寺　地狱变　莎士比亚戏剧集
小王子的情书集　浮生六记　起风了
小王子三部曲　傲慢与偏见
再见，吾爱　爱的
夜莺与玫瑰　格林童话　昆虫
银河铁道之夜　爱丽丝漫游奇境记　柳林
绿野仙踪　伊索

如果你喜欢《小王子的情书集》
你可能也会喜欢"学会爱与被爱"书单

《小王子三部曲》
文库编号：001

《傲慢与偏见》
文库编号：165

《潮骚》
文库编号：164

《浮生六记》
文库编号：153

《再见，吾爱》
文库编号：097

《舞姬》
文库编号：074

《后来的事》
文库编号：173

《门》
文库编号：174

激发个人成长

多年以来，千千万万有经验的读者，都会定期查看熊猫君家的最新书目，挑选满足自己成长需求的新书。

读客图书以"激发个人成长"为使命，在以下三个方面为您精选优质图书：

1. 精神成长

熊猫君家精彩绝伦的小说文库和人文类图书，帮助你成为永远充满梦想、勇气和爱的人！

2. 知识结构成长

熊猫君家的历史类、社科类图书，帮助你了解从宇宙诞生、文明演变直至今日世界之形成的方方面面。

3. 工作技能成长

熊猫君家的经管类、家教类图书，指引你更好地工作、更有效率地生活，减少人生中的烦恼。

每一本读客图书都轻松好读，精彩绝伦，充满无穷阅读乐趣！

认准读客熊猫

读客所有图书，在书脊、腰封、封底和前后勒口
都有"读客熊猫"标志。

两步帮你快速找到读客图书

1. 找读客熊猫

2. 找黑白格子

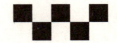

马上扫二维码，关注"**熊猫君**"

和千万读者一起成长吧！